O Beijo de Schiller

Cezar Tridapalli

O Beijo de Schiller

Cezar Tridapalli

Arte & Letra
Curitiba 2015

Capa: Frede Tizzot
Fotografia da capa: Olivia D'Agnoluzzo
Revisão: Vanessa C. Rodrigues

T819b Tridapalli, Cezar
O beijo de Schiller / Cezar Tridapalli. Curitiba : Arte & Letra, 2014.
274 p.

ISBN 978-85-60499-58-8

1. Literatura brasileira. 2. Ficção. I. Título.

CDU 82.32

1ª reimpressão

Arte & Letra Editora
Alameda Presidente Taunay, 130b. Batel.
Curitiba - PR - Brasil / CEP: 80420-180
Fone: (41) 3223-5302
www.arteeletra.com.br - contato@arteeletra.com.br

Para Gladis e Olívia. Amores.

O ingênuo na maneira de pensar jamais pode, por isso, ser uma qualidade de homens corrompidos, mas concerne apenas a crianças e homens de intenção infantil. Muitas vezes estes últimos agem e pensam ingenuamente em meio às relações artificializadas do grande mundo; esquecem-se, por própria e bela humanidade, de que têm de lidar com um mundo corrompido e conduzem-se mesmo nas cortes reais com uma ingenuidade e inocência só encontradas num mundo bucólico.

(Friedrich Schiller, em *Poesia ingênua e sentimental*)

Os humanos são mais inteligentes que os outros animais. Porém, mais estúpidos também. Ao criar o navio, o homem inventou o naufrágio. Do mesmo modo, com a inteligência, trouxe a mediocridade e a parvoíce. Exclusividades da espécie.

(Emílio Meister, em *O homem sem saída*)

Pensar o tempo todo sobre os próprios pensamentos torna a vida do homem um inferno. Quando ainda queria transformar Luka em biólogo, precisei ler algumas coisas relacionadas ao assunto e elas foram suficientes para saber que somente dois por cento do emaranhado genético haviam diferenciado o homem dos outros animais e feito dele um ser capaz não só de pensar, mas também de se pensar superior. E de pensar errado, o que não deixa de ser uma forma de pensamento. Isto é, de tornar sua própria vida um tormento cujo fim só se daria na cessação dos dois por cento. E esse sujeito aí atrás? Pelo pouco que vi, parece uma criança, esse filho que não tenho, o olhar infantil na paisagem: a vegetação exuberante da Serra do Mar. Falta apenas pegar seus super-heróis de plástico e deslizá-los contra o vidro do carro, simulando trajetos, personagens, aventuras. No entanto, em vez de super-heróis, ele traz consigo um revólver. Metal preto, cano curto. Há alguns minutos, tubo encostado na minha cabeça, um projétil separado do meu cérebro por poucos centímetros, chumbo inerte prometendo calar o que perambula pelo labirinto das sinapses. Era uma ponta cinza preparada para explodir minha massa cinzenta e levar os dois ou os cem por cento da minha humanidade, feita de tristezas e alegrias ilhadas pelo mar da indiferença e do esquecimento. A ideia de minha morte nunca havia passado de curiosidade intelectual. Dentro dessa mesma cabeça uma bala estava prestes a acabar com qualquer possibilidade de especulação, trocando o pensamento sobre a morte pela morte do pensamento.

Eu poderia ser dramático e dizer que nesse momento, uma semana depois de ter sido pisoteado por minha filha, parar de pensar não seria uma ideia ruim. Por pior que a vida seja, porém, eu quero ir até o máximo da experiência. Os vários minutos de caminhada diária e alongamentos insuportáveis não podem ser em vão. Precisam esticar mais do que o músculo adutor da coxa, precisam esticar a vida. Lembro-me do amputado que se arrasta esfolado pelo calçadão a implorar moedas suficientes para que possa ter forças para se esfolar no dia seguinte atrás de moedas suficientes para que possa ter forças para se esfolar no dia seguinte atrás de moedas suficientes para. Tenho esse apego canino ao osso da vida. Uma dor de cabeça, um ônibus atrasado, um copo a menos de cerveja, um vizinho que chamasse para mais um carteado, qualquer bobagem fora do ocorrido seria suficiente para me fazer não nascer. É que o roteiro se desenvolveu enquanto se desenvolvia (tenho horror à ideia idiota de destino pré-traçado) e eu nasci. Se tive essa sorte, quero ir até o fim, quando voltarei a ser o que era: nada. Eugênia não vai conseguir me demover dessa ideia com malabarismos religiosos, motivo de nossas mais recentes discussões. Que diminuíram nos últimos dias. Apenas uma pausa, sei bem, pequeno sinal de respeito pela minha dor. A conversa com minha filha, Vitória, abriu uma série de caminhos insuspeitados para mim e reorganizou o passado de modo que a estrada vigorosa que eu vislumbrava para o futuro se mostra esburacada, pinguela frágil. Primeiro, ela já falava como adulta; depois, falava como adulta que pensa, e pensa coerências, eu apenas abobalhado ouvindo facadas verbais tão lógicas que me emudeceram. Depois de longos minutos ouvindo toda a sorte de agulhas substantivas sendo enfiadas no meu ouvido, perdi o fio do raciocínio dela. Eu já não precisava entender nada. Cada nova frase, cada novo jeito de dizer, ilustrar, argumentar tinha como legenda a mesma tradução: eu era um péssimo pai, homem abominável. Estivesse ela falando em qualquer língua, a rede do enredo, tão bem tecida, embrulhou os fios nos meus ouvidos e só dizia a mesma coisa: eu era um coitado. Pensei em dizer a ela que pode haver injustiça mesmo na coerência. A versão que ela havia urdido para a nossa relação era perfeita. A realidade, no entanto, podia não corresponder àquilo que ela construiu. Mesmo assim, calei-me. Se eu falasse, estragaria aquela lógica de volutas barrocas com outro enredo: o meu. Portanto, cheio de empolação, resmungos, explicações que não avançam, rodeiam, precisam de tempo. Seria o mesmo que fazer um personagem de desenho animado como o Gaguinho interromper padre António Vieira para desafiar seus argumentos e sua retórica.

Talvez eu escrevesse para ela. Seria ela tão boa que teria formulado a narrativa da minha nulidade assim, de improviso? Era possível que não, e isso mais me doía, prova de que ela já ruminava tudo aquilo havia muito tempo. Uma mulher — sim, ela já era uma mulher, reconheço —, quando puxa um milímetro de fio em uma meada, não consegue mais parar. Um cérebro feminino está sempre mergulhado em hormônios e a apneia o entorpece. Ela puxa o fio inerte, o novelo se desenrola e então vai se arquitetando a teia com a qual ela nos prende e devora, enxurrada de palavras colhidas no terreno fértil da sopa hormonal.

Vitória faz vinte e um anos em setembro. O menino aí atrás pode ter a mesma idade dela — eu não consegui encará-lo no momento em que nos rendia. Minha lembrança é fugidia, meu medo de olhar para ele é feroz.

O terror trava. No espelho interno do carro, não tive o sangue frio suficiente para checar minhas pupilas, tampouco detalhes do rosto desse delinquente sentado no banco de trás. Somente o olhar periférico vê — ou os anos de conhecimento permitem deduzir — Eugênia a meu lado, retesada, sem dizer palavra alguma. Percebo-a tensa, o monstro do pânico sentado no seu colo, imobilizando-a. O velocímetro marca sessenta quilômetros por hora na estrada que liga Itapoá a Garuva. Em outras circunstâncias, eu estaria fazendo o mesmo trajeto a cem. Caminhões e carros velhos fazem fila indiana atrás de nós, jogam luz alta, nos ultrapassam. E se a polícia tentasse nos parar? Seria o fim do pesadelo, ainda que sem saber de que forma, se nos devolvendo para a vida ou para a morte. Não sei ao certo como ele é, mas sua estranha ameaça (estranha na forma, não no conteúdo) de alguns minutos atrás, desde a intrusão, ressoa nítida: "não tenho nada a perder, qualquer bobeada e eu estouro seus miolos".

O mundo lá fora não quer saber de nós. Exibicionista, estampa o céu de um azul arrogante, que nos esnoba com seus contrastes, a mata verde pontuada de flores coloridas. Muitos morrem de modo trágico em meio a uma paisagem exuberante. Outros recebem notícias excelentes abafadas por raios e trovões. São mundos sem pontos de contato, indiferentes um ao outro. A natureza desdenha dos êxtases e das dores do homem, capaz de chorar por bobagens inventadas por ele próprio, incluindo aí o valor de beleza atribuído às paisagens naturais. Nem de longe parecem a mesma natureza.

Há também o artificial. Penso na nossa casa, minha, de Eugênia, onde Vitória morou tão pouco — começo a entender a urgência com que decidiu se mudar tão logo os dezoito anos chegaram. Para essa casa é que rumamos agora, ainda que a passos arrastados. Vejo a porta de entrada, o corredor amplo, as escadas que passam ligeiras, levam aos quartos do andar superior e me conduzem ainda para o terceiro nível, para a porta do cômodo único, o escritório onde se aninham os livros. Sei que cada coisa está em seu lugar. Papéis, lápis, canetas, computador, dezenas de pequenos blocos de anotação em branco. Estão lá, diferentes da natureza (mas tão indiferentes quanto ela), imóveis, esperando para que alguém faça algo, levante a mão, use o polegar opositor para pinçar um lápis, exerça alguma força de atrito para esfregar o grafite no papel branco e materializar um sentido. Se ninguém aparecer para isso, os papéis não trovejarão, nem os lápis azuis desenharão algum tipo de céu. Quantas vezes devo ter assistido a *Toy Story* com Vitória? Aos quatro anos, ela não parava de se agarrar às minhas calças, pendurando-se em meu cinto para que víssemos outras e tantas vezes aqueles seres inanimados que ganhavam vida longe dos olhos humanos. O olhar humano era medusa: tirava a alma dos bonecos, devolvia-lhes à matéria de cuja combinação não soprava nenhuma porcentagem de vida: um amontoado de plásticos e tecidos imitador de formas reconhecíveis. Assim é que me perco imaginando papéis e livros — a ideia não é original, mas me distrai — ganhando vida na minha ausência, conversando com canetas e lápis. Mas sei, mesmo com a impossibilidade da certeza, que estão lá inertes, sequer submissos, o que implicaria algum tipo de intenção. Então me sinto Calvin, o garoto que dá vida ao que é morto. Que recria em Haroldo suas outras faces, seus contraditórios, seus paradoxos, com ele discute, por trás dele se esconde, culpando-o, abraçando-o, apoiando-se nele. Calvin, o menino que não fui e que não tive.

Dentro do espectro que vai de Woody e Buzz Lightyear até Calvin e Haroldo, forma-se um sistema de pensamento capaz de questionar a relação entre o sujeito e o objeto. Eis uma boa introdução para alguma palestra. Luka poderia falar sobre isso também. Já que não se fez biólogo, pode explorar esse conceito como arquiteto, nem que force a barra para especular sobre o espaço das relações e a relação entre os espaços, as coisas e os homens.

Ainda preciso ver se Luka continuará existindo ou se meus miolos estourarão antes.

"Se estão pensando que eu sou um demente mental, estão enganados."

Era a voz do marginal que irrompia em meio ao som do vento e dos pneus no asfalto. Assim como às vezes sonhamos estar sonhando, levei um susto dentro do susto maior, pano de fundo do terror que estávamos, Eugênia e eu, vivendo dentro de nosso carro. Desde a confusão permeada por balbucios agressivos de meia hora atrás, o silêncio havia se estabelecido. Um silêncio que permitiu devaneios inusitados, passear por Calvin e *Toy Story*. Três pessoas em silêncio dentro de um carro, uma delas armada. Três vozes caladas, constrangidas. Mas não era só eu quem pensava muito, misturando assuntos desconexos. Alguém devia estar pensando a toda a velocidade para que a força centrífuga das palavras não vencesse as curvas e escapasse pela boca. Se estão pensando que eu sou um demente mental, estão enganados, foi o que ele disse.

— Você quer dizer "doente mental". "Demente" já é "doente mental". Falar "demente mental" significa o mesmo que falar "doente mental mental".

— Ah, entendo: se pensarmos na equação (demente) + (mental), na qual demente = doente mental, então teremos (doente mental) + (mental), ou seja, "doente mental mental".

— Seu raciocínio matemático é perfeito.

— Obrigado.

Chegamos ao final da estrada de Garuva. Curitiba está à direita. Faço a curva. Esse aviso que ele nos dera no meio de parênteses cravados no silêncio poderia ser entendido como o contrário do que quisera dizer? Seria ele um doente mental tentando expurgar o rótulo? Se esse delinquente for mesmo insano, isso pode ser pior do que um sujeito apenas mau. Ou perdido. Se ao menos eu pudesse saber o que Eugênia está pensando.

— Você poderia nos dar um minuto? Preciso conversar a sós com minha mulher. Você sabe, não? Coisas íntimas. De casal.

— Mas claro, desculpem minha indelicadeza. Quando quiserem, parem em algum lugar. Eu desço do carro, vocês conversam e depois me chamam.

— Quanta gentileza. Não teme que o deixemos na estrada a comer poeira? Ou que eu engate uma ré e lhe esmague o crânio?

— Ah, recuso-me a acreditar que casal de tão fino trato incorreria em tamanha falta de decência. Os bons princípios ainda prevalecem e é por isso que tenho fé na humanidade.

Minha ousadia me deixa apenas girar a cabeça um pouco para o lado, onde vislumbro Eugênia, primeiro suas coxas, depois subo meus olhos até seus olhos, que não me olham. Parece uma boneca de cera. Os guardas do Madame Tussaud devem estar atrás de mim. Apesar de retesada e imóvel, mãos crispadas no cetim da saia amassando as varizes, Eugênia tem um semblante indecifrável.

Uma pequena ousadia leva a outra. Em frações de segundo, passeio meus olhos pelo espelho retrovisor. Vejo apenas um vulto, não arrisco a sustentação do olhar. A setenta quilômetros por hora, mesmo as curvas da serra se aproximando, seria possível olhá-lo com mais vagar, desde que ele fosse um filho, um sobrinho. Mas um rapaz armado que diz não ter nada a perder, promete estourar nossos miolos e jura feito doente mental que não é demente mental inspira cuidados, prudências, covardias. Sou fraco para exibir coragem e tento procurá-lo sem que me veja. Minhas olhadelas veem apenas um rosto mal enquadrado no retrovisor, meia face aparecendo, outra metade sem o alcance de espelhos. Vejo sem ver, meu olhar sempre desviante. Dou mais um zap em seu rosto e torno a olhar para a frente. Umas quatro ou cinco vezes repito o ritual, a esguelha tirando tinta da sua pele, o olho que busca e não quer encontrar a correspondência com o outro porque teme a brutal resposta, mesmo procurando um naco de empatia. Sei, porém, que é preciso conhecer o inimigo.

Tento mirá-lo, então, mais uma vez. Parece absorto, o olhar nas montanhas. Vasculho boca, desvio, vejo um nariz bem formado, volto para a estrada, expressão das sobrancelhas sem significado aparente, retorno para o caminhão que me ultrapassa. Volto o olhar e ainda vejo seu olho perdido e agitado mirando a Serra do Mar.

"Olhando o quê? Nunca viu? Quer que eu te estoure os miolos? Não sou demente mental, mas não tenho nada a perder. Qualquer bobeada, bum. Se você parar na polícia, vou preso, mas você."

Os sentidos se embaralham e se anulam. O entendimento cai por terra. Eu olhava para seu olho direito, um olho que apontava para a serra. O que fazia aquele outro, todo esquerdo, olhando direto para mim? Frio súbito na boca seca do abdômen e desorientação. Ironia medonha: o olho direito era torto. O estrabismo como recurso. Encarei por pouco tempo o olho sinistro, que me via.

Os olhos díspares faziam coro à discrepância que eu continuava intuindo: que palavras agressivas para essa voz suave sem projeção nem arestas.

Há recomendações da polícia: não argumente, não reaja. Não foi por recomendação alguma que me calei. Não sabia o que dizer, como dizer, esbocei um "mas..." que não saiu da garganta áspera, prevenindo-me da ausência de palavras futuras. Se não sabia o que dizer depois do mas, melhor que ficasse preso.

A estátua de cera ao meu lado — as intermináveis borrifadas de luz alta atrás de mim seriam mesmo a guarda do Madame Tussaud? — crispou um pouco mais as mãos, erguendo a saia acetinada, brilhante e viscosa. Há quanto tempo não via um pedaço daquelas pernas? Lá fora, a Serra do Mar esnobando-se toda. Ao meu lado, as veias minúsculas das coxas de Eugênia eram estradinhas azuis que recortavam a paisagem de carne e subiam, prenunciando a mata previsível e há muito tempo intocada. *Veredas e varizes* seria bom título para um livro. *Grande sertão*: varizes.

Os recatos de Eugênia começaram de repente. Talvez uma vingança pela nossa história de vida. Ou ao menos para o enredo que criei sobre a nossa história de vida. Além dessa hipótese, há outra, complementar: andara se convertendo — ela jura que não — aos ritos católicos, com os quais aprendera, segundo ela, as mil lições que a religião tem para nos ensinar, seu apego à vida em comunidade, seu modo de preservar rituais de passagem, seu jeito de reforçar o valor da família e da proteção aos mais frágeis por meio das figuras emblemáticas arquetípicas de um pai, um filho e uma mãe. Que essa mãe engravida mas é virgem e cria uma pombinha branca que a fecundou depois da visita de um humanoide com asas, isso Eugênia não me explica, não tem importância alguma para ela, o que conta, diz, são os símbolos que emergem dessa imbricada relação. Ela chama de complexo o que eu chamo de delírio criado em uma época obscura e que, ainda hoje, é sustentado por alguns picaretas. Você nem parece escritor, ela me acusa, não consegue abstrair nada, não consegue espremer essas histórias e ficar apenas com o sumo — ela diz o suprassumo — delas.

Então, uma combinação entre sua conversão tardia e a transfusão de forças que nossas vidas sofreram é a nova versão que tenho para explicar seus recentes recatos, suas fugas aos mínimos toques.

Eugênia é oito anos mais velha do que eu. Nos conhecemos nas muitas festas que os centros acadêmicos da Universidade Federal do Paraná organizavam no início da década de 1980. Ela fazia sua segunda graduação enquanto eu acabara de entrar na primeira — e única. Vi na faculdade a tábua de salvação para meu grande projeto de ser escritor. Era a tábua na qual queria entalhar o meu destino. Nada além de dois poemas escritos me dava essa garantia. A arrogância adolescente tem a vantagem de esconder de nós mesmos as fragilidades e não nos faz ver — e essa cegueira nos resguarda — que provocamos no outro a temida vergonha alheia. Um poema social e outro de amor eram o meu portfólio para entrar em uma faculdade de Letras para ser escritor. Não para aprender, claro, já que um jovem de vinte anos não tem mais nada para aprender, mas sim para mostrar o que já era capaz de compor, conhecer pessoas, publicar nos pequenos jornais dos estudantes até que alguém descobrisse o gênio que ali se escondia. Minha infância não teve interesses maiores. Se Vitória, aos quatro anos, me pedia para ver e rever *Toy Story*, eu, aos quatro, ouvia meu pai contar sobre as bordoadas que dava em estudantes na Reitoria e no Politécnico durante o fervilhante ano de 1968. Essas histórias eram os meus contos de fadas.

É possível que ele tenha batido nos pais de Eugênia. Gosto de pensar nisso. Hoje menos, mas nos momentos em que tínhamos um casamento mais ativo, nas horas das grandes brigas que só os apaixonados são capazes de armar, eu adorava imaginar, cena a cena, meu pai, cassetete fálico em punho, desferindo doses bem distribuídas de pancadas, tatuando hematomas na pele branca e ainda firme da mãe de Eugênia. Não gostar de sogras é um atavismo que os livros de piadas se especializaram em descrever. Não há novidade nisso. E quando Eugênia repetia os discursos da mãe, narrando o drama de quem sofreu na pele e nos ossos a brutalidade de cavalos de toda espécie, e sofreu o terrorismo psicológico das fichas do DOPS em Curitiba, começávamos intermináveis brigas entre a minha visão de mundo vagabunda, de quem se encostava na família dela a fim de sugar o sustento para a carreira genial, e a visão de mundo da família dela, ex-combatente da ditadura que julga ter vencido as agruras e só por isso construiu sem peso na consciência mansão no Jardim Social com cinco carros na garagem. No início, Eugênia me bancava, era meu escudo, minha couraça à prova de balas. Depois deixava passarem alguns tiros até que, por fim, também arriscava umas puxadas no gatilho. A tudo isso eu atribuía a mão da mãe dela, um anel em cada dedo, irrompendo das sedas com as quais sempre se vestia. Eu tinha uma antagonista, alguém que jamais compreenderia que o gênio precisava dormir durante o dia, pois estudava à noite, estendia as aulas para os bares, escrevia obras-primas em guardanapo, fumava, bebia, buscava inspiração. Temos de usufruir o capital desses concentradores de renda que não produzem, eu pensava. Não posso sustentar vagabundo, a mãe de Eugênia dizia. Originalidade: zero.

Por tudo isso é que eu aplacava minha ira imaginando meu pai jogando um cavalo e um cassetete para cima da mãe de Eugênia. Não consigo deixar de me comprazer com a imagem — cruel, mas talvez esteja aí o prazer — dela levando coices, bicudas e cascudos. A luta contra a ditadura foi imprescindível em todos os aspectos, menos quando penso na mãe de Eugênia jogando bolinhas de gude no chão para que os cavalos tombassem, e rindo-se toda, enraivecida e chacoalhante.

Nossas entranhas são perigosas, nossos desejos secretos às vezes vestem números maiores do que a camisa de força que colocamos neles.

Ativa, nervosa, Eugênia tinha sede de experimentar as coisas que o mundo oferecia. Já era arquiteta e cursava Ciências Sociais. Brilhante, futuro aberto à sua frente. Até encontrar o gênio e, por não ter a arrogância dele, acreditar-se menor, ir perdendo o viço, murchando. Eis Eugênia hoje: uma dessas devotas tardias fazendo pesquisas sociológicas duvidosas, canibalizada pelo marido antes frágil e perdido no mundo. Adotou-o como filho antes de vir a filha — e ele sugou-lhe as energias. Em minha defesa, devo dizer que nada foi à força. Eu era um jovem bocó que se acreditava gênio. A outrora dita transfusão de forças de Eugênia para mim eram oferendas solidárias que pareciam mostrar generosidade. Só bem mais tarde percebi, não passavam de um sinal franco de aniquilamento, desistência de autoria da própria vida. Ela teve medo de ficar maior do que julgava suportar. Acreditou em mim e na minha prepotência. E eu fiquei maior. Agora, com essa súbita e estranha devoção à Igreja, passou o leme da vida para um duende ou outro ser sobrenatural equivalente que goze de mais prestígio. E, pior: burra não é — não pode ser. Não pode sequer contar com as bênçãos da burrice, que anuvia tudo, nubla a consciência e não provoca a dor do entendimento. Ela sabe no que se transformou. E: ela sabe no que eu a transformei, considerando uma versão mais amarga. Ainda assim, seguiu fazendo suas imolações no altar da autocomiseração. O ar que ela respirava me inflou. O enredo, então, é simples: a mulher, educada e instruída, formou o adolescente que se julgava grande, um cara até então medíocre e que só deixou de sê-lo porque outros, cada vez em maior número, acreditaram na sua loucura. Nesse parasitismo, ele acaba grande e ela, diminuída, começa a frequentar uma igreja sob o pretexto de fazer pesquisa sociológica. Que poder tão arrasador é esse, não sei. Talvez eu deva me culpar menos e imputar toda a circunstância à ausência de espírito de Eugênia. Devido a essa fraqueza é que ela vai procurar o espírito nas crendices? Ora, mas depois de velha? Depois de fazer duas faculdades, depois de já ter condições de saber que Papai Noel não existe, agarra-se a outro desvario. Que desespero é esse que causou tão passiva entrega, também não sei.

Ela se mexeu.

— Boa tarde. Recebemos uma ligação dizendo que o senhor roubou uma estátua do Museu de Cera Madame Tussaud. Gostaríamos de checar os seus passageiros, para ver se são reais.

— Não façam cerimônia. Fiquem à vontade.

— Ok, temos aqui um rapaz armado, sim, sabemos que você não é demente mental, ninguém seria louco para supor isso, ok, o rapaz fala, logo não é estátua de cera. Deixe-nos ver então a passageira do banco da frente.

— Claro, vejam como a pele é flácida (desculpe, querida, é só para eles afastarem qualquer suspeita), podem apalpá-la. Aí corre sangue, aí tem carne.

— Sim, o senhor tem razão. Desculpe-nos algum transtorno. Tenha um bom final de tarde.

— Oh, obrigado. Adeus e boa sorte nas buscas. Querida, essa

foi por pouco, pode tornar a enrijecer-se. Olhe os olhos tortos do rapazinho aí atrás e você voltará a ser estátua.

Eugênia despertou do transe. Não olhou espelho algum. Virou-se para trás, torso flexível, e inquiriu o rapaz com cabeça, tronco, membros. E palavras.

"O que você quer de nós?"

Eugênia, você está louca?

"Que vocês liguem o ar-condicionado do carro. Tenho calor."

Eugênia liga o ar. Um alívio mal pensado toma conta, talvez o suor que escorria pelo meu rosto não fosse medo. Apenas o calor, banal.

O que tem essa mulher? Sem cerimônia, em gesto brusco, liga o rádio, ouvimos um CD de Gilbert Bécaud... *dans le grand silence... faut faire avec...* Eu é que deveria estar assim, arrojado, colocando música e autoridade, acalmando Eugênia. Passada a admiração por mim — diria submissão — veio um recato, a recusa aos toques, a conversão e, nos últimos tempos, ela dava mostras de uma rebeldia silenciosa, só de ações. Onde se viu gesto repentino com um demente mental dentro do carro? *Pour tromper sa peur, on met son coeur derrière un masque.* Fique quieto, Bécaud, ou ele estoura teus miolos.

"Bonita essa música."

Isso deu mais coragem a Eugênia. Pude ouvi-la soltando um ar represado.

"Agora que você já tem ar-condicionado e gostou da música, o que você quer de nós?"

Ele se ajeitou bem devagar no banco de trás, onde estava quase deitado. Deu um suspiro de média intensidade, talvez tenha olhado para as unhas, a fim de verificá-las sujas ou compridas, deve ter erguido as sobrancelhas, comprimido os lábios, curvado a coluna para a frente e, a um só tempo, encostou o cano do revólver na bochecha de Eugênia, queimada de sol.

"Eu queria que vocês olhassem pra frente e continuassem a viagem. Se a música está boa, pra que falar? Se o senhor parar na Polícia, der sinal de luz, se atirar serra abaixo, tentar me agarrar, ligar com a ponta dos dedos no bolso da calça pra algum número secreto, fizer caretas desesperadas pra todo mundo que ultrapassa o nosso carro, tentar ficar me perguntando o que quero de vocês, enfim, qualquer ação que não seja dirigir olhando pra frente, por mais variada que seja, eu queria dizer que ela só vai ter um, apenas um resultado: eu estouro o miolo de vocês. Eu vou preso, eu posso morrer, eu posso fugir, eu posso me matar, eu posso sair dando risada. Vocês, não. A única saída vai ser sair da vida. Você gostam de viver, o senhor é famoso, a senhora desfruta do dinheiro que ele ganha, não vão querer morrer agora. Qualquer ação que não seja ir pra casa de vocês, de preferência com o pé um pouco mais pesado, vai acabar do mesmo jeito. Não tem variação possível. Eu aperto o gatilho e em menos de poucos segundos um miolo até então bem guardado aparece; depois, o outro. E os dois juntos vão acabar sujando o vidro do carro, emporcalhando o estofamento, entupindo o ar-condicionado. Nem os filhos de vocês vão se dar bem, não vão querer esse carro fedendo miolo da cabeça".

— Querida, você reparou na poesia da fala dele? Chamou-me a atenção o requinte no uso do verbo sair, em "a única saída vai ser sair da vida".

— Como não reparar? O que mais me marcou foi o momento em que ele nos dá uma série de alternativas criativas para tentar detê-lo e, logo em seguida, insere um anticlímax que nos faz retornar à condição de pobres coitados, reféns de um menino.

— Você se lembra daquele jogo de infância, que geralmente as crianças jogavam nos pátios da escola? Eu tocava alguém e dizia: "estátua".

Eugênia voltou a petrificar-se, a coragem se esvaiu, eu poderia finalmente assumir o comando da situação, colocar a autoridade da testosterona. Afinal ele tinha sim mais ou menos a idade de Vitória. Eu saberia — até sete dias atrás eu tinha certeza de que saberia — lidar com um público dessa idade. Mas ele tinha um revólver.

A agressividade das imagens evocadas pela fala dele e a textura suave de uma voz para dentro e infantil — não no timbre, mas na conformação das palavras — ajudavam a me confundir. A forma como falava era muito menos rude do que o sentido das palavras, o que contribuía para abrandá-lo. De um conteúdo bruto saía a voz moldada por um lapidário tímido, encolhido.

A viagem até Curitiba foi em geral silenciosa. As curvas da serra não fizeram derrapar mais nenhuma palavra. Um prazer secreto surgiu quando ele falou que Eugênia desfrutava o meu dinheiro. Quase ri, mas a história de miolos entupindo o ar-condicionado me causou engulho. O que me intrigou foi o fato de o rapaz saber que eu era famoso. O país está melhor, as pessoas têm mais qualidade de vida e acaba sobrando tempo e dinheiro para investir em conhecimento, cultura, livros. Dez anos atrás, alguém reconheceria um escritor, por mais famoso e premiado que fosse? Esse marginal pode ser um fã e descobriu um caminho tortuoso para conhecer a minha casa, minha biblioteca. Pela articulação da sua fala — vamos descontar o demente mental, pois se trata de um caso clássico de hipercorreção —, logo se vê que é leitor. Deveria eu ter sorrido no momento dos miolos? Seria trecho de algum livro meu?

Cerca de duas horas de viagem depois e eu vislumbrava o posto da polícia no final da serra. Uma camada extra de tensão recobriu nossa pele. Mas não havia ninguém, passamos sem avistar qualquer figura policial. Despimo-nos da camada extra, uma tensão a menos, resta a que já dura algumas horas, agora mais familiar. O CD ainda tocava, repetindo-se. Nessa viagem interminável eu ouvira a voz rouca daquele senhor fumante dizendo de novo que *chaque enfant qui naît c'est un prophète... et la vie avance irrésistible, impitoyable*. Não sei dizer que profecia guarda Vitória, tampouco esse jovem delinquente de arma em punho.

Depois de chegar a Curitiba percorrendo toda a extensão da Avenida das Torres, fazer conversões, dobrar e seguir, conforto-me sentindo o pneu bater nos paralelepípedos da Rua Schiller. Sou quase capaz de deixar o ladrão estourar meus miolos agora. Retórica distante. Bastaria ele se mover para ajeitar melhor as costas no banco traseiro que eu sentiria a boca amordaçada do estômago se contorcer. O conforto de rodar pela Schiller, o azul do céu semeado de folhas verdes, é uma realidade paralela. Lembro-me, criança, das lições de conjuntos nas aulas de matemática. A pertence a B que está contido em C que contém não sei mais o quê, e penso se é possível fazer associações do tipo o terror contém o prazer de andar pela Schiller, que pertence ao conjunto do medo de ter os miolos estourados. Não, eu jamais escreveria estourar miolos em um livro meu. De que desenho animado ele havia tirado essa frase? Que vilão a proferia? Que roteirista macabro conseguiu a fórmula exata para aterrorizar as pessoas com esse bordão tétrico? Se criança assistindo a algum embate do bem contra o mal, é terror que dá prazer. Mas, adulto com revólver na nuca, as adrenalinas são outras.

Qualquer tipo de prazer que possa sentir agora, como o fato de andar pela brisa que apenas a Schiller sabe produzir, vem acompanhado de um peso indissociável. Corro riscos. E não são riscos recomendados pelos livros de autoajuda, não são os riscos felizes encaminhados nos anexos dos correios eletrônicos, com imagens de modelos vestidos de branco correndo em uma praia de pôr do sol exuberante e acompanhados por mensagens que alguém supõe verdadeiras lições de vida, depois das quais as pessoas sairão de seus escritórios, tirarão os aventais da limpeza pública, jogarão fora seus antidepressivos e marcharão para a rua irmanados, não sujarão as praias, não congestionarão o trânsito, apenas darão as mãos e sorrirão sorrisos frescos de hálito puro, tudo isso porque resolveram correr riscos, conforme a mensagem em letras gordas, em geral *Comic Sans* amarelas ou vermelhas, nos mandava fazer. Não é desse risco que falo. Falo do perigo de morrer aos quarenta e oito anos, jovem, com os miolos estampados nas capas dos jornais, sem saber se Vitória chorará por mim ou cuspirá na faixa de gaze enrolada em minha cabeça, turbante a esconder o que insistiu em saltar para fora do crânio, se Eugênia enxugará os olhos em um lenço ou estará deitada ao meu lado, em caixão semelhante, algodões nas narinas. Não é um risco que me apraz correr. Saber se na hierarquia dos eufemismos sou lógico, prudente ou covarde é algo que pouco atiça a curiosidade. Ela está tomada por uma ventania turva que evita que eu pergunte as coisas com clareza a mim mesmo, impede de me fixar em algo que seja útil para vislumbrar futuro longo, estável, cheio de glórias prometidas. Até com dia marcado. Minha agenda registra dois prêmios a receber. Há sete ou oito mesas-redondas este ano, duas bienais, perambulações, badalação, Frankfurt, *O homem sem saída* é sucesso, traduções, boa venda. Pensando nas doze obras, quase quinhentas mil pessoas têm um livro cuja capa carrega o nome Emílio Meister. O risco que corro é escuro, abafado, enrijece o pescoço. Não se trata da morte súbita, sem opção, sem tempo de avaliar alternativas do tipo se eu morrer agora. Carrego no banco de trás a promessa de fazer calar em mim tudo o que já fiz e fui. Se eu ainda fosse ingênuo, talvez acreditasse na chance de, mesmo depois da morte, poder olhar o mundo a partir de outro plano. Nunca vi nenhum crente com doença terminal se despedir dos familiares como se fosse viajar para o Caribe, dando tapas nas costas, sorrisos cortando o rosto de fora a fora. A promessa do paraíso celeste não exerce a mesma atração das promessas feitas por uma agência de viagens. Por mais que os agentes das viagens sobrenaturais se esforcem em prometer o paraíso, ainda preferimos os agentes terrestres, as filas dos aeroportos, os mosquitos à noite, as queimaduras de segundo grau e a areia roçando as partes íntimas. Esse é o paraíso que aceitamos, que preferimos, que queremos. Orai, oremos, professemos a fé na vida após a morte, decantemos com júbilo o paraíso e a vida eterna, mas na derradeira hora é choro e é ranger de dentes.

— Não precisam chorar. Esse tiro só vai acabar com meu corpo. Minh'alma é imortal. Não chorem, eu volto.

Os choros compassivos, ao ouvirem o "eu volto", tornam-se mais histéricos.

— Se não querem que eu volte, então eu espero vocês por lá.

O choro fica ainda mais intenso.

— Não me digam que quando vocês rezavam junto comigo, dizendo que acreditavam na ressurreição da carne, na vida eterna, tudo não passava de uma armação?

Para mim, resta o consolo de que não ficarei triste, não ficarei com raiva, não lamentarei a interrupção brusca em meio aos compromissos agendados para a glória dos prêmios e festas e conversas para as quais me pagam boas moedas. Não me morderei de curiosidade para saber se Vitória compareceu, chorou ou disse apenas um "oh" sem expressão ao telefone. Ficarei com nada, sem peso, sem medida, vazio. O momento de sofrer é agora, porque a vida é agora.

Minha agenda registra muitos eventos futuros. Se eu morrer e meus objetos de estimação, no escritório que insisto em imaginar inerte, tiverem vida, eles estarão lá agora fazendo uma orgia de borrachas se esfregando no grafite da minha letra e apagando os destinos escritos pela minha mão. Tudo estará apagado, prenúncio de vida interrompida.

Nossa casa é ótima. Quase não a comprei pela demasiada proximidade com a casa ao lado. Os vizinhos viajam muito, garantiu-me o corretor. São moradores de muitos anos e não têm nenhuma intenção de se mudar. Além disso, são discretos. O cão vive preso, morde mas não ladra. Uma babá toma conta de uma criança adotada pelo casal. Era recém-nascido quando nos mudamos. No fundo do quintal, um portão liga os dois terrenos. Melífluo, o corretor explicava a ligação com alguma anedota, um histórico de amizade ou parentesco entre os moradores antigos. Queria provocar em nós um sorriso condescendente. A casa custou-me dois livros. E uma boa parte da herança deixada pela mãe de Eugênia.

São os três pavimentos da casa que avisto agora. A noite não vai tardar a cobrir o dia, mas a luz ainda é intensa. Paro o carro em frente ao portão, descanso as mãos nas coxas e logo me lembro de que o gesto pode ser interpretado de algum mau jeito. É importante manter as mãos ao alcance da vista do bandido. A polícia não deve ter uma cartilha explicativa sobre como lidar com bandidos que tenham olhos voltados para direções opostas, ziguezagueantes.

— *Estou sendo vítima de um assalto. O meliante está no banco de trás do carro e eu tirei as mãos do volante e as descansei nas coxas.*

— *Coloque as mãos no volante e as deixe ao alcance da visão dele.*

— *Mas ele é estrábico. Não consigo calcular o alcance da visão. Tenho a impressão de que ele enxerga mais amplamente com um olho apontado para um lado e o outro para o outro. Uma verdadeira ave de rapina.*

Estávamos ali, motor ligado e quente, ventoinha em ação. Eugênia olha para o nada. O jogo de chicotear o espelho com os olhos recomeça. Que faz de cabeça baixa? Terá dormido? Deixo as mãos no volante e estico o tronco, erguendo-me para conseguir vê-lo. Parece esperar. Eu espero, Eugênia espera, ele espera. Escravos de Jó, e com a paciência dele, passamos as responsabilidades da iniciativa uns aos outros.

"O que estamos esperando?"

Ele diz isso sem erguer os olhos (estou atento: assim que erguê-los, desvio os meus). Vejo-o pegar uma mochila e colocá-la sobre as coxas. Acompanho o queixo subindo e encaro aquele olho esquerdo por uma fração de segundo. Talvez seja importante para ele saber que tem um rival sábio, embora desarmado. O conhecimento é uma arma, já dizem os que não sabem o que dizem. É uma arma em terra de desarmados.

"Você vai entrar?"

A voz é de Eugênia e a frase fica no meio termo entre a pergunta e a admiração. Conheço suas entonações. São as mesmas da época em que não tínhamos carro e algum amigo nos levava para casa. De início, uma pergunta sincera, esperança de prosseguir com a noite. Depois, casados, a pergunta equivalia a um por favor, suma logo daqui. A mãe dela — lamento não acreditar na sobrenatureza, pois se não posso rezar para que Deus a tenha, tampouco posso rogar para que o diabo a carregue — não nos deu dinheiro fácil, certamente por minha causa, o vagabundo que queria ganhar a vida escrevendo. Mas eu não era burro. Queria ter um teto e algum dinheiro para não morrer de fome. E isso, eu sabia, estava garantido. Depois das caronas, começamos a ter o suficiente para andarmos de táxi ao menos uma vez por semana. Não demorei muito a fazer sucesso. Caí no gosto da imprensa por lançar um romance — ruim — ainda muito jovem. Como muitos jornais não querem saber de literatura, mas sim de pessoas e vidas reais que causem alguma curiosidade, era como se o livro não existisse e recaísse apenas sobre mim a curiosidade. O rótulo "o mais jovem escritor" dava conta de fazer sua referência ao livro. Fora isso, uma bateria de perguntas pessoais, como eu escrevia, a que horas, se eu escrevia só de pijama ou de cueca, quais meus outros passatempos, se Eugênia era ciumenta por causa do assédio de meninas da minha idade. De vez em quando alguém me perguntava se eu era igual ao personagem que escrevera, ao menos dando a entender que lera o livro. Eram, enfim, perguntas que lembravam aqueles programas de auditório para jovens com pessoas que batem palmas quando alguém manda. Estavam interessados em mim, queriam me transformar em uma celebridade. Quanto ao livro, um apêndice irrelevante.

Quando Eugênia pergunta se ele quer entrar, queremos que ele suma, mas sabemos que é improvável.

— Não, não vou entrar, obrigado pela gentileza do convite. Apenas queria dizer que... — holofotes, câmeras fotográficas e filmadoras espocam depois de irromperem detrás das árvores da Schiller enquanto o ladrãozinho alteia a voz — ... que vocês foram sorteados para participar desta brincadeira e ganharam um caminhão de móveis e eletrodomésticos. Uma máquina de lavar roupas, uma lavadora de louça, geladeira, fogão, aspirador de pó, liquidificador, batedeira e um jogo de sofá de dois e três lugares. Além disso, mais cinco mil reais em compras.

De onde vêm essas palmas?

"Não, vou ficar aqui fora."

Eu percebi a ironia na fala dele. Não precisava ter sorrido (havia timidez no sorriso?).

"Claro que vamos entrar", emendou.

O controle remoto do portão está no para-sol, mãos ao alto e à vista. Abro o portão e entramos.

— James, temos visita para o jantar.

Ao ouvirem o barulho da chave girando na fechadura, os objetos da casa devem ter avisado uns aos outros e voltado à posição de inércia absoluta. A claridade de fora me faz levar algum tempo para acostumar o olhar, dando mais tempo para eles se ajeitarem. Ainda flagro o último movimento de um pedaço de papel, que disfarça bem, fingindo se balançar por causa do vento leve que passa por uma fresta da janela gradeada da cozinha. Agora, tudo em ordem, tudo na ordem como deixamos as coisas antes de ir a Florianópolis atrás de abraços e afetos e encontrar soluços e ofensas. Trabalho lento e artesanal: o de desmontar peça por peça, remoê-las, organizá-las, elaborá-las de modo assimilável para dar sentido menos difícil a todo o discurso de Vitória, claro como neve. Um desejo de obscurecer aquela fala límpida, sujá-la com a graxa das minhas interpretações, sob o pretexto de azeitá-la, e devolvê-la ao meu mundo de novo límpida, funcionando ao meu modo, submetendo-a à minha lógica. Nos minutos da fúria clarividente, Vitória jogou uma luz sobre minha vida que funcionou de modo inverso: a luz cegou. O *flash* da argumentação espicaçante me obrigava a fechar os olhos em vez de buscar ver mais e mais. Assim como entrar na cozinha exigiu um tempo de adaptação por causa da luz de fora, o tempo de adaptação para a luz que Vitória lançou ainda está vigorando. É a meia visão recuperada nos dias de praia em Itapoá, feitos de caminhadas na areia, com ou sem Eugênia ao meu lado, de horas sentado na cadeira de balanço da varanda, olhando a rua vazia, de leituras que, fosse qual fosse a trama, pareciam mensagens cifradas acusando-me, apiedando-se de mim. Você é um coitado.

Fechado o portão da rua, estamos isolados, ninguém nos vê. Os sons da casa vizinha são audíveis, mas os vizinhos — o corretor não mentiu — devem estar viajando e apenas um som de criança se ouve ao fundo. Não consigo saber ao certo se ela chora ou ri. Mas sei, isso sei bem, que Vera, a babá, não canta para o menino dormir. Abro a porta, Eugênia entra depois. O miserável demora. Teria fugido? Mas para que fugir se bastaria sair caminhando e, quem sabe, dar um aceno? Seria o momento de trancar a porta rápido, deixá-lo para fora e chamar a polícia. Não precisaria fazer cálculos complicados para saber quanto tempo ele levaria para estourar a fechadura com um tiro. Ainda sobrariam cinco para estourar nossos miolos. Mesmo que fosse um perdulário, dois tiros na minha cara e dois tiros na sobrancelha esquerda quase sempre arregalada de Eugênia lhe deixariam um de reserva, para o caso de nossos corpos se debaterem de modo desagradável. Levaria vinte, trinta, quarenta segundos, conforme seus requintes. No outro lado da disputa, estava em jogo a minha agilidade para achar o telefone, lembrar o número da polícia, cair na gravação, ser atendido, ter de responder a meia dúzia de perguntas, desde o endereço até o tipo físico e finalmente esperar os policiais chegarem. Isso tudo talvez levasse vinte, trinta, quarenta minutos. Um problema de escala, de unidades de medida do tempo. Eu poderia ainda trancar a porta e armar-me de uma vassoura. O que de mais ameaçador eu teria em casa? A obra completa de Freud em italiano era uma caixa com dois volumes pesados. Aquilo poderia ao menos tonteá-lo. A faca da cozinha era outra possibilidade, até mais óbvia.

"Você gosta da tua mulher, não?"

Ele entrou tranquilo (era aquilo tranquilidade? Maravilhamento? Timidez?), reconhecendo o lugar enquanto a boca fazia a pergunta. Além de um olho independente do outro, olhos e boca também pareciam viver bem com tarefas distintas e simultâneas. Foi a primeira vez que o vi de frente, e ele parece não ter percebido. Avaliava a casa, um modo contraditório que misturava atenção e displicência (seria mesmo displicência? O que há nesses gestos que me propõem tantos enigmas?). Era um pouco mais alto do que eu supunha, ainda assim menor que eu. Roupas que não mostravam uma classe social definida cobriam um corpo magro de músculos rijos. Camiseta de malha, manga comprida — com aquele calor, seria falta de opção? —, calça jeans de cós baixo deixando ver a barra superior da cueca. A aparição é discreta, o que me deixa sem saber se usada de modo voluntário ou um descuido cujo pudor em breve o faria erguer as calças. Eu quis me demorar no rosto dele, mas temi. Então voltei para dentro de mim, refúgio que me dava alguma liberdade. Não consegui pensar em outra coisa que não fosse a pergunta que ele acabou de fazer: você gosta da tua mulher? Algum trecho de um livro meu? Sou famoso, ele sabe disso, posso usar esse trunfo como uma espécie de autoridade simbólica no jogo de forças. Astuto em elaborar e jogar situações complexas no papel, eu me via agora uma presa das perguntas desconcertantes dele. Ele é um estúpido ou alguém que sabe jogar. Como responder de modo rápido e absoluto a uma pergunta daquelas? Afinal, gosto ou não gosto de Eugênia?

Aprendi a dinâmica do casamento e a inerente arte de suportar uma convivência diária. As últimas discussões sobre a beatice dela, seus recatos ostensivos, a ausência de afeto, as varizes na perna, a sobrancelha esquerda cada dia mais levantada não eram motivos suficientes para que eu quisesse vê-la morta.

"Gosto."

Uma pessoa jovem, ainda mais delinquente, não usaria o verbo amar. Isso facilitou minha vida. E eu gostava de Eugênia. Não olhei para ela.

"Se vocês têm telefone no quarto, tirem. Os celulares ficam aqui comigo. Vocês podem dormir na cama de vocês, me arrumam o colchão de algum quarto e durmo no chão, perto da porta. Tenho sono leve. É hora de jantarmos, tenho fome, vocês não? Amanhã você poderá apresentar o programa. Nós assistimos aqui. Vai normalmente, mas, se você gosta mesmo dela, já sabe: falou com algum amigo, chamou a polícia, já dê adeus para ela antes de sair de casa. Ela morre. Não tem negociador perito que resolva. A primeira palavra dele será respondida com um tiro nessa sobrancelha que vive pra cima" — e apontou para Eugênia. Não por acaso, depois do que ele disse, a sobrancelha se levantou (ele havia mesmo dado um sorriso infantil depois de ter dito aquilo?). Ele continua: "no momento em que o negociador falar atenção, ele já vai ouvir um tiro. Miolos no sofá. Você terá sua vingança, me verá preso, quem sabe morto. Mas nada trará sua bonequinha de volta. Eu não tenho nada a perder."

Algumas coisas estranhas: nunca imaginei um assalto ou sequestro nesses termos. O miserável nos pergunta se temos fome. Se quer nos alimentar ou estourar nossos miolos, isso ainda não ficou claro. Bruxa de João e Maria, nos engorda para nos devorar. Ele vai dormir aqui. Não pediu joias nem dinheiro nem cartões. Pediu um colchão. Eugênia tem cinquenta e cinco anos, não é uma bonequinha. Uma leve sensação erótica passou por mim. E ele disse que eu poderia apresentar o programa. Do que ele está falando?

"De que programa você está falando?"

Era ela, sobrancelha em riste se desgrudando da testa. O céu é o limite.

A frágil segurança dele cambaleou, um cruzado no queixo. Pensou se aquela pergunta poderia guardar artimanhas. Olhou em nossos olhos, o esquerdo fixando-se em Eugênia; o direito, menos submisso, se esforçava para pousar em mim e me sondar.

"Se você não for, vão ligar atrás de você. Assim que esse telefone tocar e você disser que não pode ir, assim que você levantar qualquer suspeita, o gatilho vai enroscar no meu dedo."

A imagem do gatilho não foi tão boa, ele já havia usado outras melhores. Porém foi suficiente para que eu limpasse a garganta engolindo uma saliva viscosa.

"Você me confundiu com alguém. Não apresento nem represento nada, ninguém. Não há programa algum — *se você quiser, nós vamos atrás desse apresentador, procuramos o endereço dele na lista telefônica, no Google, e eu te levo lá. Você bate, diz que vai entregar uma pizza e pronto: pega um colchão e dorme nos pés dele. Só não esqueça: se ele ameaçar fazer denúncia, estoure os miolos dele.* Trabalho em casa, de vez em quando saio para falar em alguns lugares, mas só tenho compromisso depois que começar o inverno. Trabalho assim: fora de casa, apenas no segundo semestre."

Os olhos tentaram parar em mim. Ele queria me medir, ver meu rosto e cotejá-lo com a imagem do apresentador que tinha dentro da cabeça. Consegui ler esse gesto com muita clareza, talvez meus sentidos estivessem recobrando a consciência.

Ele se sentou no sofá soltando o ar comprimido dos pulmões.

"O que tem para comer?"

Que programa de TV feito em Curitiba teria um apresentador parecido comigo? Telejornal da noite, programas policiais na hora do almoço? Era um pouco triste vê-lo decepcionado. Tive vontade de pedir desculpas, essas coisas acontecem, eu sou apenas um sujeito que trabalha em casa, que aparece pouco na TV, jamais conseguiria conduzir um programa de qualquer natureza, sempre esbarro em microfones, derrubo a água nas mesas redondas, não sei sorrir para as câmeras, sou monocórdio.

"Antes de comer, eu preciso de um banho. Você — apontando o nariz para Eugênia — me arruma umas roupas. Preciso de um banho."

"Olha, você poderia dizer de uma vez por todas o que quer que."

"Um banho."

Ele recendia mesmo a vinte anos recém-feitos. E eu continuava intrigado querendo saber se esse modo de agir, de pensar e de falar era sinal de estupidez ou de extremo controle sobre as ações e os pensamentos. A diferença entre o estulto e o esperto é enorme no dicionário de palavras congeladas. Na prática, elas se jogam no bolo de sentidos feitos de outras palavras, entonações, emoções de quem fala e de quem ouve, fazem um redemoinho de onde surge tudo emaranhado. Eu não tinha fome, eu não tinha vontade de tomar banho. Eugênia, com um gesto, pediu permissão para ir até outro cômodo buscar roupas para ele.

"Pode ir. Mas se você."

"Já sei. Você estoura nossos miolos."

Eugênia traiu uma irritação, imitando-o com trejeitos exagerados na voz, caricatura. Voltou com toalha dobrada, em cima da qual se podiam ver uma bermuda e uma camisa. Uma de minhas cuecas também estava perdida entre as camadas de tecido que vinham em sua mão. O rapaz, com suas cuecas jovens, me fez sentir vergonha. Ele vestirá as minhas, de tecido ordinário, prováveis penugens formando bolinhas. Assim como tomamos várias decisões importantes para o Ano Novo, eu começava a fazer minha lista para o caso de isso tudo terminar bem. Comprar cuecas novas e modernas seria urgente. Ele carregava uma pequena mochila com as duas alças às costas, o corpo equilibrado.

"Tem sabonete, xampu e desodorante no banheiro."

"Você vem comigo."

Eugênia e eu olhamos a um só tempo para ele, que olhava para mim. Eu deveria ir junto. Fui. Ele se deteve como se lembrasse de dizer algo para Eugênia e desistiu. Teria pensado em ameaçá-la outra vez, mas percebeu que ela havia entendido o recado tão bem que era inclusive capaz de imitá-lo com zombaria irritada.

Entramos no banheiro. A desenvoltura com que se despia causava novo pico de tensão. Colocou o revólver dentro do box, no parapeito da pequena janela, lugar livre de umidade. Mandou-me (ou mais parecia um pedido?) trancar a porta, que eu ficasse de costas enquanto ele ligava os dois registros de uma vez, água quente e fria. As águas fizeram barulho seco no chão. Meus pensamentos gravitaram com o vapor da água que começava a se desprender e invadir o ambiente do banheiro de visitas. O que se pode inferir de um jovem estranho de vinte anos, nu, molhado, em um banheiro pequeno, mandando (ou pedindo?) você se virar de costas? Alguns vapores de fantasia se desprendem com a tepidez da água. Ouço sons que vão além da água martelando o piso do banheiro. Se são flatos, se um frasco de xampu se acabando, se a mão em concha que lava axilas, não é simples saber. O cheiro leve de urina pode ser apenas autossugestão. Fecho os olhos mesmo tendo à minha frente apenas uma porta, o horizonte se acabando a dois centímetros do nariz. E, nesse escuro, ouço um movimento repetido, um vai e vem úmido de mãos contra a pele do corpo. Por que temo o vai e volta erótico enquanto poderia imaginá-lo simplesmente fazendo os movimentos repetidos de quem lava uma mão na outra, de quem dobra um dos joelhos para lavar a sola dos pés, de quem lava os braços, de quem gosta de brincar com o xampu nos cabelos e esfregá-los até que a espuma atinja seu auge? Todo o banho exige um ritual de gestos repetidos. Em mim, a ideia fixa de que o vai e volta frenético, ritmo compassado de pequenos estalos de água e epiderme, significava a humana necessidade de transbordamentos. O vapor de água já dominava o cubículo. Todos os sentidos se concentraram em um só: os ouvidos a criar imagens também vaporosas, tentativas de afastar ideias, insistências pela permanência delas, silhueta querendo se impor, corpo se definindo, curvas, braços, pernas, gênero nenhum, ambos os gêneros, masculino e feminino na imagem de corpo molhado cujos braços exerciam repetido e prazeroso trabalho. Prazer na rotina. Trabalho de tocar em si mesmo, reconhecer-se, o ponto de atrito irradiando êxtase por todo o corpo, água escorrendo na pele lisa, deslize macio de mãos, cabeça envolta por embaçamentos em que qualquer nitidez é mal-vinda. Ir e voltar, puxar a água do poço à manivela, sucção que quer vê-la jorrar, buscar das obscuras entranhas da terra a água que lá se esconde e promete se entregar, bastando fazer o sabido trabalho de ir e voltar, fazer o movimento repetitivo e incansável, até senti-la perto, próxima, vindo, ansiedade de vê-la vir à superfície para saciar-se dela, respiração interrompida.

Os registros da água foram fechados. Era a vez de o silêncio ser despertador. Abro os olhos. Ouço um assoar-se rápido, a porta do box se abrindo. Ele deve ter me observado todo o tempo, teme que eu possa atacá-lo ou sair correndo, algo provável de ser feito em menos tempo do que o tempo que ele levaria para pegar o revólver e me dar um tiro nas costas, na bunda, na nuca. Mas pagar para correr o risco de não ver? Talvez amanhã, menos surpreso com a ducha de água quente, eu estudasse o caso. Amanhã tudo estará resolvido, ele terá ido embora com a TV e outras bugigangas. Enxugou-se dentro do box, me mandou, pediu, já vestido, que abrisse a porta e saísse do banheiro, ele ao meu encalço. Vestia uma velha bermuda minha, calça gasta que havia sido cortada nas coxas. Como era uns dois ou três números mais magro do que eu, as bermudas cairiam. No próprio banheiro, ainda teve tempo de passar a mão em um cinto pendurado atrás da porta, o problema resolvido. Uma camiseta branca de malha ficava comprida para ele, mas no conjunto pareceu-me elegante. Agarrada à camiseta, a mochila — onde ela havia ficado durante o banho? — completava seu traje. Estava descalço e não parecia incomodado com isso.

Eugênia acabava de preparar sanduíches com sobras trazidas da praia. Omelete com pedaços picados de tomate e alho, folhas de alface velha desmaiadas no pão comprado pela manhã. Ainda que atrapalhado pela arma na mão direita, pôs-se a servir mesa, espalhando pratos, talheres e copos. Perguntou o que havia para beber. Entre água, vinho e cerveja, quis água. Eugênia e eu tomamos cerveja. Na mesa de seis lugares, escolheu uma das pontas, colocando-nos nas laterais da ponta oposta, de modo que ficasse a uma distância segura, cerca de dois metros. Pousou o revólver em cima da mesa como se colocasse um objeto qualquer. Tirou a mochila e colocou-a nas costas da cadeira onde sentava. Começou a se servir.

"Se não é apresentador, o que você faz, então?"

O rapaz era um intruso, estava dentro de minha casa, fizera de nós reféns, estava armado e não hesitaria em nos matar. Por que minha vergonha, meu embaraço eterno em dizer sou escritor?

"Ele é escritor. Eu sou arquiteta, socióloga, professora, pesquisadora."

A boca cheia de comida nos deu tempo para estudos mútuos, observar reações. Já não tínhamos tanto temor de olhar para ele, embora eu tivesse vontade de olhar mais do que o bom senso mandava. E ele nos mirava mais fixamente com o olho esquerdo, enquanto o outro alucinava.

— E você, garoto? Além de entrar no carro e na casa das pessoas prometendo matá-las, que mais você faz?

Engoliu a comida, ia falar algo, pareceu meio confuso, preferiu um gole de água.

"E escreve sobre o quê? E você: pesquisa sobre o quê?"

Domingo à noite, cansado, arrasado por uma bomba familiar detonada por Vitória, querendo colocar Luka em pé, eu não merecia castigo assim: falar sobre o que escrevo. Eugênia, me salve.

"Dou aulas na universidade. Terminei recentemente uma pesquisa sobre integração intergeracional, escolhendo como o lócus da pesquisa a nossa própria rua, a Rua Schiller, marcada por uma cancha de bocha e uma pista de skate, e que, graças a isso, congrega senhores acima de sessenta anos de idade e jovens de quinze a vinte anos em praticamente um mesmo espaço. Atualmente, pesquiso o comportamento coletivo e o grau de coesão social dos grupos que participam de ritos religiosos."

Sensacional, Eugênia. Fazê-lo não entender nada, dominá-lo pelo poder obscurantista do conhecimento. Isso deve fazê-lo desistir de perguntar qualquer outra coisa.

Ele olha para mim, esperando. Respiro fundo.

"Escrevo literatura."

Bem mais sutil do que Eugênia, ergueu as duas sobrancelhas até com certa graça.

"Como assim?"

"Livros de ficção."

"Como assim?"

Minha mãe falava: o preguiçoso trabalha dobrado.

"Histórias inventadas para alimentar a fantasia das pessoas."

"Como assim?"

"São como..."

Aí ele riu, calando-me e mostrando que a série de perguntas iguais não passava de um recurso cômico que o havia divertido por si só.

"Além de fazer isso, vocês trabalham?"

Era uma anedota conhecida essa de chegar para um amigo e dizer algo do tipo escuta, além de fazer o que faz, você trabalha? Mas a pergunta do rapaz era séria.

"Esse é o nosso trabalho."

Eugênia é inteligente, mas lhe falta um ar minimamente

blasé, tão importante para dar charme e livrar-se de conversas que não vão a lugar algum. Ele fica confuso imaginando nossa atividade como forma de trabalho.

"Entendo. Já li um livro."

Entende mesmo?

O jantar prosseguiu em silêncio.

Ele limpava a boca com cuidado antes de cada gole e ainda me avisou sobre um pequeno pedaço de pão que ficara grudado em meu queixo.

Ao final, juntou os pratos, copos e talheres, classificando-os, para que ficasse mais fácil o trabalho de lavar a louça. Fez concha com uma das mãos na borda da mesa para receber as migalhas esparsas que ele reunia com a outra mão, a mesma que segurava o revólver, que dançava para cá e para lá. Eugênia lavou a louça. Ao levantar-se, ele grudou a mochila nas costas.

"Vocês não vão me mostrar a casa?"

Ele parecia um parente distante, daqueles que vimos uma ou duas vezes, bebê, no colo da mãe, ela mesma uma prima que não vemos há vinte anos. O tom de ameaça na voz sumia em vários momentos e nós passeamos com ele pela casa, aproveitamos a última luz do dia para irmos até os fundos, onde ele observou o portão que dava para o terreno vizinho. Expliquei usando a mesma evasiva do corretor de imóveis à época da compra. Ele viu o gramado, tocou a casca das árvores com o cano do revólver, como que avaliando a madeira, e chegou a cheirar uma rosa.

— *Que encanto de flores, veja essas lindas borboletas, venha, joaninha pintadinha, pouse em minha mão. Que belo som de harpa, quer dançar comigo? Isso, se solte, venha conhecer a vida, o mundo mágico da natureza. Isso, rode, gire, gire, gire, veja, as estrelinhas te rodeiam, o unicórnio também baila e o arco-íris celebra a comunhão de nossos corpos e espíritos.*

— Sim, vejo tudo, é realmente mágico. Acredito que se você estourasse meus miolos agora, da cabeça brotariam flores multicoloridas em cima das quais bem-te-vis, abelhinhas e borboletas fariam alegre ciranda.

Passamos rapidamente por banheiros e lavanderia, a sala já conhecida, uma sala para TV, outra para música, outra ainda para Eugênia preparar aulas e escrever os pressupostos e resultados de suas estranhas pesquisas, lavabo — ele passou o dedo para sentir a textura de uma flor de plástico. No andar de cima, conheceu os três quartos, aquele que era de Vitória, intacto havia três, quatro anos, com seu cheiro e cores. Por fim, chegamos ao nosso quarto, a suíte com a banheira de hidromassagem — ele deu uma risada indecifrável ao vê-la, que poderia ter sido maliciosa ou infantil, mas revelava alguma recôndita vontade.

"Um dia eu quero experimentar isso."

Uma frase como essa, boba, simples, tinha tudo para ser clara. Mas não era. A começar pela entonação e pelo olhar (do olho esquerdo. Eu estava aprendendo a não levar o olho direito a sério, criança hiperativa), por vezes ele falava como se estivesse pedindo uma permissão. "Um dia" ele quer experimentar "isso". Estaria ele se referindo àquela banheira específica ou a banheiras de modo geral? Se fosse àquela, isso significa que "um dia" não será hoje, tampouco amanhã. "Um dia" traz um futuro feito de muitos amanhãs. Concedo a ele a oportunidade de um amanhã, não mais que um. Já não tenho esperanças de que vá embora hoje. Amanhã, no entanto, precisamos resolver essa situação de algum modo. Conversaremos com ele, é preciso superar constrangimentos, é preciso discutir de forma madura, sem usar nossos miolos como reféns. Pegar o revólver dele em momento de distração é outra possibilidade. Improvável. Meu ímpeto é frágil, mas se você quer experimentar isso "um dia", meu caro, esse dia deve ser hoje ou amanhã. Eu deveria ter falado isso para ele. Para ele ver só uma coisa.

"Eu preciso preparar meu trabalho. Tenho dia cheio, uma série de entrevistas com as pessoas que frequentam as missas. Padre Pedro me espera também para dar a visão do sacerdote sobre o sentido metafórico e real do pastoreio, da missão de manter o rebanho unido em prol de objetivos coletivos. Vocês subam, Eme, mostre os livros a ele. Se eu tentar alguma coisa, você — dirigindo-se ao delinquente — já sabe: estoure os miolos de Emílio."

Eugênia me chamava de Eme, um apelido dos tempos de namoro. A voz dela revelava cansaço com aquela situação estranha. Se fossem marcianos invadindo nossa casa, ela seria capaz de agir da mesma forma, apenas esticando menos ou mais a sobrancelha. O que me pareceu pior, no entanto, foi a ousadia de me colocar como moeda de troca. Ela queria dizer ao menino olha, me deixa em paz, preciso fazer minhas coisas, você continue com essa brincadeira longe de mim. Brinque com Emílio, não vou atrapalhar, mas não quero ser atrapalhada. Ele ficou quieto, pareceu-lhe justa a recomendação. Às vezes eu notava o revólver baixo, esquecido na mão esquerda. Talvez fosse canhoto. Uma voadora no rosto, ele cairia no chão, a chave de braço o imobilizaria, urros de dor e eu de pronto teria o revólver em minhas mãos. Mas eu sabia: minha voadora sequer decolaria, eu atingiria o vazio, sentiria a fisgada na coxa, talvez ainda uma cãibra adicional, ficaria me contorcendo no chão, estatelado, enquanto ele, sem movimento algum, me observaria, o olho direito maluco, cão curioso e irrequieto.

Entramos no escritório. Os objetos dormiam todos, a luz acesa lhes deu cor. No centro, a mesa retangular, tampo de vidro, sustenta um pequeno computador portátil, uma agenda aberta

— os compromissos de inverno pareciam inalterados — e pedaços de papel, cadernos, borracha, lápis bem dispostos, preparados, apontados e prontos para o fogo da ação humana. Duas pilhas, com obras lidas e não lidas nos últimos meses. No chão, mais duas pilhas, agora com jornais que começavam a amarelecer. O espaço amplo acolhe os cerca de oito mil livros. Ao lado da porta de entrada, uma luminária alta promete iluminar a enorme poltrona de chenile marrom um pouco gasta, que espera minhas leituras e cochilos. É nessa poltrona que ele senta, acendendo a luz. Com agilidade, passa a mochila para a frente, como se as costas tivessem ido parar no peito. Ele pega um livro usando como único critério a proximidade. É um livro que guardei na estante pouco tempo atrás, logo antes de viajarmos a Florianópolis para a desgraçada visita a Vitória: trata-se de *A poesia ingênua e sentimental*, de Friedrich Schiller, um tratado hermético, baboseira teórica a respeito do comportamento das pessoas. Agora ele estava ali, livro na mão, folheando-o a esmo. Levantou-se. Eu, parado à porta, percebia que ele, embora bastante à vontade e absorto no espaço que parecia lhe ser agradável, tomava o cuidado de nunca ficar de costas para mim. Andava lateralmente quando convinha, ainda que parecesse não me notar, ainda que parecesse estar em uma livraria ou biblioteca olhando as estantes, andando daquele jeito que conheço tão bem, pois ostento meus pequenos transtornos obsessivo-compulsivos. Tirou das prateleiras mais três livros, sentou-se novamente. Virava páginas com a mesma mão em que segurava o revólver. Sem olhar para mim:

"Se quiser trabalhar, fique à vontade."

Escolher um caminho conhecido, já trilhado antes, em vez do novo e inexplorado, nem sempre significa garantia de estabilidade e segurança. Foi nisso que Luka pensou enquanto se levantava do tombo, ao que parece, sem espectadores, no chão de neve batida do caminho que saía da Siegessäule e levava ao Tiergarten. Com o traseiro e o pulso direito doloridos, no susto que o fez praguejar muxoxos, pensou em quanto alguns clichês são falsos: esse de preferir os caminhos já pisados para obter segurança era uma dessas frases feitas que acabava de cair com ele. A neve esmagada por inúmeros passantes se transformara em uma crosta compacta e lisa. Tivesse sido o primeiro a desbravá-la, passado pelos mares nunca antes navegados de sua Taprobana berlinense, a neve fofa, o sapato sendo o molde original, e Luka continuaria em pé. Ao olhar para trás, à procura de um observador indiscreto, divisou apenas a estátua da Vitória, a Goldelse, sobre a Coluna Triunfal. Ereta, imponente, e ainda por cima com asas, deve ter achado Luka um serzinho patético estatelando-se na calçada lisa. Ao menos ela não riu, continuou impassível segurando sua coroa de louros, o cetro com uma cruz — sempre uma cruz como estandarte, pensou Luka — e uma pomba pousada na cabeça. Luka teve vontade de que a pomba bombardeasse a Goldelse, numa espécie de vingança pela indiscreta observância de seu tombo. Viu o quanto aquele pensamento era infantil, mas não deu a mínima. Era um pensamento, e para pensamentos não existem *paparazzi*.

Estava calçando sapatos apropriados, elegantes e de cano alto, que resistiriam bem a um mergulho de alguns centímetros na neve. Desviou o caminho liso da neve batida, transformada em gelo, e foi pelas laterais, onde o verão faz nascer um gramado impossível naqueles meses de inverno. Assim aproveitaria para fazer sua caminhada com um pouco mais de resistência para as pernas, o que lhe queimaria mais calorias e tornaria mais leve a consciência, pesada pelos dias sem exercícios físicos regulares. Um congresso de arquitetura em uma cidade que marcava doze graus negativos era convite para cama e chocolate quente na Starbucks da Kurfürstendamm, perto do hotel. Por isso é que resolvera fazer o trajeto entre o hotel e o congresso a pé, comemorando — ao contrário dos demais congressistas, revoltados — a grande distância entre um lugar e outro. A organização do congresso oferecia uma van para o traslado, mas Luka, feliz por poder a um só tempo caminhar e evitar a companhia dos outros, apenas dizia vou a pé, *walking on foot* ou coisa parecida. Então condescendia pensando que depois de uma caminhada daquelas nada melhor do que chocolate quente. No inverno era normal engordar um pouco. Após a queda, continuou a caminhar rememorando o dia anterior, quando se desconcertou inteiro ao ouvir, no elegante inglês britânico, eu vou a pé também. E caminhou quilômetros sem saber o que dizer àquela inglesa dez centímetros mais alta e dez quilos mais magra do que ele. Pensava sobre o que dizer, como dizer, o que ela iria pensar, como o avaliaria, que impressão poderia passar. E enquanto pensava tudo isso, calava-se, limitando-se a sorrir e espalhar alguns *yes* pelas tentativas de engatar uma conversa que partiam da bela londrina. Para aumentar a insegurança, batia-se para conversar com falantes nativos do inglês, muito rápidos em seus modos de engolir sons e emendar palavras.

Preferia alemães, espanhóis, franceses, italianos. Melhor mesmo era não conversar com ninguém, mas, em caso de necessidade, estes últimos macarroneavam tanto que Luka conseguia se achar ligeiramente superior. A beleza do congresso estava em sair da rotina, credenciar-se em silêncio, ouvir palestras, voltar caminhando sozinho e tomar muito chocolate quente. Como companhia, ninguém, a não ser uma torta de maçã. Ao passar pelo Spree, olhou mais uma vez para a Estátua da Vitória, já longe. Amanhã, a essa hora, Luka volta a Curitiba, aí sim para recomeçar a rotina do trabalho, dos exercícios físicos e da comida orgânica e leve. Hoje, portanto, a despedida: deveria pedir alguma coisa especial, quem sabe até exagerar um pouco. Amanhã, o retorno; depois de amanhã, o prazer das restrições, o que julgava ter aprendido com o tempo. Enquanto isso, a estátua lá, cheia de símbolos de glória, conquistas, bênçãos. Uma estátua que fora colocada no topo da Coluna Triunfal pelo governo nazista. Ela olhava lá de cima, vigiava enquanto punia, pensou Luka, um pouco feliz com o *insight* inusitado que ligava a estátua a Foucault e à sua bíblia dos arquitetos-cabeça. Mesmo sem olhos, a estátua vigiava. Mesmo sem ter visto de fato o tombo na neve, ela o subjugava, punia fazendo-o sentir-se um pateta miserável. A grandeza, para o bem e para o mal, das cidades europeias lhe causa desânimo e uma sensação de que Curitiba, que Luka diz amar, não consegue ser grandiosa nem mesmo na originalidade e na potência de seus crimes, sempre picuinhas sem sentido protagonizadas por políticos medíocres, bêbados armados, motoristas negligentes. Qualquer genialidade é incapaz de nascer na mornidão. Inveja a força e a promessa potente dos extremos.

Quando a cabeça vem sendo tomada por assuntos íntimos, qualquer fato externo parece uma ponte explícita para ligar uma coisa a outra. Luka pensava na inglesa que atrapalhara seu passeio solitário no dia anterior, e também na estátua cheia de marcas publicitárias das glórias e conquistas justificadas por outra marca forte, a da religião. E isso tudo fez reverberações tortuosas na cabeça dele, que passou a pensar na pele do outro, no corpo, nas células cheias de mitocôndrias e complexos de Golgi que indistinguem homens e mulheres, meninos e meninas, nas representações que carregamos, no que precisamos ostentar, mostrando ao mundo algo que é externo a nós e que, no entanto, nos diz quem somos.

Quem seria aquela mulher da estátua se lhe despissem? A estátua da Vitória se transformaria em Vitória Fritz, vinte e seis anos, solteira, nascida na cidade tal, estudou até o quinto ano, sofre de prisão de ventre, desde menina queria ser aeromoça, mas as contingências da vida a colocaram como estátua-suporte dos símbolos da glória alemã. Hoje trabalha em cima da Coluna Triunfal equilibrando uma pomba na cabeça e outros penduricalhos que querem dizer o quanto ela é importante justamente porque ela não é mais só ela.

E Luka, quem era? Nos dias em que acordava otimista e confiante, apresentava-se — a si mesmo — como um arquiteto que trabalhava decorando interiores para madames de mau gosto enquanto, nas horas de folga, alimentava sua grande paixão que era o estudo do urbanismo e as questões de mobilidade. Estar e mover-se na cidade era o tema de uma de suas monografias de especialização, que estava virando projeto de mestrado. A outra, feita em Orléans, na França, o fizera especialista em estética na arte e no design. Depois de pensar a cidade e suas artes, fazia exercícios físicos diversos, alternando modalidades e locais para manter a disposição sempre em alta. Corria, caminhava, pedalava, nadava. Experimentou apenas uma vez o futebol depois de um dia particularmente encorajador, quando relembrou um gol que fizera na terceira série e julgou-se preparado para jogar com o pessoal do escritório. Escolhido por último, terminou o jogo como goleiro, contorcendo-se e protegendo as partes íntimas diante de qualquer chute. Justificou-se — novamente a si mesmo, como era comum acontecer a esse bezerro solitário — dizendo que os esportes coletivos não combinavam com seu temperamento. Por isso, nadava, pedalava, caminhava, corria, sempre sozinho. Conhecia as sete academias dos arredores do Alto da Glória, preferindo a esteira de uma, a bicicleta ergométrica da outra, a equipe de professores daquela uma, a cantina daquela outra. Também havia as estações do exercício a céu aberto, nas ciclovias, nos parques e até nas academias ao ar livre. Depois da suadeira purgativa, divertia-se preparando sucos verdes orgânicos enquanto subia na balança para ver os duzentos gramas a menos em relação ao início do dia.

Nem todos os dias, porém, são feitos de confianças e otimismos.

A inglesa e os rótulos carregados pela derrotada Vitória o fizeram pensar sobre os *seus* rótulos todos, de homem, arquiteto, esportista. De homem, sim. Sobretudo — confundia-se e buscava traduções — de homem-corpo, de ser-célula, de ente com sensibilidade nos poros. Enquanto caminhava com a inglesa a seu lado, suando frio à procura de palavras que fizessem sentido, Luka pôde observar as mãos dela, desenluvadas depois de quinze minutos de caminhada leve. Dedos longos, unhas feitas sem exageros, ela gesticulava de modo desproporcional à conversa moribunda que tentava entabular. Ela parecia nervosa também, e esse nervosismo que transparece na voz entremeada por risinhos sem graça, hesitantes, acompanhados de gestos que transbordam o conteúdo da fala, esse nervosismo só poderia ter um motivo: qualquer analista frio teria visto e cravado algum tipo de atração que Luka exercera sobre aquela mulherona inglesa. Mas ele não era um analista frio. Recuperou cenas do congresso, lembrou-se de ter se esforçado para não cochilar em uma das conferências depois do almoço — comer joelho de porco foi uma atitude inconsequente, teve de admitir —, riu de contentamento por ter entendido uma piada, embora a piada em si não fosse boa, comeu torta de maçã com chocolate quente nos intervalos. Lembrava de tê-la visto apenas uma vez durante o congresso, na frente dele em uma fila para um lanche. Lembrava ainda de ter ficado impaciente para que ela não pedisse os dois últimos pedaços de torta de maçã. Ela pagou e sorriu enquanto Luka conseguia pedir os derradeiros espólios da torta cobiçada — já seria bom arrematar os dois de uma vez, não se sabe quando é que voltaria à Alemanha, justificou-se Luka, o Complacente. Mas que atitude ou fala dele poderia ter exercido alguma atração naquela mulher? Teria algum encanto especial na forma de pedir *apfelstrudel*? Agora que relembrava o fato enquanto rumava para a Starbucks, os lábios mimetizaram baixinho, imitando sotaque inglês que imita acento alemão: *apfelstrudel, I'd like two pieces of an apfelstrudel, please. I'd like two pieces. I'd like to piss. I'd like to piss on apfelstrudel*, ainda teve tempo de brincar e, logo em seguida, se preocupar: teria o sorriso dela sido uma vontade refreada de gargalhar diante do duplo sentido que a inabilidade de pronúncia havia causado? Claro, tudo estava claro: ela havia sorrido devido à sua forma ridícula de tentar pedir dois pedaços de torta pedindo, na verdade, para mijar em cima deles. Ruborizou, encaixou as peças e ruborizou, que vergonha, que sentimento mortal de vexame. Era a prova cabal de que ela jamais teria pedido para ir a pé com ele devido a algum interesse especial que não fosse o de tentar compreender como funciona um idiota por dentro. No entanto, a outra face da moeda continuava a bafejar dúvidas: por que quis acompanhá-lo? Por que a fala nervosa? Por que a falta de assunto e os sorrisos constrangidos? Por que tanta gesticulação? Luka gostava desses problemas lógicos, justificava-se dizendo que jamais a veria de volta, que o vexame seria esquecido em breve, mas a pele sofria com isso, o estômago se revolvia, insurgindo-se contra o argumento da razão. E era contra a autoridade dos senhores da razão, da lógica irretocável, do argumento infalível que o corpo de Luka parecia querer levantar bandeira. A divisão corpo e mente, tão abominada pela própria razão, parecia ter se instalado e desafiado todo e qualquer discurso de unidade, de complementaridade. O corpo, a pele, os arrepios de Luka contrastavam com tudo aquilo que sua cabeça dizia. Se se visse em um espelho de reflexões literais e metafóricas, veria quais rótulos ainda lhe caíam bem, quais outros começariam a se impor com ou contra a sua vontade racional. Luka estava descobrindo vontades do corpo que acrescentavam novidades às vontades domesticadas. E prometiam selvagerias. Por isso começava a amainar o pensamento do Luka-homem e migrava para esses Luka-corpo, corpo-ser, ser-célula e outros termos que, ainda sem consciência, funcionavam como eufemismo para o futuro, para a continuidade das escavações que ele começava a fazer dentro de si.

Enquanto acompanhava os gestos desproporcionais da inglesa — quase uma *nonna* italiana, ainda que a fala não fosse além de observações anódinas sobre uma árvore seca, um tufo de neve que caiu de algum galho, ou sobre a preferência por café descafeinado —, Luka observou sua pele branca e as ranhuras visíveis nas junções entre os dedos. O esmalte vermelho preenchia todas as unhas e formava um contraste bonito, chavão sensual. Ele pensou em uma cena erótica com aqueles dedos alongados, pele branca e unhas vermelhas na glande vermelha e neve branca. Sentiu-se humano, mas sobretudo sentiu-se um humano carente. Sentiu-se lúbrico, mas sobretudo carente. Mais do que no erotismo, Luka pensou em carinho. Mais do que em despi-la, pensou em como seria bom abraçá-la. Imaginava-a nua abraçada a ele no quarto do hotel — mais tarde, pequena trégua entre mente e corpo, Luka pensou na inglesa enquanto o corpo fazia o trabalho de aliviar-lhe as excitações. Estava lá o desejo em sua face mais ofegante, sangue preenchendo corpos cavernosos. Mas o prato principal das fantasias de Luka eram abraços e carícias. Carícias no rosto, lábios no pescoço, pernas entrelaçadas. Sim, mãos na bunda, claro, mas também bochechas grudadas e silêncios, respiração tranquila. Sem se dar conta, ele ia se despindo do Luka convenção social, arquiteto, meio *yuppie*, especialista em ser, estar e mover-se na cidade. Retirada essa primeira vestimenta, sobrava um homem com necessidades físicas de ingerir e eliminar coisas, de encher, represar e transbordar pelas várias vias desse corpo cada vez mais nu, em seu derrame salutar. Agora, uma última veste precisa ser retirada e, sempre ela, é a que causa mais apreensão e vergonha, embora não esconda certo grau de excitação. É preciso retirar sua roupa-rótulo mais íntima, desnudar-se de vez para ver o que enxerga.

A inglesa, charmosissimamente estrábica, e a estátua fizeram Luka cavoucar um pouco mais, ainda que com luvas especiais e cheio de delicadezas, os acontecimentos dos últimos dias em Curitiba.

Por isso, pensou na Vitória Fritz livre de rótulos; por isso é que foi *a pele* da inglesa que chamou tanto sua atenção, mais do que qualquer distinção de sexo: porque rememorava, poucos dias antes da viagem a Berlim, seu carro parado no semáforo vermelho demorado na rua Barão de Guaraúna esperando para entrar na Augusto Stresser. Ele ali dentro, protegido do dia quente pelo ar frio do automóvel, viu pelo retrovisor lateral as coxas de assombro de uma motociclista parada no mesmo sinal. Coxas grudadas em uma calça jeans, fetiche tão simples quanto potente, modelavam contornos, lembravam a curvatura da terra vista do espaço. Parado naquela posição, não quis ver mais nada além daquele pedaço de músculos e ossos que lhe dera uma gostosa turvada nos sentidos. Uma minúscula bola de neve não consegue rolar no chão de sua própria substância sem crescer, sem tomar cada vez mais corpo, um corpo que, sem controle, é capaz de crescer e crescer e derrubar o que vem pela frente. Desejo não se apaga com mais desejo, ele começa pequeno, despretensioso, pisca para outra pequena ideia lúbrica, dão-se as mãos e saem para passear, e olha a corrente que pega a gente e Luka já imaginava a mão, a extensão completa das palmas da mão naquelas coxas, mãos que pedem passagem para mais sentidos e já via o contato da bochecha na curvatura da terra, lábios, dentes e língua, o odor intuindo trajetórias, nariz abrindo o caminho a seguir, ataque coletivo, sem líderes, mas concatenados, coesos, conjuntos, a ordem irrefreável é avançar, mãos, rosto inteiro, lábios, dentes, língua avançando, agora sim, para as pequenas e excitantes resistências de ferros encadeados, zíperes que simulam, brincalhões, uma barreira a ser vencida, uma tranca a ser violada. Quando o semáforo abre — Luka desperta com a própria motociclista que arranca e ultrapassa seu carro —, ele está prestes a levar justa advertência de alguma buzina que sabe o quanto aquele sinal verde deve ser valorizado, afinal dura tão pouco. É então que percebe: ela é um homem. A motociclista de quem admirava as coxas, desejando-as, era um homem. Isso lhe causou apenas breve confusão, até o divertiu. Estava a sós, mergulhado em seus devaneios sempre tão secretos. É engatar a primeira e seguir a vida. Se bem que. Não, se bem que nada.

Mas a minúscula bola de neve sabe o momento de voltar a rolar. Não, não é nada demais, uma pequena confusão. Uma ideia, porém, não se apaga com outra ideia de mesma cepa. Isso não é vacina. O que tem de mais ter confundido uma coxa masculina com uma feminina e tê-la desejado em uma brincadeira tão efêmera, passatempo no sinal de trânsito? Porém, se é passatempo, se é algo secreto e efêmero, por que não brincar um pouco mais? Seria a prova de que não existe receio algum. Mas como? Sair por aí procurando pernas de motociclistas?

Luka pensava nisso enquanto mordiscava a unha do indicador. Ainda em Curitiba, pouco antes do congresso, procurou simular, de brincadeira, nova situação: buscar na rua pedaços de corpos bonitos sem que deles soubesse o gênero. Fracassava devido à curiosidade que sempre o fizera ver mais. As especulações em torno da nova diversão foram ganhar nova estratégia e método assim que fechou os olhos, reclinado, na cadeira de um barbeiro que lhe lavava os cabelos, fazia-lhe cafunés para medir comprimento, tamanho das pontas. Luka não conseguia deixar de saber que se tratava de um homem, mas deu corda à experiência, trocando a sensação dos olhos pela do tato direto, real. Esforçou-se por abstrair o dono das mãos, seu sexo, seus rótulos, seu assunto pouco estimulante. Para conseguir silêncio, o melhor era fazer silêncio. Então, fechou os olhos — como enxergava bem de olhos fechados — e calou-se. Imaginou apenas as mãos, abandonou seus complementos. Sentia as costas dos dedos no pescoço, evitando que o avental o estrangulasse. Eram o prenúncio de pequenos arrepios vindouros, dedos que roçavam a nuca, pele contra pele. Borrifo de água para desembaraçar os cabelos seguido de mais cafunés involuntários, carícias soltando os cachos já longos do cabelo claro. Pausa para tesoura e pente, mãos ocupadas. Mas generosas, pois ainda que agarradas aos instrumentos de cortar e arrumar, encrespavam o contrapelo para avaliar alguma medida secreta. Hora de lavar, mãos cheias no couro cabeludo, pontos de contato maximizados, volta para a cadeira, reclina-se, a barba, dedos no rosto, delicadezas na pele que recobre o maxilar, espumas, deslizes e, enfim, a artéria pulsante a milímetros da lâmina afiada, navalha na carne, proximidade entre êxtases de morte e erotismo, sangue e sêmen, os santos e virgens de torsos nus em expressões agônicas, bocas semiabertas de torpores, clamando piedade e satisfação erógena.

"Prontinho, você parece outra pessoa."

O barbeiro segura um espelho que mostra as partes que Luka não consegue ver. Para os pensamentos ainda não existem *paparazzi*, pensou Luka pela primeira vez. Mas sentiu um olhar pesado e inquisidor, mais afiado que a navalha, agora mais nítido que o espelho: o olhar dele próprio. Não se divertia mais de modo tão irreverente.

O lugar fica em uma rua tranquila e, além de já contar com uma boa área verde dentro do terreno, está a poucos passos do Bosque de Portugal. O nome pomposo, Recanto Santa Fé Arquiconfraria das Mães Cristãs, não consegue esconder o clima de simplicidade. Simplicidade sem escassez. Os sorrisos recatados são acolhedores, talvez por causa da longa história que Luka tem com o lugar. Deposita duas maçãs e uma barra pequena de chocolate amargo sobre a cômoda e encosta sua bochecha direita na bochecha direita da mãe. Estalar quase inaudível de lábios que se descolam um do outro, beijando o ar.

"Lucas, maçã é o que não falta nessa casa."

"Eu sei, mamãe. É o hábito, é o símbolo. A circunstância pede. Comi tanta maçã na Alemanha."

Era mentira. Ele havia comprado duas barras de chocolate para a mãe e algumas maçãs para ele, que pretendia comê-las depois de uma corrida pela ciclovia do Centro Cívico, adiada para o início da semana seguinte. Antes da visita, resolveu ficar com uma barra, que comeria à noite, e levou as maçãs em troca.

Eles não tinham assunto. A mãe ultimamente ficava longos minutos olhando pela janela, como se precisasse lembrar-se de algo. Mas o silêncio não os incomodava, era-lhes consolador, aveludava o ambiente com cumplicidade. Mesmo que não soubessem com clareza manifesta de que eram cúmplices. Talvez de serem mãe e filho, o que não é pouco. De terem se unido pelo cordão umbilical que os prendera de forma irremediável a uma mesma história de vida. De terem se alimentado um do outro e, claro, alimentado um ao outro no seio de onde deveria, por força, sair o ânimo de empurrar os dias para a frente. De terem se ferido quando se viram sós, frágeis, sem a presença do capitão intergaláctico que, intrépido, era o mais alto, mais forte, mais rápido e zuuum, mais um inimigo abatido. Esse silêncio de agora, esse mamãe que insiste em sair da boca de Lucas mesmo depois de adulto, esse Luka nome artístico, avatar das redes sociais, jogador de videogame, craque do Barcelona no futebol digital, mas que não consegue fazer duas embaixadinhas reais, tudo parece ser herança daquele menino que ficou parado no tempo com olhos vidrados no pai, o grande comandante interestelar que, depois de centenas de sucessos, não conseguiu vencer uma missão e bailou na curva da BR-101, na viagem em que a família fazia sua inauguração particular da duplicação da estrada, pronta já havia cerca de cinco ou seis anos. Era uma missão difícil, os inimigos estavam lado a lado e a pista tripla na subida da serra não foi suficiente para caberem todos. Um dos caminhões queria mais espaço e guinou para a esquerda. Luka se lembra do pai — queria disfarçar o medo? — imitando com a boca o som da derrapagem no mesmo instante em que o carro derrapava de verdade querendo vencer a curva na frente para, como sempre, baterem palmas e imitarem os sorrisos dos heróis, grande trabalho, capitão! O inimigo, no entanto, foi mais forte desta vez, fechou lhes a curva, jogou-os para a mureta que limita a estrada, prensou o grande comandante. Luka se lembra de ter sido socorrido, com a mãe, e olhar o pai ainda preso. Os heróis são imortais: o grande comandante intergaláctico mexia as mãos, mexia a boca. Não, ele não se entregaria.

E era esse comandante interestelar — que ria com Luka, o Luka Skywalker, perguntando-se por que os super-heróis convencionais usavam as cuecas por fora das calças — quem passava a usar fraldas.

Luka tornara-se independente delas houvera cerca de três anos, e as deixara de herança, no contrassenso macabro, ao pai. Agora, já com seu quarto de século nas costas, Luka ainda parecia em muitos aspectos aquele menino de lá, viajando no banco de trás, bonecos e carrinhos simulando trajetórias no vidro lateral, mimetizando em ações as narrativas entusiasmadas do pai, que fingia ser o carro a grande nave que ultrapassava inimigos e os abatia. O pai apenas fingia correr, não era imprudente, a mãe de Luka sempre na defesa. A narrativa dele acelerava as ações, mas de fato ele andava devagar, estava na faixa correta, não andava na contramão. Na contramão andava o destino, que fizera o pai herdar as fraldas do filho.

Quando não morrer é castigo.

Castigo para os três, Luka, mãe e pai, que chegavam a ouvir — o pai realmente ouvia? Luka torcia para que não — das visitas constrangidas à procura de palavras que ajudassem, que graças a Deus não ter morrido, que só por Deus ele continuava lá, que se não fosse por Deus e Luka seria órfão, que Deus sabe o que faz, que Ele nos testa, Ele nos dá missões para testar nossa resiliência, que às vezes pagamos por ter sido imperfeitos na outra vida. Se Deus titubeou e disse ser brincadeira a ideia de mandar Abraão matar o próprio filho, por que a hesitação, vista por todos como defeito, não se vestiu em peles de virtude e alterou o destino de Luka, salvando o pai? Por que Deus não mudou de ideia?

Os primeiros dias são excruciantes. O primeiro aniversário depois do acidente, o primeiro natal, páscoa, dias das mães, dos pais. Toda a potência de felicidade dos dias festivos conhece o seu negativo. Todo sorriso se comprime e a compressão toma corpo inteiro, músculos, estômago, dores intestinas.

Na escola, Luka dizia a verdade: meu pai é o Super-homem. Era essa a nova forma de sentir orgulho, retardando o máximo para revelar a comparação que fazia entre o pai e Christopher

Reeve que, pouco tempo depois do acidente de Luka, caiu sem glamour de um cavalo, paralisou-se, não podia mais voar. Sequer andar. Sequer. Com seis anos, Luka achou legal saber que o Super-homem caiu do cavalo, ainda faltando àquela criança malícia para perceber o sentido figurado, cômico e cruel da expressão. Oba, parece que o Super-homem vai ficar assim para sempre também. E imaginava identidades secretas para o pai, acreditou que ele era mesmo o super-herói. Passava a ter certeza de que o escárnio do pai em relação aos super-heróis que vestiam as cuecas por fora da calça era apenas estratégia de disfarce e isso tudo, colocado no balaio de gatos que virou a cabeça do menino, amenizou-lhe as dores, os gatos ficaram todos pardos e as cores vivas da tragédia perderam um pouco o viço, reverso de tudo que se imagina colorido e se associa a um substantivo comum e abstrato escondido, por um gramático ou deus arbitrário, sob o signo de felicidade.

"Alemanha?"

— Sim, foi legal, a coluna fálica da Vitória me fez descobrir que sou um bissexual carente.

— Ah, não me venha com esse clichê horrível do filho único que cresce sem a figura do pai.

"Sim, eu havia dito à senhora, lembra? Foi legal, bastante trabalho, a cidade é linda, adoro o frio, caminhei bastante."

"Você é gordinho."

"No inverno a gente come mais e olha menos para a barriga" — *embora a sensibilidade da pétala da flor da pele continue a mesma, sempre suplicando toques.*

Luka e a mãe, que está ali guardando a barra de chocolate amargo na gaveta dos remédios, são cúmplices de heranças tristes. A mãe já trabalhava no próprio Recanto Santa Fé, onde agora vive, quando ocorreu o acidente, motivo de quase alegria para os mesmos parentes que exultavam a sobrevivência mórbida do pai, afinal que bom, você já sabe cuidar de pessoas com limitações físicas e mentais, graças a Deus Deus sabe o peso da cruz que conseguimos suportar, os mais fortes suportam mais, aquele peso todo deveria ser quase motivo de comemoração, era um atestado de fortaleza. Luka não tinha idade para fazer certas associações, não pôde achar os parentes fracos demais, sentir até pena deles, já que traziam o adesivo "presente de Deus" grudado no vidro do carro. Presenteava os fracos, castigava os fortes. Viva. A mãe ganhara jornada de trabalho integral cuidando de pessoas no fim da vida. O marido, porém, com os sinais vitais estabilizados, prolongava como um disco riscado o tempo previsto de existência, anunciava todos os dias um fim que, no entanto, não viria tão cedo. Os dias guardavam apenas variações inúteis. As irmãs do Recanto deixaram o pai de Luka passar os dias lá enquanto a mãe trabalhava cuidando de todos. E é nesse mesmo recanto que, passados dois anos da morte do pai — com uma infecção igualzinha à do Super-homem, não é demais? —, a mãe decide agora, liberta, passar os últimos dias da vida. Enfim livre para fazer escolhas, aquela mulher de asas atrofiadas não sabe mais voar. Preferiu o aconchego da gaiola conhecida, segura, confortável. Tornava-se pouco a pouco cada uma das tantas velhinhas que viu chegar e sair do Recanto, passarinhos morrendo nos quartos, dormindo em silêncio, com medo de incomodar, a senhora está bem, estou sim, não quero atrapalhar com uma coisinha à toa, e essas coisinhas à toa morriam em seguida, quase pedindo desculpas pelo trabalho que dariam. Ela estava plasmada em cada uma das senhorinhas que passavam os dias em cima de chinelinhos de cetim.

Luka desconfia, sem sofrer por isso, que foi um fruto inesperado. Indesejado. Passado dos cinquenta anos quando Luka nasceu, o pai era, ao que parece pelas poucas rememorações da mãe, uma figura vibrante. E não parecia disposta (essa era uma depreensão particular de Luka) a trocar suas aventuras próprias por aquelas dos livros infantis, cujas histórias passou a contar para uma criança desatenta e resmungona. Até que o pai saiu-se bem durante os poucos anos em que conseguiu interagir com o filho. A recuperação das histórias em quadrinhos da infância o ajudou a fabular com Luka aqueles super-heróis todos. Depois, calou-se para sempre, deixando no lugar o seu silêncio, a sua lacuna, o seu balãozinho em branco.

Era essa série de cumplicidades difusas que fazia o silêncio de filho e mãe algo tão natural quanto o ar respirado, invisível mas presente. Inaudível mas presente.

Entre as tantas síndromes do variado cardápio oferecido aos velhos, a mãe de Luka afeiçoou-se por uma que independe de idade: a síndrome de Estocolmo. O próprio Luka brincava com isso, no sorriso torto e triste, dizendo a ela algo como a senhora tinha o exílio forçado como seu sequestrador, do qual se fez refém sem alternativas; agora que pode se desvencilhar dele, a senhora já o cultivou tanto, já tem tanto carinho por ele que prefere continuar refém. E vive no mesmo lugar das tantas velhinhas de que ajudou a cuidar, recebendo os cuidados de outras senhoras que em breve estarão aí sentadas. Luka tem medo de receber como resposta algo que sua própria intuição dita aos ouvidos da consciência: ela só não sai do Recanto porque teria de morar com ele e, gentil, doce, não quer atrapalhar.

Meu pulso direito roça o alumínio fosco do teclado. A pressão mínima exercida pelo toque e a pontada fria me obrigam a buscar o equilíbrio, levando agora o pulso esquerdo a tocar o mesmo teclado com igual força e buscando sensação térmica idêntica. Acredito ter exagerado, roço com força demais, sou obrigado a buscar novo equilíbrio levando outra vez o pulso direito, bem de leve, até conseguir bom termo. Alcançado o equilíbrio de temperatura e pressão, carro-chefe dos meus transtornos obsessivo-compulsivos, me acalmo. A tela preta do computador agora desligado reflete com nitidez o meu rosto e tudo o que fica atrás de mim, ele inclusive. Ele parece dormir. Um dos livros ainda está aberto, em posição de leitura, o que me gera dúvida. Mas, se estiver mesmo dormindo, isso mudaria alguma coisa? Antes de pensar em qualquer estratégia de ataque — mal consigo pensar em pensar sobre isso —, tenho curiosidade para saber se o olho direito dorme com o resto do corpo ou continua brincando no escuro, fazendo seu zigue-zague peculiar.

Conheço meu escritório melhor do que qualquer outra coisa. Talvez o conhecimento que tenho de Eugênia se equipare a isso — já a vejo erguendo a sobrancelha. Sei que é inútil tentar girar em silêncio sobre o eixo da cadeira para ver se ele, de fato, dorme. O ranger das molas o acordaria assustado. Às vezes faz falta ouvir nosso lado homem da casa, mantenedor, encanador, eletricista, engraxador de cadeiras gritadeiras. Temo acordá-lo assustando-o de modo que, engatando algum sonho ao instinto autoprotetor, desfira seis tiros no que vê a sua frente, estraçalhando molas, ossos, espumas e miolos. Ainda pela tela escura do computador recém-desligado, vejo uma das mãos abraçada à mochila. A outra mão, que segura o livro em posição dúbia entre descanso e leitura, é a mesma que segura o revólver. Boa imagem para um estudo sobre a leitura como a maior das armas. Tento olhar para trás sem mover a cadeira, fingindo alongar o pescoço, vejo-o com a periferia dos olhos, e isso ainda não me dá a certeza de saber se dorme. Eu precisaria ter olhos na nuca. É madrugada. Posso levantar da cadeira sem girá-la. Minha intenção de me erguer sem fazer barulho pode levantar suspeitas de que pretendo golpeá-lo. Movimentos lentos e naturais, espreguiçadelas casuais seguidas de respiração mais ofegante podem fazê-lo acordar sem sustos. Um bocejo contagiante, ainda sonolento, e ele recobrará a consciência, irá se situar com calma, saberá que está tudo bem, que ele está na casa da pessoa errada, que ele sequestrou por engano confundindo-a com um apresentador qualquer de programa local e não tem a mínima ideia do que fazer com o erro. Não tenho sono, mas gostaria de deitar para esticar o corpo que ficou horas retesado. O chão do escritório é de madeira, não foram raras as vezes em que me estiquei todo ali, alongando as costas e caindo no sono. Com ele meio escarrapachado na poltrona de leitura, mesmo se eu decidisse me deitar ali, não conseguiria me alongar. Ficaria enrodilhado a seus pés como um cão fiel. Se ao menos eu pudesse colocar os pés em alguma estante. Mas isso me obrigaria a jogar o corpo para trás e a cadeira sem dó dispararia o alarme. E ainda riria com os outros móveis e objetos, quando o escritório estivesse vazio e eu, provavelmente, estivesse adubando algum jardim com as cinzas dos meus miolos. Sentia-me ridículo falando ou pensando na palavra miolos. Vinha um desenho de criança na cabeça. Mas, para quem pensa que seu escritório é o quarto de brinquedos de *Toy story* ou que pode dar vida aos seus bichos de escrita como Calvin dá vida a Haroldo, sentir-se ridículo por quê? Só porque quem inventou a brincadeira dos miolos não fui eu, e sim uma criança delinquente e vesga? Começo meu plano de espreguiçar-me de modo suave e dando um pouco mais de peso à respiração. Depois, ouso até tamborilar com os dez dedos no tampo da mesa, estratégia improvisada.

"Chega por hoje?"

Deu certo. Senti-me astuto. Aproveitei para me virar na cadeira, sentido anti-horário, braço direito raspando a quina da mesa. A cadeira berrou.

"Pois é."

Eu precisava compensar a raspada do braço direito fazendo o mesmo com o braço esquerdo. Girei de leve no eixo, mais um pouquinho no sentido contrário à passagem das horas quiçá eu pudesse, tonto, girar vinte e quatro vezes e voltar um dia no tempo, fugindo dessa situação esdrúxula. Encostei o braço esquerdo e, bingo, a compensação foi exata. De primeira. Eu era bom naquilo.

Aliás, seria melhor dar alguns milhares de giros anti-horários e voltar vinte anos, a ponto de me masturbar antes da fecundação de Vitória. Trocado o combustível, outro ser teria nascido e talvez fosse menos ingrato, eu não precisaria ter ido a Florianópolis, tampouco a Itapoá e, nesse momento, esse sujeito à minha frente não existiria para mim.

"Não quero dormir aqui sentado. Você dorme com sua mulher e me pega um colchão qualquer para jogar no chão, na porta do quarto de vocês. Mas ficamos com a porta aberta, claro, para eu ter certeza de que vocês não vão despencar pela janela. Poderiam se machucar."

Ele falou isso apontando o olho sério para o revólver, dando duplo sentido à ideia do machucar-se (ou apenas abaixava o olhar como quem tivesse vergonha do que acabara de dizer?).

Quando chegamos ao quarto, já vimos o colchão de Vitória no chão — desconfortável pensar na silhueta de Vitória deitada ali onde logo mais ele se deitaria. Era como se fossem dormir juntos aos pés da minha cama —, lençol arrumado, travesseiro com fronha limpa e um cobertor de visitas dobrado com rigor militar. Ficava do lado de fora do quarto, mas disposto de modo que seria impossível tentarmos escapar sem passar por cima dele.

"Parece que ela poupou teu trabalho."

Pulei o colchão, entrei no quarto. Ele deitou em seguida, lembrou que tinha sono leve e que para o bem de todos era melhor não inventarmos moda. Pousou o revólver em cima da mochila, no chão, do lado oposto ao que ficava nossa cama. Eugênia já dormia. Eugênia sempre já dormia. Há vários anos, tivemos uma daquelas brigas em que há quebradeira de pratos, tesouras voadoras — tesouras mesmo, metal pontiagudo riscando o ar —, silêncio rasgado em mil pedaços por palavrões, impressões digitais tatuadas no corpo do outro. Terminado o primeiro assalto, cada um em seu *corner*, afastados um do outro para ouvir as instruções de uma adrenalina que vai alimentando nova bateria de argumentos e golpes, eis que consigo tirar da manga um fato do passado que me faz ir até o quarto babando de euforia para despejar em Eugênia a pérola que consegui forjar com a minha ira. E ela já dormia, dormia de verdade. Desconcertado, senti a ira se recolhendo, incubando-se na minha insônia.

Agora Eugênia dorme e ele parece fazer o mesmo — onde o botão de fazer isso de forma tão automática? Deito sabendo que vou ficar de barriga para cima, olhos apontando para um teto que eu sei que está lá, mas que o escuro não deixa ver. Tenho preguiça de buscar pijamas, apenas tiro as calças e a camisa. Não me cubro. Depois de um tempo, arranco as meias. Ambos já dormem, não tenho dúvida. Eugênia não parece disposta a cochichar comigo alguma alternativa para aquela situação. Tirar de leve o abajur da tomada e golpeá-lo na cabeça? O que mais eu tinha ao alcance das mãos? Um criado-mudo, meias, uma calça e um cinto. Enforcá-lo com o cinto exigiria que eu me aproximasse dele a uma distância perigosa. Jogar o abajur poderia ser a melhor saída, mas meu pensamento previdente projeta imagens que antecipam um suposto ataque real, malfadado: e eu vejo o abajur se espatifando na porta e ele acordando assustado, vejo o arremesso feito com força mal planejada, passando ou ficando aquém do alvo. Na melhor das hipóteses, vejo o abajur acertando-o em cheio e ele, puto da cara, sacando a arma e partindo para cima de nós. Eu precisava preservar Eugênia. A crise que vivíamos não era motivo para que eu quisesse pô-la em risco. Uma decisão minha, sem consulta, poderia custar a vida dela.

Eugênia tem os cabelos cheirando a xampu. O perfume que ela usa, mesmo para dormir, também está no ar. Por contraste, lembro que não tomei banho. Eles dormem limpos, asseados. Eu estou aqui, de cueca, sem banho desde a praia, sentindo a parte interna das coxas grudarem uma na outra. Será difícil dormir e sinto um pouco de pena de mim. É difícil ser real. Penso no pai de Luka, na dor da sua história, acho bonita essa comoção de minha parte. Mas é muito mais difícil ser real.

Em 2001, escrevi *Cuidado: frágil*, um livro diferente dos demais no tema, no estilo e na chave de abertura para o modo de descrever os personagens. Trata-se de um romance cômico, que satiriza certos tipos chorões da literatura, seus traumas e dramas, seus derrames sentimentais por causa de uma figura familiar que agia de modo x ou y. Meu lema, à época, para pensar a educação de um filho, era "deixe-o ser o que ele é", e diverti-me criando personagens escritores que usavam as páginas para narrar seus traumas porque o pai, na infância, apertou-lhe demais as bochechas, ou olhava para ele de um jeito que sua alma se virava do avesso, ou cuja voz remetia aos filmes de terror e isso me marcou para sempre e hoje sofro o terrível medo da vida. Sempre achei essa atitude chorosa uma covardia, um jeito de imputar a outro a causa do próprio fracasso. Cheguei — o cúmulo da ousadia anticanônica — a satirizar Kafka em sua *Carta ao pai* e em *Metamorfose*. Não foi à toa que fiz um dos personagens acordar transformado em um imenso repolho-roxo. Conforme a narrativa chorosa, rancorosa, rançosa e de autoimolação se desenrolava, o personagem ia azedando e afastando todo mundo de perto de si. O chucrute acabou sendo devorado com um marreco assado, em uma ceia familiar alegre e tranquila, leve, sem o peso das lamentações.

Eu julgava esses personagens todos uns viadinhos, cuja autocomiseração devida a uma educação austera criava traumazinhos delicados que, incrível, se arrastavam pela vida adulta.

Em 1998, ganhei meu primeiro prêmio, com *Sereias e cigarros*. Desde então, *Cuidado: frágil* foi a única obra das oito seguintes que não me rendeu premiação alguma. Mas me deu uma satisfação tremenda. Eu tinha aquela sensação de superioridade, era um livro que me fizera conjugar a escrita com o meu jeito de ver o mundo e, sobretudo, a educação de filhos, Vitória nesse meio todo. O rigor da educação, que tanto traumatizara de forma até patética vários escritores chorões — e que sempre conseguiam leitores, o que eu achava incrível —, me cheirava a uma autodefesa dos próprios pais, querendo evitar nos filhos os males que eles próprios, adultos, praticavam. Pais ciumentos de suas ninfetas são gaviões de visão aguçada. Mães repressoras que deixam marcas roxas nas pernas das pequenas são infelizes que começam a perceber que seu próprio tempo já passou. Embora eu mantivesse sempre bem afiada minha visão para moçoilas atraentes, tentava separar a minha vida da vida que minha filha iria escolher para ela. Deixá-la viver, deixá-la explorar o mundo sem imposições, ver com olhos livres dos nossos preconceitos adultos. Deixá-la rabiscar o sofá, deixá-la escolher suas leituras, deixá-la, pela autodescoberta, enxergar os seus próprios limites. Ao educar um filho, dê-lhe liberdade e não sapatos de chumbo. Deixe-o farejar o próprio caminho sem dar uma de cão-guia, como se a criança fosse incapaz de enxergar a vida. Nunca, no futuro, você será acusado de ser o opressor, castrador, podador. Ele crescerá alegre, autônomo e autoconfiante. E, tão ou mais importante, você será poupado do chorinho infantiloide que te acusará de todos os males do mundo. Envelhecerá tranquilo e contará com mãos amigas para fecharem teus olhos no Último Sono.

O sorriso contido de Vitória e o olhar marejado no dia em que saiu de casa me deram a certeza de que o trabalho tinha sido benfeito. Ensinamos a autonomia, agora era hora de aguentar a dor do segundo parto, o da separação. Ela, por decisão própria, chegou em casa dizendo que iria morar fora, havia passado no vestibular para Biologia da Universidade Federal de Santa Catarina — ela passou na Federal do Paraná também e sei lá mais onde —, já tinha tudo preparado, onde e com quem morar, trabalharia na praia da Armação do Pântano do Sul, em um restaurante de comida natural e orgânica, estudaria à noite.

Achei ótimo, uma dor pequena que soube superar pensando que a criamos exatamente para ser assim, decidida, organizada, que vai à luta. Eugênia já sabia desses planos havia mais tempo, tinha essa mania de se intrometer um pouco mais, às vezes invadindo a privacidade de Vitória, querendo investigar seus sonhos, aspirações, vontades.

Com dezessete anos, ela saiu de casa, aquela magricelinha bonita de seios firmes. Eugênia a acompanhou até Florianópolis, ofereci-me para depositar um dinheiro, ela recusou — a danada era guerreira. Na semana da mudança, fui a Belo Horizonte falar de *Sol de cinzas*, um livro composto por três novelas que podiam ser lidas separadamente, mas que, se lidas em conjunto, agregavam costuras e sentidos novos. Eugênia trouxe fotos do apartamento, do restaurante e do grupo de três amigos que morariam com ela, entre eles um rapaz que aparecia com a mão enlaçada na cintura de Vitória. Lembro-me de ter comentado, meio em tom de brincadeira, isso está me cheirando a problema, veja esse sujeito aqui, abraçado a ela: está vestindo a camisa da Argentina.

Demorei muito tempo para escrever *O homem sem saída*. Muitas viagens não podiam ser recusadas, pagavam bem, davam boa visibilidade, mas me fizeram perder o ritmo da escrita. Eugênia me dizia para irmos juntos a Florianópolis, que eu precisava rever Vitória, visitar o apartamento, almoçar no restaurante, que era uma delícia, conhecer os seus companheiros de casa — o menino da foto era mesmo argentino, estava apaixonado por Vitória e havia até lido uns livros meus. Mas eu queria muito escrever *O homem sem saída*, o primeiro dos meus livros a ter o título antes de ser escrita uma única linha. Prometi a Eugênia que, conseguindo me dedicar à escrita, iria no ano seguinte. Dizia também que três anos era um tempo bom para que ela arrumasse a vida, tivesse a sua independência garantida sem que nossa visita desse a impressão de que iríamos vigiá-la.

Quando terminei o livro, com suas reescritas e revisões, enviei-o ao editor. Fui a uma bienal, a mais duas mesas de bate-papo (nessa brincadeira, são vinte mil reais em caixa, difícil recusar) e, então, colocamos o carro na estrada em direção a Florianópolis. Na viagem, pensei em Vitória, a projeção de sua imagem com três anos a mais. Duas décadas de vida. Terceiro ano da faculdade, Biologia, uma área que hoje me atrai e que estudei tão pouco. O queixo do pai, o nariz da mãe, uma boca misturada. Tínhamos fotos dela espalhadas pela casa, o quarto ainda estava lá, intacto — agora um marginal é quem dorme e baba no colchão dela.

O apartamento fica na Trindade, perto do campus; no entanto, a mais de quinze quilômetros do restaurante onde trabalha. Eugênia me disse que ela fazia esse percurso de bicicleta. Foi atropelada uma vez, mas nada grave.

Ela estava diferente, um bronzeado que a encardia em vez de dar charme. Eu gostava da pele macia, degradê suave entre o branco e o róseo que ela havia deixado em Curitiba. Cabelos compridos tomados por *dreadlocks* que saltavam em tufos do couro cabeludo. No primeiro olhar — antena de percepção aguda do escritor para as nuances do mundo —, percebi que ela já não era mais a menina do papai, aquela que ia atrás dele enquanto ele escrevia, livro cheio de ilustrações mágicas em punho suplicando histórias, a menina que batia na porta fechada, insistente. Ela já sorria diferente, minha presença ali era a de outro adulto qualquer, um ser humano como ela. Encostou sua bochecha na minha e estalou um beijo no ar. Um abraço sem os braços, apenas mãos nas minhas escápulas. Entre mulheres, mais desenvoltura, Eugênia ganhou um beijo de lábio colado na face, um abraço de braços entrecruzados, demorado, forte. Cultivar asas tem esse preço, eu pensava. O de criar um ser de vontades próprias, independente, que agora olha para você de igual para igual.

Acontece que todas estas teses sobre uma criação de filhos voltada à autonomia eu criei depois de ela ter crescido, depois de ter saído de casa, depois de eu a ter visitado em Florianópolis, depois de eu ter voltado para Curitiba, depois de ter ido à praia me recompor do maçarico verbal de Vitória, depois de ter aparecido um maluco de revólver em punho prometendo estourar-me os miolos, depois que avancei na vida de Luka, depois de estar deitado na cama, melado, sem banho. Criei essa tese agora, depois de tudo, como defesa para as palavras de Vitória. Mesmo em *Cuidado: frágil*, do protagonista-repolho, eu não fazia tanta relação com a educação de Vitória quanto gostaria de provar a mim mesmo, insistindo nisso apenas por se tratar de um tema aproximado. Estou confuso. O auge de minha relação com ela foi por volta de seus cinco anos. Eu havia lançado *Sereias e cigarros*, mas ainda não tinha recebido prêmio por ele, o que significava pouquíssimos convites para palestras, bate-papos, mesas-redondas. Apenas muitas resenhas locais, duas ou três em jornais de fora de Curitiba e uma entrevista escrita. Nada que me obrigasse a sair muito de casa. Eugênia vivia às voltas com sua dissertação de mestrado e ainda não trabalhava na universidade. Vivíamos com uma bolsa miserável que ela recebia enquanto eu fazia bicos — esforçava-me o mínimo para conseguir esses trabalhos — corrigindo monografias, dissertações e teses, colocando-as dentro das enfadonhas normas técnicas. Tempos difíceis. Mas gastávamos pouco, apenas para o trivial do cigarro e das comidas. Vivíamos em um apartamento dos pais de Eugênia, que faziam vistas grossas e incluíam a suas vultosas despesas as taxas de água, luz, condomínio e a escola de Vitória. O pai de Eugênia já havia morrido havia alguns anos, quatro ou cinco, e a mãe convalescia de um Alzheimer que progredia especialmente lento. Em 1998, quando ganhei um dinheiro razoável com meu primeiro prêmio, lamentei não poder escarnecer dela, erguendo e beijando minha taça como Didier Deschamps e Zinédine Zidane fizeram diante de milhões de brasileiros, em Paris, na final da Copa que havia recém-acabado. Sem soberba e com elegância, seria um gesto que diria tudo, por si só. Mas ela sequer sabia quem eu era. Aprendia rápido, mas esquecia de novo. Dois anos depois, seus planos para ver a virada do milênio em Paris afundaram com ela na cama do hospital enquanto foguetes brilhavam no vazio escuro do céu.

Mas, em 1997, Vitória com cinco anos, eu em casa e Eugênia frequentando aulas e já escrevendo a dissertação, fui escalado — o termo era bem esse, havia uma escala determinada por Eugênia — para ficar com Vitória, ler para ela, dar comida nos horários certos, buscar na escola, uma escola nova que ficava muito perto da Schiller, onde viríamos a morar muito mais tarde. Foi aí que, ao ler livros infantis — coleções antigas herdadas da avó e até bisavó maternas, outros mais contemporâneos trazidos por Eugênia sei lá de onde — e ver tantas histórias idiotas e sem sentido, comecei eu a escrever um livro para crianças. Intuía nas conversas com Vitória até onde ela poderia ir, as coisas que falava, suas fixações, seus pontos de desinteresse e dispersão. E escrevi o pequeno *Espumas*, que, para minha surpresa, foi recusado pelo braço infantil da editora. Essa foi minha única incursão, e frustrada, pelo tal universo da literatura infantil. Seduzido também pela ideia de ganhar um bom dinheiro, inventei a história de um menino que ia tomar banho de mar, deixava-se envolver pelas ondas e saía em outros mundos, fantásticos, misteriosos, fascinantes. A editora considerou a ideia perigosa por poder estimular afogamentos. Eu disse ao meu editor que eu poderia equipar o personagem com *snorkel* e pés de pato. Até cilindro de oxigênio. O editor riu no telefone, querendo parecer simpático ao gostar da minha piada. Não tinha dito aquilo como uma brincadeira, mas depois, pela vergonha, acabei me despedindo rápido, os risos constrangidos de sempre, e afoguei a história e seu personagem para sempre.

Quando pequena, ela sapateava diante de algo assustador. Em frente a um cão que pulava e latia faceiro no seu colo, ela marcava passo, histérica, e gritava cerrando os punhos. Achava que aquele gesto poderia ser uma defesa. Quinze anos depois, adulta, no apartamento em Florianópolis, ela apresentava um repertório coreográfico mais variado, as lágrimas escorrendo na pele encardida de sol, riscando o contorno do nariz delicado enquanto manuseava com destreza de maestro a batuta do dedo em riste, conduzindo a tétrica sinfonia de desmascaramentos. O vinho branco esquentava na mesa de um jantar que havia começado bem, ela mostrando fotos para Eugênia, sentada ao seu lado direito no sofá. Eu, à esquerda, recebia migalhas de atenção. Pronta para virar a página do álbum — antiquada, gostava de imprimir as fotos depois de narrar as imagens para Eugênia, volvia o álbum na minha direção sem dizer palavra, com um sorriso que não era para mim, apenas um resquício daquele que trocara com a mãe em suas narrativas fotográficas. Em seguida, sorriso desfalecido, virava a página e recobrava o ânimo, contando a Eugênia sobre aulas de biologia marinha, comidas naturais e uma série de outros enredos.

— Mãe, quem é esse sujeito ao meu lado, que veio com você de Curitiba?

— Ah, filha, ele é aquele que eu havia mencionado no telefone: teu pai.

— E ele sempre foi assim, com essa cara de bobo?

— Pelo menos desde quando o conheci.

Alguma coisa que eu não sabia o que era assava no forno, mas demorava mais que o previsto. Ouvi uma colega de Vitória, antes de sair — a casa ficaria à nossa disposição —, dizer que faltava uma borracha de vedação e o calor se dispersava muito. Por isso, o forno acrescentava um pouco mais de calor ao caldeirão de Florianópolis. Minha fome aumentara de modo inusitado. Arrumaram a mesa, ajudei a servir os copos com um vinho branco.

"Tem cerveja?"

Ousei na pergunta.

"Não, a mãe gosta tanto desse vinho que eu pensei que."

"A mãe, sempre essa mãe."

Foi uma brincadeira minha, claro.

"Ora, ela merece, pois não nos vemos há quase seis meses."

Foi uma brincadeira dela, claro. Eu não a via fazia três anos.

"Você faz Biologia e não Matemática, entendo, mas dá para saber que três anos é maior do que seis meses. Seis é maior que três, mas os anos contêm os meses. Lembra daquele negócio de conjuntos que aprendíamos na escola?"

Imitei também o sinal matemático de maior, recolhendo os dedos da mão e deixando esticados apenas polegar e indicador. Feliz com minhas lembranças de colégio.

"Lembro um pouco de Matemática, sim. No Ensino Médio a gente chegou a estudar um negócio chamado números imaginários."

Disso eu não me lembrava, e me esforcei sem sucesso para compreender a exata relação entre a brincadeira das nossas matemáticas. Afinal, ela sorria, e sorrisos significam brincadeiras amistosas, não?

"Agora você foi longe. Não lembro nada disso."

"Eu também não, só do nome, que já é o suficiente."

"Suficiente para."

"Para dizer o quanto o próprio escritor é uma ficção."

A primeira garrafa de vinho já tinha ido. Jovens não sabem beber com vagar, lembro-me de mim, que bebia vinho dando o mesmo tipo de gole que se dá em água.

"Para uma bióloga, você anda bem multidisciplinar. Saímos da matemática e fomos para a literatura."

"É fácil. Literatura não é imaginação? Os números não são imaginários? O escritor não estava aqui falando de matemática? Que não vê a filha há três anos? Esse é meu ponto: são números imaginários porque, afinal de contas, o escritor nunca me viu."

Ela sustentava o sorriso, mas o queixo tremeu, aquele queixo que era meu. E, momento de terror: pela primeira vez, a sobrancelha esquerda subia às alturas, igual à da mãe. Demorei a associar o início brincante a esse novo rumo que a conversa tomava.

Foi nesse *moderato* que a sinfonia começou a tocar. Eu fazia alguns contrapontos curtos. Quando me dei conta da fragilidade deles, calei-me.

"Mas."

"Nem meio mas. Se teus personagens que não existem aqui na pele e no osso, se eles estão lá no papel e sofrem tanto, se esforçam por nos deixar conscientes das dores humanas, são tratados com tanta delicadeza e sensibilidade, como o mundo todo diz, você devia saber que a tua presença real era mais importante do que escrever personagens que me ensinassem a viver com a solidão, com a ausência de um pai, ou com um pai relapso que precisava ser escalado para cuidar da filha não vendo a hora de largar o posto e tirar folga."

"Mas."

"Mamãe não me vê há seis meses, mas você não me vê há vinte anos, desde que eu existo. Logo, senhor lógico, você nunca me viu, nasci órfã de um pai que se trancava para escrever sobre as angústias da humanidade, ele próprio uma antena da raça — sim, eu lia todas as resenhas sobre teus livros e tuas entrevistas, fui conhecer um pouco do que você representava por elas —, ouvidos atentos aos ruídos humanos que só os iluminados de sensibilidade extra podem ter, mas sem ouvidos para as unhas de uma menina que arranhava a porta da biblioteca de casa, onde o escritorzinho de merda chafurdava em meio aos jornais de resenhas elogiosas escritas em mil línguas diferentes."

Ela trocara a ironia pelas palavras diretas, o que fez perder o naco de charme que ainda pairava no ar, o mesmo ar quente que cheirava a alguma carne assada.

"Todo poliglota, era analfabeto para ler uma criança. Dizia que a sensibilidade do escritor precisava olhar o mundo conhecido por todos para propor um olhar — que palavra você usou? — inaugural, isso, inaugural, o escritor era o reinaugurador do olhar e que isso era muito próximo do que a criança fazia ao ver o mundo pela primeira vez. Como você aprendeu isso? Que criança te ensinou? Fui tão especial e inteligente que bastou aquele ano juntos para você apreender tanta coisa inteligente e depois voltar a me descartar assim que mamãe ficou mais tranquila com as aulas na universidade? Tudo, educação, carinho, acompanhamento, perguntas sobre a minha vida, sobre os meus dilemas e conflitos, tudo isso você, genial, achava que conseguia condensar passando a mão na minha cabeça quando cruzávamos no corredor. Era sempre assim, eu poderia estar passando por você com uma boneca, com uma seringa, com um revólver e você sorriria com o olhar distante passando a porra dessa mão na minha cabeça e seguindo em frente. Quantas vezes — no início, depois desanimei — me pendurei em seu cinto suplicando para assistirmos juntos a algum desenho, filme infantil? Você dizia, depois de muita insistência minha, um *está bem* resignado que me alegrava — eu não tinha percepção afinada para perceber teu desânimo —, mas você chegava em frente à TV e se limitava a ligar os aparelhos e fazer a coisa funcionar. Pai, eu já sabia ligar os aparelhos e fazer a coisa funcionar. Eu precisava de você lá, eu precisava deitar na tua barriga para ver contigo tudo que acontecia, não importa se duas, dez, cem vezes."

— *Filha, não seja injusta, eu assisti a* Toy story *com você e sou capaz de ver esse apartamento quando ficar vazio, os móveis rindo de mim, o fogão abrindo a bocarra sem borracha, os ímãs da geladeira fofocando sobre minha cara de bocó.*

E ela continuou, porque isso, porque aquilo, porque fiquei cheia de traumas, pai, e as notas excelentes na escola eram um refúgio, uma fuga salutar. Poderia ter fumado todos os baseados e pedras, cheirado todos os pós, dado para meio mundo. Mas fui a menininha boa, dócil, que não incomodava. Para que mexer em time que está ganhando, não é? Na escola sempre a tratavam com veneração, você é mesmo filha do Emílio Meister? As professoras loucas para chamá-la para conversar com os alunos, elas mesmas embevecidas. "Não preciso nem dizer o que você me respondeu quando te pedi para ir à escola falar com os alunos, não é mesmo?", ela perguntou. "Tive vontade de chegar na escola e pedir desculpas, professora, eu não sou filha dele. Em vez disso precisei, com doze para treze anos, inventar algum motivo menos ofensivo do que aquele que você me deu". Poucos anos depois, quando leram meu livro para o vestibular da Federal, ela disse ainda soluçando que os comentários eram tão elogiosos, que líamos longos trechos em sala, pai, voz alta, as páginas trementes nas mãos de alunos de dezesseis anos. Quando todos se voltaram para mim, na expectativa de ouvir a filha lendo um trecho do livro do pai, acredita que eu não consegui, pai? Acredita que eu comecei a chorar? Acredita que o pescoço trancou voz e ar? E teve vontade de sair correndo da sala de aula, mas que, sempre cheia de pudores, ficou trancando inutilmente as lágrimas, parada, sorriso contido — "acho que puxei isso de você, não?" —, o que deu a entender a todos que ela estava emocionada e que aquilo era felicidade querendo se derramar. Bateram palmas para mim, pai. Fique feliz, pai. Graças a você, bateram palmas para mim. Depois contou que o professor estendeu o braço sobre o ombro dela no final da aula, que entendia, que jamais tiraria nota por não ter conseguido ler, que o texto dela era excelente e era excelente porque Vitória tinha um escritor em casa que a acompanhava muito de perto, acompanhava bem, que dava muitos livros e discutia literatura.

"Eu olhava para o rosto do professor, ainda jovem, bonito e bem intencionado e via apenas o Pateta na minha frente. Quase o mandei à merda, mas percebi a tempo que não era ele o pobre coitado. Pai, eu tenho todos os motivos do mundo para chorar pela tua indiferença ferina, para lamentar a tua ausência. Mas hoje, aqui, cheia de amigos, com histórias de vida familiares de todos os jeitos, dos pais maravilhosos aos bêbados espancadores, estamos todos vivos e felizes. E eu tenho mais pena de você do que de mim. Tanta glória e tanto louro para esconder um coitado. Pai, desculpe. Você é um coitado."

Eu era um repolho-roxo, azedo, com vontade de ser servido com o que quer que queimava naquele forno que mais tarde riria de mim. A segunda garrafa permanecia aberta e cheia, o frisante perdendo suas borbulhas. Fez-se um silêncio longo, feito de olhares pela janela, quadros tortos sendo ajeitados, uma ida ao banheiro. Depois de longos minutos, barulho exagerado de chaves girando na porta de entrada. Um menino alto, sem pelo nenhum no rosto, entra tímido. Timidez natural ou ele teria ouvido tudo e o barulho das chaves era o anúncio de que entrava, atenção, não continuem o espetáculo. Disse um olá inaudível e vi que trazia nas mãos o que supus serem três livros meus, em espanhol. Consegui ver dois: *Sirenas y cigarrillos* e *Atención: frágil.* O outro estava escondido, era um livro mais velho, amarelecido.

"Mãe, pai, esse é o Lucas, meu namorado."

Vitória arrefeceu os ânimos e parecia até um pouco envergonhada. Pela primeira vez na noite, falava olhando também para mim e não apenas para Eugênia ou para um ponto qualquer no espaço. Não olhava nos meus olhos, é verdade. Mirava alguma zona entre o pescoço e o segundo botão da camisa. Era a única esperança de costurar uma reaproximação: o fiapo esgarçado desse olhar condescendente para o meu peito.

Mas eu já estava arrasado e desde lá fico pensando na justiça ou na injustiça das suas palavras. Pensei nisso a noite toda, ouvindo conversas tangenciais sobre o seu namorado argentino. Eis mais um motivo para incendiar o ódio de Vitória, pensei mais tarde: lá estava o pai absorto, bobo, sem atinar para o que acontecia à sua volta. O que ela não sabia é que dessa vez eu não estava pensando em personagem algum. Eu estava ausente daquela realidade imediata para poder pensar justamente sobre ela. Pensar não é a melhor palavra. Eu recobrava o fôlego como alguém que acabava de levar três socos na cara e quarenta e dois na boca do estômago. Eu ainda lutava pela sobrevivência. Muito depois, já respirando, é que fui começar a fazer rescaldos, juntar destroços, montar peças que sobravam, construindo uma narrativa cuja arquitetura era feita com tijolos quebrados, estilhaços de vidro, madeira queimada, metais retorcidos. Até agora não tenho as ferramentas certas para conseguir colocar algo em pé. Monto, desmonto, faço uma casa bonita, mas frágil. Ou então pinto algo consistente, mas feio. Estou em busca do belo consistente. Nada.

O que será que respondi a Vitória quando me convidara para ir à escola dela? Todo esse rancor, esses anos de histórias represadas, essa meticulosidade em arquivar meus disparates. Quisera eu ter esse cuidado e talvez pudesse agora colocar contra-argumentos na mesa. Mas era Vitória quem vigiara para, agora, anos mais tarde, punir. O efeito era mais pungente, arregimentava um exército cuja artilharia vinha guardando munição durante anos, azeitando as armas para, em um único momento, concentrado, metralhar o alvo. Tivesse eu sido um pai mais presente, tutelador, e Vitória poderia ter saído sem essa eloquência, sem esse raciocínio tão encadeado, poderia não ter essa desenvoltura. Seria uma menina ansiosa e insegura que amaria ter a mim por perto. Seríamos mais felizes. Mas ficar jogando possibilidades para lá e para cá é um exercício que se tem mostrado infrutífero. Há possibilidades sem fim, mas só podemos contar com aquelas que escolhemos.

Feita a escolha, acabou-se o infinito.

Depois do sermão, caminhadas bucólicas pelas manhãs, bem cedo. Também nos fins de tarde, areias de Itapoá. Água até os tornozelos, mergulhões e pescadores. Na volta de Florianópolis, não aguentaria chegar a Curitiba. Pé pesado no acelerador, passa Porto Belo, Itapema, Itajaí, Camboriú, Barra Velha, Joinville, chega a entrada de Garuva. É por ali que vamos, digo a Eugênia que invente uma desculpa na universidade, que diga ao padre não sei das quantas que a pesquisa sobre missas e outros rituais macabros vai ter de esperar. Preciso do ar da costa que não seja o de Florianópolis, empestado pelas palavras de Vitória. Acabei me esquecendo de autografar os livros do argentino. Em Itapoá, ficamos de domingo a sexta-feira, palavras mínimas, Eugênia sem saber como começar uma conversa que, sei, ela julgava necessária. Apenas na sexta-feira, prestes a irmos embora.

"No mínimo, você acha que ela está errada."

Não foi um bom início, Eugênia. Foi uma péssima frase de aproximação. Passei cinco dias mortificado, as espáduas sangrando pelo autoflagelo sobre feridas já abertas. Só porque não ergo minha sobrancelha, só porque não caio em prantos, só porque minhas grandes alegrias e tristezas não se manifestam no corpo de modo claro, só porque o gráfico das minhas emoções é linear, nada disso prova que não trago chagas e holocaustos dentro do peito. Lembro-me das tantas telas que representam uma Irene amenizando as chagas de São Sebastião, depois de ter sido alvejado por flechas inclementes. Eugênia não me amenizava a dor das chagas. Ao contrário, parecia querer enterrar mais fundo as setas pontiagudas.

O bufão que satirizava filhinhos delicados que, oh, não suportavam a pressão paterna agora é alvejado por uma filha que se transformou — e com que elegância — naquilo que todo pai deseja: posicionada, coerente, concatenada.

"Acho exagero dela, só isso. Não que ela esteja errada, mas pegou pesado, foi para um extremo histérico."

Não foi uma boa resposta, Emílio. Logo você, sempre tão

sensato. Naquele momento eu não precisava de mais uma inimiga, mas o uso da palavra histérico nunca é adequado com Eugênia. É o adjetivo que mais a irrita, que mais a torna, digamos, histérica. Preciso estabelecer parcerias e não dar mais munição ao inimigo.

"Já imaginou quantos anos guardando tudo aquilo?"

No último dia em Itapoá, Eugênia caminhou comigo. Mesmo com o calor, saímos no início da tarde. Ficamos em silêncio durante todo o percurso da orla, quando caminhamos da Primeira para a Terceira Pedra e voltamos. Chegamos a andar de mãos dadas por alguns instantes. Na volta, já chegando em casa, malas no carro para voltarmos a Curitiba, é que essa conversa começou. Cinco dias tentando cicatrizar uma ferida que Eugênia agora começava a cutucar sem consciência, mas com habilidade, lâmina pequena e afiada abrindo caminho na carne viva.

"Você não vê certa crueldade aí? Ela passar esse tempo todo sem me dizer nada, sem me dar uma oportunidade de corrigir a rota?"

"Crueldade? Você acha que uma criança iria conseguir elaborar o sofrimento de forma tão articulada? Quando ela se pendurava em você, isso não queria dizer nada? Você queria que uma criança de cinco anos dissesse olha, papai, eu vou jogar tudo isso na tua cara daqui a quinze anos, dizendo o quanto o teu desdém contribuiu para a minha falta de referência?"

"Se eu sou assim tão ruim, é melhor mesmo ela ficar sem a minha referência."

"Não se faça de burro. Engraçado como alguém tão inteligente pode ser tão obtuso."

"Burro, obtuso... que cardápio."

Isso eu disse para ganhar tempo, não era argumento. Prossegui.

"Eugênia, ela está elaborando o passado com a cabeça do presente. Sabe-se lá o que ela ouviu dos colegas de quarto, desse namorado argentino. Tudo pode servir de fagulha para ela reconstruir um passado do tipo, sei lá... E eu era infeliz? Fui-o outrora agora."

"É engraçado. Mesmo usando Fernando Pessoa de maneira tão adequada e inspirada, você continua sendo estúpido. E você sabe disso, o que o torna ainda mais estúpido."

"Você quer que eu conte todo o enredo de *Toy story*? Como ela pode dizer que eu apenas ligava os aparelhos para ela?"

Era um argumento que eu queria evitar, parecia bobo citar um desenho animado para dizer o quanto fui um pai presente.

"Sim, ela nasceu, assistiu a *Toy story* e depois estava em Florianópolis fazendo Biologia. Se você fosse contar a história da tua filha, sem ficção, era isso que você teria para dizer."

A ironia é arma minha. Odeio ser combatido com ela.

"Quantos livros que li para ela?"

"Na época em que você era escalado? E depois, na cama, me dizia o quanto a literatura infantil era ruim, que você não aguentava aquilo, que queria se trancar logo no escritório para escrever uma história infantil e ganhar dinheiro? E ainda cria um personagem que iria estimular afogamentos. Quanta percepção."

Agora ela ria, escarnecendo para valer. Eu estava arrasado, respondi com um muxoxo humilhante, aceitando a derrota. Fiquei em silêncio, fui salvo por termos chegado em casa e sermos obrigados a trancar portas e janelas, fechar o gás, a água, levar o lixo para a rua, ligar o alarme. Durante estas pequenas ações, eu começava a intuir a versão de que, não tivesse eu agido dessa forma, deixando Vitória livre, ela não seria tão inteligente, independente e autônoma. Quando entrássemos no carro para, enfim, voltar a Curitiba, eu contra-atacaria.

“Boa tarde. Eu queria que vocês entrassem no carro em silêncio. Estão vendo a ponta do revólver aqui embaixo da minha mochila? Pois é. A partir de agora, qualquer grito ou gesto repentino vai ter como resposta um tiro. E não vai ser um tiro pra cima.”

Talvez já seja minha imaginação preenchendo os vazios da lembrança, mas parece que me recordo de sua voz dizendo isso com um sorriso acompanhado de uma franzida de nariz. Um gesto matreiro.

Com a vista acostumada ao escuro, consigo divisar a pequena rachadura do teto, ali desde sempre. As coxas esfregando-se grudentas uma na outra, as axilas também se manifestam em cheiro e visgo. Manifestações generalizadas tomam posse no corpo. Tenho agora vontade de ir ao banheiro, os goles de cerveja são diuréticos. Estico o corpo, me concentro em deixar todas as suas partes afastadas. Aparto braços e pernas, toco em Eugênia, que ressona. Amenizo o problema do banho, mas sei que a vontade de urinar não passa sozinha, tende a piorar e isso me deixa preocupado. Ressurgem os problemas de agora há pouco, na cadeira do escritório: levantar-me pode gerar que tipo de interpretação? Deveríamos ter combinado isso tudo antes. Penso que, pela manhã, precisaremos redigir um manual de conduta, vejo o absurdo da proposta, a naturalização de algo estranho demais para ser rotina. Levantar-me em silêncio pode fazê-lo suspeitar de que tramo algo; levantar-me com estrépito pode assustá-lo levando-o a suspeitar da mesma coisa. Chamá-lo? A solução seria chamá-lo. Qual o nome dele? Chamá-lo simplesmente com um hei, ladrãozinho? Hei, delinquente? Que vergonha. Cogito urinar na cama, possibilidade que só o desespero é capaz de fazer brotar. Urinar no chão de madeira. Isso poderia formar um rio que desembocasse no colchão em que ele dormia. E se eu mijasse em cima da minha calça jogada no chão? O tecido absorveria tudo, mas, e o cheiro? E a vergonha logo em seguida? Assim como a lucidez depois do orgasmo, quando nos damos conta de que não somos um animal babão, somos pessoa, temos CPF e representamos papéis sociais, a lucidez da bexiga vazia se aplicaria também? A urgência antes, o desejo de prazer perpétuo durante, o pânico depois, em que o mundo readquire a concretude. Fecho os olhos em busca de vã concentração. Sinto o metal frio no meu braço, me cutucando.

"Preciso ir ao banheiro. Acho que vou demorar, você vem comigo."

Deus, se você existisse, você seria bom.

Eugênia apenas mudou de lado, continuou dormindo.

No banheiro, estávamos ambos só de cuecas, primeiro constrangimento. Ele abaixou as dele, revólver acompanhando o movimento. Depois de uma olhadela no que ficara dependurado, desviei, com pudor. Mas o pior já havia acontecido: a imagem estava gravada.

Senti-me astuto quando, segundo constrangimento, ao saber que teria de aguardá-lo fazendo sua defecção madrugueira — quem levanta de madrugada para fazer isso? —, pedi para tomar um banho, que eu havia esquecido, que estava na praia, que tinha ido caminhar pela manhã e desde então.

"Claro, claro, vai nessa."

Todas as águas se despejaram juntas, enxurrada de prazer que quase ignorou a delicadeza de atitude do menino, que dava descarga a cada emissão. Ele acabou tudo e ficou me esperando. Tive vontade de pedir que ficasse de costas. Ele imaginaria coisas relacionadas a golpeá-lo, o que eu não faria. O que eu faria?

Tirei a cueca dentro do próprio box, vergonha de me desnudar na frente dele. Mesmo com tudo enevoado, guardei-me. Os vultos são facilmente lidos. Resgatei imagens de Vera e seus vestidos de algodão cru, fiz brotarem do ar vaporoso as pernas cruzadas de Alice. Mas despejei apenas a urina represada, nada mais seguiu o curso das águas. A toalha ficara longe do meu alcance. Pedi a ele. Fiz todos os esforços para me enxugar dentro do box, terceiro constrangimento, o do corpo nu diante do metal de um revólver, diante de outro corpo, de cueca, que eu já sabia belo, corpo de jovem ativo. Dobrando pernas, enxugando pés, equilibrando-me para não escorregar no chão espumoso, eu reparava nas dobras excessivas do meu corpo, no encurtamento dos nervos, na dor do joelho que sustentava todo o peso e pensava na roupa justa que era a pele dele, músculos firmes e ágeis, a força em pleno vigor. Jogasse o revólver fora e amarrasse as mãos, ainda assim eu jamais partiria para cima dele. Ele seria capaz de me subjugar de qualquer modo. Vejo mais uma vez minha pele, minhas pintas, dobras e músculos flácidos. Uma roupa grande demais para o esqueleto. Encosto o antebraço esquerdo no azulejo frio, faço a compensação, buscando a mesma sintonia fina para que o antebraço direito receba igual intensidade de pressão e temperatura. Consigo. A cueca, tirada dentro do box, caiu na água. Visto-a encharcada, enrolo-me na toalha e volto para a cama, a derrota grita no escuro. O silêncio como amplificador da voz.

Emílio, você é um coitado.

Deito na cama, a rachadura do teto some de novo, mais um sinal do quanto a luz pode desacostumar os olhos. A rachadura sumiu, mas tenho todas as garantias de que continua no mesmo lugar. Eu tenho a fé que deriva da convicção, da convicção que deriva da explicação natural de que se a rachadura estava lá, lá deve estar ainda que meus olhos não a vejam, pois é muito pequena a probabilidade de que, durante o banho na madrugada, algo ou alguém tenha entrado no quarto para tapá-la. Não seria lógico, até onde alcança a humana condição, crer que a rachadura não existe, mesmo que ninguém a veja. Cristo também teve de mostrar as cicatrizes nas mãos para que Tomé acreditasse que era ele mesmo quem tinha sido crucificado, morto e sepultado. Cristo teve de provar objetivamente que ele era ele. Mas isso não é natural. Enquanto os crédulos não quiseram ver nada, Tomé provocou. E Cristo provou. É prova suficiente? Não basta acreditar em Cristo, é preciso acreditar em quem contou a história de Cristo. Corporativismo ou não, tenho de dar o braço a torcer para quem criou essa fábula que reverbera depois de tantos séculos. Existe na história da humanidade uma mentira que precisa existir, que incendeia os imaginários com lenha grossa, velas de sete dias, sete séculos, mais. Essa mentira está espalhada por aí, impressa nas páginas, outras vezes plasmadas no corpo de um ator. Esse menino que dorme quase a meus pés carrega os extremos dentro dele. Quão verdadeiro é ele? Faz parte da sua verdade assaltar alguém com uma saudação de boa tarde? O teor raivoso, que assegura não ser um doente mental, que diz ser um desesperançado que não tem nada a perder, que pode estourar nossos miolos, cabe no indivíduo que ajuda a recolher os pratos, cheira uma rosa e avisa sobre um pedaço de pão pendurado no meu queixo? Trata-se de um bronco contaminado pelo requinte de um casal de intelectuais? Ou é fina flor perdida que por algum desespero se força a encarnar o espinho? Ele sabe o que está fazendo, tem consciência dos seus métodos, ou é um garoto que não consegue pensar sobre os próprios pensamentos e age como se fosse assim, e só assim, que se deveria agir no mundo? Algumas vezes parece ter tanto controle, outras não sabe o que está fazendo, ou ao menos não sabe que o que está fazendo pode ter consequências. Pensa e age de acordo com uma suposta natureza livre de artifícios, livre de lógicas tão lógicas.

— *Hei, animalzinho dócil, preste atenção: todo o homem é mortal / Sócrates é homem / Logo, Sócrates é mortal.*

— *Sim, o silogismo clássico. Onde quer chegar?*

— *Todo homem que mantiver outro em cativeiro será preso / Você está mantendo um homem em cativeiro / Logo, você será preso.*

— *Eu posso me matar, eu posso matar vocês agora e sair tranquilo pela porta da frente. Capriche mais nas tuas tentativas.*

Essa duplicidade de caráter causa vertigens em meu modo de pensar nele. Esse ser ambíguo me turva os sentidos e distorce avaliações. Se não consigo dominá-lo com a força de meus músculos, eu deveria exercer nele o domínio da subjetividade, mas me é difícil. De que metáfora saiu esse ser que cheira uma rosa com revólver em punho? Como, a um só tempo, é possível enxergar nele a flor e a náusea? Uma flor fura o asfalto, mas o asfalto achata milhares de outras flores. À medida que as horas passaram, a agressividade envergonhada foi dando lugar a uma espontaneidade semelhante à encontrada nas crianças tímidas que se soltam conforme ganham confiança. O que fiz para que ele visse em mim alguém em quem se encostar, isso não sei. Tudo parece natural, mas é impossível falar de naturalidade em uma situação dessas. Deve haver protocolos formais para casos de sequestro, ameaças violentas em forma e conteúdo, pedidos de resgate, capuz na cabeça, mãos e pés amarrados. Se ele não estiver consciente de que age assim, por que isso me cativa tanto? Por que odiaria saber que ele faz isso com consciência de seus atos? Por que o desprezo toma conta de mim só de supor que ele sabe tudo o que fala e que essa ingenuidade é planejada? Eu não o quero ator, eu o quero menino real, cujo papel é não saber que atua, cujo papel é rasgar o papel e apenas ser. O som do mar me tranquiliza e fugi para ele querendo acalmar meus ânimos, recompor a vida. Odiaria saber que do meu quarto, na praia, o som que chegava, e que até então me relaxava, era somente um som que imitava o mar, vindo de algum motor. A sombra de uma árvore é mais agradável que a de um edifício? Refresca mais? O artifício estraga em mim o menino que quero ver ingênuo. Como o venho percebendo, ele é capaz de ficar ofendido se eu chamá-lo de sequestrador. Eu quero o menino nu que cheira flores.

A luz do dia começa a se insinuar e tenho um pouco de sono. Dia após dia, dormir das cinco às nove da manhã é o que me renova. Depois das nove, precisamos ver como ficará nossa rotina. Faz cerca de dezesseis horas que ele surgiu na nossa vida. Ninguém o abandonou na nossa porta, mas ali está ele, agora mais claro com a luz que se infiltra. Dorme. Eugênia dorme.

Ele já saía de casa com as roupas adequadas. Tênis leves de corrida, meias pouco aparentes, camiseta *dry fit*, calção por sobre a bermuda de compressão. Para os dias de corrida pesada em esteira, uma bandana; se corrida ao ar livre, viseira. Enlaçava no peito um sensor que transmitia informações ao relógio Garmin com GPS, sempre no pulso direito, e marcava frequência cardíaca, calorias queimadas, frequência máxima e mínima para a idade, distância percorrida. Hesitou entre correr na rua e ir para a academia do clube nadar, correr na esteira. Optou pela piscina. Para isso, mais uma bateria de preparações. A bermuda de banho, lycra grossa, servia de embrulho para a touca de silicone e os óculos de natação, finalmente um modelo que se amoldava com perfeição aos olhos, não embaçava e não deixava marcas fundas no rosto depois do uso. Colocava ainda toalha, uma *nécessaire* com sabonete e xampu do hotel de Berlim, um desodorante comprado no aeroporto de Frankfurt, um pequeno frasco de pasta de dentes da Lufthansa, um par de chinelos, importante não pisar descalço naquele vestiário masculino que recende a testosterona. Tudo isso na mochila compacta.

A partir da velha expressão matar um leão por dia, respirava fundo e, buscando no ar ânimo e inspiração, dizia a si mesmo ser ainda mais valente: precisava matar três leões. O primeiro era a rua onde morava, a Ivo Leão. Com a disposição em alta

— afinal era preciso perder os muitos pedaços de *apfelstrudel* depositados no cinturão de adiposidades em volta do umbigo, fazendo-lhe a circum-navegação no mundo de sua barriga —, desceu sem elevador do sexto andar do único edifício da rua, onde morava. Era bom usar as escadas, já aquecia o corpo, para baixo todo o santo ajuda e todas essas brincadeiras bobas e comuns em dias de alta disposição. Na metade do caminho, logo depois de cruzar o terceiro pavimento, constrangeu-se e constrangeu um casal que havia escolhido o lugar para um namoro tranquilo e livre de moradores apressados que viajavam verticalmente nos elevadores. A menina, ele reconheceu, era a jovem modelo do sétimo andar, uma beldade de uns quatorze anos, aprendiz de flauta doce, que ele vira pela primeira vez estampando um sorriso de orelha a orelha nos anúncios da prefeitura, na parte de trás de vários ônibus, e que exaltavam a educação municipal. Alguma imagem misturando a exibição de um ranking nacional, a melhor educação do Brasil, aluna trajada em uniforme colegial e pais felizes na foto. Morava com a avó, uma senhora atraente que explicava a beleza da neta. O barulho de seus passos descendo as escadas deve tê-los alertado. Quando a fotocélula captou o movimento de Luka e decidiu iluminá-lo, o casal se recompunha e sobrou até uma camisa para dentro da calça, algo que provavelmente o rapaz cheio de espinhas jamais usaria em situação normal. Luka olhou para eles, mas, no constrangimento mútuo, viu pouca coisa. Viu que era ela e que ela era linda; viu o menino, não o reconheceu, julgou-o bonito de corpo, mas com espinhas e manchas vermelhas em muitas partes do rosto, parecia carente de uma limpeza profunda de pele. Imaginar aquele casal adolescente se beijando era algo parecido com esfregar um pêssego em uma fruta do conde. E isso lhe pareceu agradável à imaginação. Ambos vestiam uniforme de um dos colégios mais tradicionais da cidade, conhecido por suas mensalidades exorbitantes. Luka quase perdeu o ânimo para o exercício que ainda estava por vir, entrou em uma espiral mais perigosa que a espiral das escadarias que descia, e pensou na época em que tinha a idade daquele casal, nos quadrinhos que lia, nas revistas eróticas que escondia da mãe, mas a que — anos mais tarde desconfiou — ela própria facilitava os acessos. Encontros reais, nenhum. Justificou a si mesmo que cada um tinha sua história de vida e que era muito provável que esse casal desconhecesse os grandes super-heróis com que ele, Luka, conviveu de modo tão intenso na adolescência. A ideia da carência bateu-lhe de novo, insistia em entrar, ameaçava soprar a casa de palha que Luka construíra para suas justificativas, eram lobos maus que, se alimentados, varreriam as frágeis desculpas que tentavam explicar uma vida cheia de solidão, a não ser pela companhia de tantos fantasmas.

Luka chegou ao térreo e o vislumbre da rua, já se insinuando através da porta de vidro da portaria, mudou-lhe a direção dos pensamentos. Era céu de azul cobalto. Não importava para Luka naquele momento que, ao sair para a rua, desse de cara com o muro do Cemitério dos Luteranos. Agradecia o muro, ele o impedia de ver aquilo que estava debaixo dos seus olhos todos os dias, caso ousasse avançar pela sacada do apartamento: um entra e sai de pessoas e seus rituais fúnebres, sua matemática imperfeita, sempre entrando mais gente do que saindo. O muro pichado, seus hieróglifos sem sentido atestavam vida e necessidade de alguma expressão, um momento finito de eternidade, a tinta que se deseja grudada para sempre no reboco do muro, apego ao mostrar-se, significar-se. Desde a pintura rupestre, a humana necessidade de transmitir incompreensões.

Seguiu pela Ivo Leão até a Igreja do Perpétuo Socorro, aquele imenso disco voador estacionado diante do estádio do Coritiba. Se torcesse para algum time, sobretudo para o rival, teria uma piada pronta para uso: nem com uma nave espacial e a ajuda de um perpétuo socorro aquele time consegue ir a algum lugar. Não consegue decolar. Que ao menos fosse para o espaço. Talvez, em arroubo de grande ousadia, falasse isso para os colegas de trabalho, atleticanos em sua maioria, conseguindo, quem sabe, alguma adesão e simpatia que fossem além da conversa habitual, cheia de expressões batidas, como plantas baixas, sancas de gesso, salas em desnível, mármores, luz natural e portas pivotantes. Afora essa indiferença do perpétuo socorro e da divina providência para as coisas do futebol, ao menos um milagre Luka poderia imputar à igreja. Ele se candidataria para depor em Roma, caso precisassem de testemunhas: diferente de toda a cidade, as calçadas em volta da Igreja do Perpétuo Socorro eram boas, não deslizavam, eram niveladas, as novenas e missas podiam acontecer sem a queda de velhinhas como sua mãe, que em alguns domingos pedia para ser levada lá.

Menos de cinquenta metros depois de sair à direita de sua rua, o raio de ação do milagre perdia a força. As calçadas se desmanchavam sobre raízes de árvores, soltavam suas pedras e municiavam as torcidas. Era hora de matar o segundo leão: longa reta em declive — a volta é que era sofrida — na Rua Agostinho Leão Jr. O asfalto desenhado por centenas de remendos fez Luka achar boa a ideia de ir ao clube a pé, evitando o tráfego intenso, muitas vezes composto por preguiçosos que saíam de carro para ir a algum lugar a menos de um quilômetro de distância. Distraiu-se passando em frente ao Serviço de Endocrinologia e Metabologia da Universidade Federal do Paraná, lembrou-se das tortas de maçã grudadas à cintura — sentiu-se o verdadeiro homem-bomba, bombas de chocolate amarradas na barriga explosiva —, dos chocolates quentes, das crises de ansiedade e pizzas devoradas, de sua mãe, sem pudores, observando seu aumento de peso, de suas coxas assando pelo atrito mútuo, uma torturando a outra, simbiose invertida, as dobras da barriga formando volutas sobrepostas no momento de curvar-se para lavar os pés no banho, calçar os tênis, fechar o botão da calça, apertar o cinto, vestir a camisa grudada, o suor das axilas ganhando terreno na camisa cheirosa. Tudo, no entanto, tem redenção, bastam alguns dias de exercício e dieta balanceada para que eu passe por esse Centro de Endocrinologia como quem passa por um terreno baldio, sem significação, sem relação com a minha vida particular. Feira de orgânicos do Passeio Público no sábado, muitas verduras, legumes, frutas, fibras, peixe. Até teve fome quando seu segundo leão cruzava com a General Carneiro, imagem rápida de churrascaria, carré de carneiro, essas coisas. Coincidência linguística. Era preciso caminhar rápido, chegar já aquecido até a piscina e entregar-se com vontade às braçadas. O muro alto dos fundos do Colégio Estadual passou voando, a não ser pela cena que mostrava um grupo de alunos, meninos e meninas, fumando e dando gargalhadas, as calças de azul igual ao céu.

Mesmo descendo, sentiu-se cansado. Bom sinal, pensou. O corpo já está respondendo, a frequência cardíaca em cento e dez batimentos esboçava uma boa queima calórica. Alguma migalha microscópica de torta de maçã a menos na pança.

O terceiro leão era seu preferido: terminada a Agostinho Leão Jr., hora de virar à esquerda, na Luiz Leão. Perdeu as contas de quantas vezes já desistira de ir até a academia para entrar no Passeio Público, comprar pipoca e ficar olhando, sempre com discrição, o trabalho das araras e das putas. Ele sabia: se atravessasse a Luiz Leão e se visse às margens da grade do Passeio, sentiria aquela irresistível vontade. Era preciso ser firme. Pegar a margem esquerda da rua e olhar para o muro do clube, sem que o Passeio Público pudesse exercer aquele canto de sereias que cheirava a pipoca, natureza e sacanagem. Fez isso, caminhou a passos largos, suor já brilhando no rosto branco, dobrinhas do pescoço úmidas, olhos fixos no muro, cento e dezessete batimentos por minuto. Ainda faltava um pouco para melhorar a capacidade aeróbica. O muro exibia grafitagens desconexas, que talvez fizessem mais sentido se vistas de longe. Mas não queria atravessar a rua, o movimento era grande, não havia faixa de segurança, a travessia era perigosa, poderia, voluntário, perder-se no Passeio Público, perigos multiplicados. Achou a grafitagem ruim. Havia a figura de alguma espécie de mamute perdido em uma geleira e outras coisas deploráveis. Depois de uma especialização em Arte e Design na França, aquilo feria seu senso estético, que julgava refinado: um amontoado de cores e desenhos realistas, mas que, reunidos, fazia do realismo algo paradoxalmente sem sentido. Não foi sem surpresa que, depois de todo esse arrazoado estético, de toda essa crítica feita em quinze segundos de uma caminhada com sol forte, suor escorrendo e o pensamento principal voltado para as prostitutas, viu escrito dentro de uma moldura grafitada no muro, como que dito para ele: "fodace os artistas".

Ele sentia seu desempenho inferior a um espermatozoide que buscava atingir o óvulo: fez sessenta piscinas de vinte e cinco metros em quarenta e cinco minutos. É de cem piscinas em quarenta e cinco minutos a velocidade que a semente imprime à sua própria cauda e que a impulsiona para bater com a cabeça no óvulo-alvo e penetrá-lo. Atingido o objetivo, basta fechar-se construindo um muro alto, colocando cercas elétricas e serpentinas de aço. Precisar nadar outras quarenta piscinas no mesmo tempo de quarenta e cinco minutos era algo que o desanimava. Pensou na escala de tamanhos, pensou nas agruras que enfrentava um espermatozoide, no terreno inóspito cheio de caminhos enganosos e lobos maus, pensou na concorrência dos outros milhões e em imagens de atletas pulando no mar em um triatlo. Ele acabara de nadar, mas as associações inusitadas e repentinas pareciam de sonho. Talvez o exercício tivesse lhe tirado um pouco do sangue que corria no cérebro. Uma tontura moderada fazia-o alimentar essas associações entre espermatozoides nadando em piscinas e ele próprio nadando em mucosas escarlates. Talvez estivesse fora de forma mesmo, os dez dias no exterior, o frio, os chocolates quentes e tortas de maçã, tudo contribuía para compreender que deveria recomeçar aos poucos. Desse jeito precipitado, jamais faria as cem piscinas em quarenta e cinco minutos, jamais fecundaria óvulo algum.

Luka estava lento e sem resistência. Ficaria no caminho. Decidira recomeçar com calma, até que o exercício físico finalmente entrasse na sua vida como rotina semelhante a escovar os dentes. De nada adianta se quebrar inteiro em um dia e depois não aguentar mais, ele sentenciava. Então, já que esse argumento o livrou de subir as escadas, puxar alguns ferros e fazer abdominais, ficou mais um pouco na piscina do clube, raia livre, horário bom. Alongava-se de modo displicente, estirava-se na água, pequenos mergulhos. Fingiu medir o tempo de apneia e submergiu. Não via mais relógio algum. Ele olhava os corpos cortados pela lâmina de água nas raias vizinhas. Vinha à tona depois de alguns segundos fingindo olhar para o relógio. Os corpos fora da água não lhe interessavam tanto. Eram corpos de pessoas reais, que poderiam falar com ele, com suas idiossincrasias por demais humanas para despertar algum interesse. Olhava o relógio, simulava o aperto de algum botão e submergia. Embaixo, via os corpos que lhe interessavam, contornos, lisuras, reentrâncias, promessas. É que sabemos o que está lá, atrás da película de tecido, mesmo se nunca vimos, analogia com alguma fé baseada no conhecimento da natureza, fé contrária à fé no que nunca se viu. Ele sabe o que há atrás da camada de lycra, é capaz de ter a imagem formada na cabeça sem ver. Acha atraente, e até excitante, imaginar. A possibilidade de ver lhe dá vertigem. A de tocar traz para ele confusão, embaraço lúbrico. De novo, era o corpo que lhe atraía, na sua forma-corpo, na sua contextura-pele. Via jovens de ambos os sexos e, embaixo da água — já descera e subira cerca de dez vezes —, tinha menos pudor do que na superfície, quando o mundo voltava a girar conforme suas convenções. Mesmo nos vestiários, era preciso muita habilidade para desviar olhares na hora certa. Melhor pecar pelo excesso de recato.

O bom senso mandou parar com o exercício fingido da apneia. Voltava a ter um rosto, uma identidade para o mundo ao ficar de pé na piscina. Olhou ao redor, pessoas falando mais do que nadando, uma promoção de roupas em algum lugar, o parque onde os cães podem deitar e rolar, a feira de antiguidades do Batel Soho e o show de uma dupla desconhecida para Luka foram os assuntos que ele pescou enquanto jogava os braços para trás tocando as costas da mão uma na outra, alongando o peitoral até sumir a incômoda dobra debaixo dos mamilos, pequenos seios que o envergonhavam nos momentos de repouso.

Luka está confiante na perda de peso. O mês de janeiro, sempre quente e dedicado aos exercícios físicos mais acentuados, sofreu com a viagem para o inverno europeu. Seu esquema tinha sofrido um golpe, mas agora era recuperar o tempo perdido com o horário de verão, Curitiba alongava os dias, era possível trabalhar e ainda pegar horas de sol para se exercitar. Na saída do clube, sentiu-se com os pulmões revigorados. Isso dava ânimo para seguir. Depois de uma empanada com massa integral e coca light, estava de novo devolvido à vida ao ar livre. Os vidros escurecidos do clube não deixaram ver. Agora, passada a porta, teve certeza: o que era azul forjou-se de variados tons de cinza. Caiu o pano, fim do último ato, chega de céu por hoje. A garoa fina lhe refrescou a pele dos braços, a nuca. Tinha a ideia fixa de voltar para casa esticando a caminhada pelo Passeio Público. Com a consciência tranquila do exercício feito, quem sabe uma pipoca, não, uma pipoca não, para quê, fez tudo tão bem, exercício, empanada integral e assada, então era ir para o Passeio Público e apenas olhar passo após passo, sem banco de descanso. A chuva ajudava a evitar as tentações. Estariam as araras protegidas? E as putas? Continuariam o trabalho? Queria ver o tipo de pessoa que as procurava, gostava de pensar na relação entre elas e os clientes que chegavam para propor-lhes desnudamentos, penetrações — quem sabe carinho? — em troca de umas moedas. Luka não devia ser anormal. Era apenas solitário, com suas vantagens e desvantagens, assim como qualquer vida, seja ela cheia de badalações e pessoas, seja igual à dele, feita de invisibilidade. Sentia-se invisível. Em alguns eventos sociais do escritório, temia chegar quando já houvesse várias pessoas. As mãos ficavam frias e suavam. Para fugir do cumprimento personalizado, olho no olho, mão na mão, pegava um impulso no fôlego e dizia um oi na voz mais alta quanto possível. Como resposta, via a continuação das conversas animadas, olhar nenhum. Ele ria com cara paspalha, como se vários ois tivessem sido devolvidos. Por que, afinal, se sente constrangido se ninguém o percebeu? O invisível não precisa temer aquilo que mais teme: o olhar do outro e suas maquinações veladas. É forma de consolo. Ainda assim, falta-lhe coragem para o teste definitivo de sua invisibilidade: agarrar umas coxas com gosto, colocar a mão entre os botões das muitas camisas. Grudar-se em alguns corpos, enfim. A chuva aumentava, difícil ir até o Passeio Público, mas os desejos sempre vencem. Pegou da mochila um pacote plástico, envolveu carteira e celular, guardou-os. Agora era conformar-se. Grudar a mochila nas costas e voltar caminhando sob a chuva fina e gelada.

As prostitutas do Passeio Público e seus buraquinhos improváveis se abrindo para quem, com alguns trocados, lhes quisesse usurpar as entranhas durante poucos minutos. Ao voltar para casa cortando o Passeio, imaginou quantos animais perdidos em seus desejos aquele quarteirão escondia. Talvez não escondesse tanto, talvez revelasse mais do que os tantos quarteirões das tantas cidades no mundo, feitas de humanas paixões, flertes, vergonhas, pulsões, acanhamentos, desejos que precisam se esconder sob aquela camada de verniz a que a civilização e seus costumes obrigam, tornando as pessoas gentis, que conversam entre si de modo polido, sorrisos simpáticos, sem manifestação externa de desejo ardente. Bichos soltos, bichos presos, animais humanos ou não, o Passeio Público é um viveiro representativo. A chuva embaçou um pouco as expectativas de Luka, que pouca coisa viu. Viu apenas as calçadas se molharem e o milagre da transformação de água em vinho é, em Curitiba, o equivalente em negativo da transformação das pedras do calçamento em pedra sabão. Não era o gelo socado de Berlim. Em Curitiba não é possível olhar sem preocupação para o céu. Um olho, um bendito olho tem sempre de estar voltado para o chão. O costume pega, a necessidade suplanta o sonho e, quando se vê, lá estão os dois olhos cravados no solo a ser percorrido pelos pés.

Os sonhos podem esperar, afinal o céu aberto é tão raro, de que vale a infantil vigilância? Mais vale a útil precaução, mais valem dois olhos nos pés e nenhum no céu, voando. Em Curitiba, percorrer o caminho já conhecido e pisado ou ir em busca do desconhecido traz apenas variações de uma mesma desgraça: o risco de atolar ou o risco de cair.

As vantagens de morar sozinho, de ser sozinho. Exercício feito, consciência leve, agora era despachar seus três leões e chegar em casa, onde poderia tirar a roupa molhada, sentar-se nu no sofá, navegar pela internet, folhear revistas, ver televisão, qualquer coisa acompanhada do namoro a si mesmo, na mais íntima de todas as intimidades, aquela que não se partilha com ninguém, convergência entre o corpo desejante e o corpo desejado. Por mais fantasias e imagens alheias, só há um objetivo, que é esse satisfazer-se sem compromisso com sentimentos alheios, sem relação na qual é preciso ceder, buscar bom termo, negociar. Com o prazer não se deve negociar, não se deve entrar cheio de dedos, a não ser os dedos certos para que o prazer gere mais prazer, e descarte olhares que possam cortar aquilo que os olhos fechados enxergam tão bem. Era nesse estado de estímulo, de excitação que Luka caminhou para casa. Ele era um ponto ambulante de desejo humano, um exemplar dessa fauna cúpida localizável no GPS de seu relógio. Uma bolinha desejante movendo-se no mapa do centro de uma cidade brasileira, entre macacos, araras e putas molhadas, rumava para casa. Se alguém lhe perguntasse as horas, diria as horas com sorriso e polidez. Se alguém lhe perguntasse o que faz da vida, diria que era arquiteto, com sorriso e polidez, se alguém lhe perguntasse se era feliz, diria que sim, com sorriso e polidez, se alguma puta do Passeio lhe propusesse uma transação, ficaria vermelho e diria não, com sorriso e polidez. Era um *gentleman*, era um fofo, como já ouvira de uma estagiária de arquitetura do trabalho, era um gordinho inofensivo, sempre prestativo, sempre pronto a responder tudo com um pois não, claro que sim. Por que ainda era virgem, por que parecia despertar nas pessoas um sentimento de piedade dócil? Meninas, meninos, jovens sabidamente gays, ninguém, desde que sua vida começara a fazê-lo perceber que a camada de verniz existia mas era translúcida, que represava mas deixava ver, ninguém alimentou desejos por ele. Suas leituras dos tantos super-heróis é que lhe deram imagens criativas, que colocavam as pessoas reais em cenários fictícios que ele próprio criava. Elas estavam sempre presentes nas suas viagens erotizadas, mas nunca, na chamada vida real, acrescentaram uma centelha, uma gota de combustível a essa fogueira que fervia por dentro. Era um fervor erótico, o desejo de ver aquilo que ele sabia que estava lá, sob tecidos. Queria contato, pele grudada na pele, superfícies do corpo amalgamando-se ao corpo do outro, fusão. Toda essa fúria, permeada de calmarias ainda assim sensuais, Luka aplacava imaginado as cenas. Nunca vivera nada real, apenas toques da mãe numa infância cada vez mais distante.

O prazer garantido e próximo, que não depende de aceites alheios, fez a subida da Agostinho Leão Jr. parecer menor. Subir as escadas do prédio lhe parecia disparatado, mas lembrou-se do jovem casal. Será que ainda estava lá? Dessa vez poderia ser mais discreto, subir as escadas abrindo e soltando de leve as portas corta-fogo. As luzes da fotocélula não eram sensíveis a movimentos sutis e lentos, imaginara um ângulo privilegiado, no qual pudesse ver sem correr muito risco de ser visto. Melhor: poderia subir até o quarto andar e, aí sim, descer um lance de escadas, discrição quase total.

"Hei, você ouviu isso?"

"Não, não vi nada, está tudo escuro."

"Eu perguntei se você ouviu isso?"

"Isso o quê?"

"Agora parou."

O que se seguiu foi um emaranhado de mãos passeadoras, ora entrecruzadas, ora independentes, mãos da menina freando, derrotadas e felizes, as mãos do menino, mãos do menino conduzindo as mãos da menina, calça de uniforme escolar descendo, desnudando pernas lisas, confundíveis.

A menina tinha uma mancha marrom na perna. Era possível ver isso com os olhos já acostumados à penumbra. Temiam o *flash* da fotocélula, que dispararia com os movimentos rápidos. Eram vítimas de um elemento aparentemente neutro, mas que lhes podia gerar um condicionamento para as relações futuras. Queriam a penumbra e isso os obrigava a uma sensualidade contida, que canalizava o ímpeto na ardência e não no movimento brusco. Um movimento amplo e veloz e a luz da fotocélula espocaria, trazendo-os à realidade, inibindo suas ocitocinas, trazendo-os de volta à vida de todo dia, e nada da vida de todo dia tinha metade daquela graça feita de sombras e sua atmosfera que só se revelava porque se escondia no breu do mistério, mistério da ausência de luz, por isso a imaginação trabalha, brinca de adivinhação, o que é o que é com sensações e partes do corpo, a ausência de luz de uma primeira vez, uma insegurança confortável, que faz o coração saltar, mas que ainda assim move a caminhada, o filme de terror em que o barulhinho ouvido à meia-noite no quintal de casa faz o personagem correr para o perigo e não fugir para debaixo da cama, avançar sempre, recuar jamais, apenas recuos simulados da menina em seu pudor mentiroso. Assim, para não despertar a luz e não esclarecer o mistério doce, eram obrigados a jogar um jogo: trocar o movimento rápido e atabalhoado pela intensidade lenta. No condicionamento à Pavlov, a brusquidão significava a perda do apetite. A lentidão mantinha o mistério e os introduzia à sutil arte da escuta ardente. Estariam eles ali desde que Luka saíra para seu safari leonino, sua *via crucis* de exercícios físicos? Como um menino de seus quinze ou dezesseis anos suportaria o feixe ininterrupto de prazer emanando em ondas elevadas à máxima potência de todos os cinco sentidos? Os cheiros amalgamados, perfumes florais, de pele jovem em meio à qual subjazia um cheiro ainda desconhecido, mas dominante: aroma viscoso de suco desprendido das mucosas, línguas, lábios, lábios grandes e pequenos, desfazendo-se em gel na pele rubra, cujo tato se apalpa com mais tato, tatos múltiplos e recíprocos, não o dedo que percebe a textura da madeira inerte, mas a língua que percebe a mucosa estriada do céu da boca que percebe a língua que estala e gera sons que concorrem com gemidos comoventes, música que supera qualquer orquestra de cordas e sopros e batuques, qualquer *Magnificat* é menos magnífico do que a orquestra de sussurros sem sentido, dedilhados por mãos inábeis mas talentosas, intuitivas, de animalzinho guiado pelas claves do faro, mãos em concha, moldes côncavos para receber as protuberâncias, fôrmas que recebem o modelo, brincam com ele e são vistas por olhos que apenas enxergam relances, que formam imagens rápidas que só a excitação é capaz de completar e alimentar mais excitação. Como aquele adolescente, menino tão jovem cercado de prazeres variados por todos os lados, não submergia e nem desaguava já nos primeiros minutos, Luka pensou, fazendo uma leitura dos corpos conforme sua precária alfabetização permitia. Finalmente, fixou-se naquilo que sabia existir, que se insinuava por baixo das roupas, que vira tantas vezes nas páginas das revistas e nas telas do computador, mas que nunca vira assim, sem intermediários, sem representações. Os corpos sabidos e prometidos estavam enfim desnudos e não eram de papel nem de *pixels*. Era para esses corpos sem mediação que Luka olhava agora, a menina desistida da resistência, só procurava roçar pelve e quadris, procurava a fricção de máquina que se sabe azeitada, lúbrica porque lubrificada, contemplando aí seus vice-versas, movimentos reversos e suas promessas de entra e sai, seus direitos todos garantidos de ir e vir no movimento que os adestrava para a lentidão. Sem luzes, sem câmeras, só isso garantia a ação.

O olhar de Luka estava absorto. Sob a bermuda de caminhada, nenhuma surpresa por sentir pulsar o que sabia que pulsaria, mas estava mergulhado em um prazer desconhecido. Acostumado a chegar ao apartamento e se entregar a um prazer conhecido a partir do que via no trabalho, imaginava na rua, agora ele estava diante de outras pessoas, pessoas de verdade, um conjunto belo de rapaz e mocinha. Ele não estava excitado com revistas nem com pessoas vestidas com as quais fantasiaria depois, em momento íntimo e solitário. Ele estava em relação, mesmo escondido na quina do corrimão de uma escada de incêndio. Não teve tempo de sentir-se indiscreto, não teve tempo de fazer algumas autocensuras sobre aquele casal ainda ser praticamente criança. O prazer entupiu-lhe as vias da razão. Se não respiramos ao mesmo tempo em que engolimos, também a razão não pode funcionar simultaneamente ao prazer erótico.

A menina foi-se ajoelhando. O movimento, no entanto, foi incapaz de enganar a luz vigilante. Ao colocar-se em cócoras desajeitadas — desajeitadas só para quem não estivesse imerso naquele poço sem fundo de inebriações —, a luz espocou. Há vezes em que luz cega. Ela inverte a lógica e causa desvarios comumente atribuídos à escuridão. O rosto de Luka era feito só de um olho direito, alto relevo na esquina da parede. Entre esconder-se e aproveitar a luz para enxergar melhor a concretude dos corpos, hesitou. Hesitou tempo suficiente para não recolher o rosto de súbito. Com o susto, ergueu os olhos, antes fixos nos lábios da menina, prestes a testar a flauta em suas novas embocaduras. Luka teve vontade de fechar os olhos, bebê que julga desaparecer do mundo. Ao erguer o olhar, porém, deparou-se com o olhar do menino. Ao desviar o olhar, flauta e flecha agridoces: o olhar da menina. É quando a adrenalina muda suas configurações e o prazer vai ao vento e perde o assento para um pânico gelado e inclemente, sem tempo de transição, sem aviso. Ele já foi desmascarado. Onde está Luka? Onde está? Não tem Luka! Ah, achou! Talvez seja por essa brincadeira infantil que os jovens sorriem. Não consegue recuperar a vergonha excitante que antes supusera nos dois corpos. Ela se levanta devagar. Agora os olhares estão muito próximos um do outro e Luka consegue ver aqueles dois pares de olhos, aqueles quatro olhos que. Luka repara melhor antes que a luz se apague: são três olhos que o encaram? O que faz um olho rebelde do menino, que, displicente, parece não se preocupar com o centro da tensão e olha para outro canto, canto sem especial interesse?

Luka sobe as escadas correndo, com fôlego de atleta, esbarrando na zeladora que desce lance por lance limpando corredores e recolhendo os lixos. Escutou barulho de plástico, balde caindo. Talvez ela ainda tivesse tempo de se surpreender surpreendendo os jovens nus. A bermuda já não traz nenhuma evidência do levante. Só mais tarde é que, calmo, retomaria o cenário e seus personagens, completando com a imaginação o último ato daquele espetáculo, o ato final. Intrigado, já misturava excitação e susto, memória e imaginação, para se perguntar: o menino era mesmo estrábico? Eles sorriram mesmo para mim?

Sentiu com força as contradições morando dentro dele. Sentiu que elas, sobretudo depois da viagem a Berlim, ajeitavam espaço, arredavam móveis, redecoravam o ambiente interno, iluminavam seu interior com luzes diferentes. E vinham para ficar por um longo tempo, quem sabe para sempre. Pegou-se chorando durante o desfecho imaginário da cena que presenciara na escada. Um desfecho cheio de imagens que insistiam em sabotar seu prazer inofensivo. A vida e a morte do pai poderiam ser motivo para grande amadurecimento. Mas não foram. Talvez a cena da escada trouxesse um ponto de virada mais sensível, pois pegava Luka já adulto, capaz de olhar-se a si mesmo, ainda que sem compreender o que via. Também por esses dias, começou a enfrentar um temor que o dominava: abrir a porta da sacada durante as noites quentes e ficar lá, no parapeito, olhando a escuridão do Cemitério dos Luteranos, que guardava o breu dos breus. Não inverteu o jogo, continuava com medo, continuava dominado pelo pavor, a diferença foi que um desejo de se castigar fê-lo viver o medo e o terror que antes eram apenas ameaças imaginadas. Foi cumprir promessas. De novo, olhava a escuridão, mas sabia, pelo conhecimento e não pela fé, o que a escuridão guardava: guardava no cemitério a ausência de todas as cores, guardava um baú de histórias, homens, mulheres e crianças cujas vidas haviam cessado, cujos prazeres e as paradoxais angústias geradas por esses prazeres já não latejam. Eram ossos e poeira. Desses ossos e dessa poeira restam apenas lembranças imperfeitas que habitam quem fica, quem alonga seu tempo de permanência rememorando aquelas pessoas que elas conheceram, mas das quais conheceram apenas pontas de um *iceberg* ilusório, feito de versões plasmadas, pasta maleável na qual chafurdam mãos que modelam personalidades de acordo com olhares aleatórios. Trôpega, em busca de uma verdade que não está em altar nenhum, não é santo Graal, não tem materialidade, não é objetiva, a humanidade caminha, organismo vivo no qual o homem é apenas uma célula cuja morte é necessária para a sobrevivência do organismo maior. Luka sabe que, ao esfregar as mãos, está jogando fora várias células mortas, mas ele, Luka, vive. Essa paisagem que têm à frente de seus olhos, o cemitério, é uma dessas esfregadas de mão. Só isso. A humanidade de quando em quando esfrega suas mãos, toma seus banhos e descarta células mortas. Luka entende o quanto o indivíduo em si é insignificante e só vive para que a humanidade viva. E só morre para que a humanidade viva. Vida e morte são necessárias à vida, mas não precisava ser a morte do pai dele. Não precisava ser uma morte feita de sofrimentos arrastados e porquês de respostas inconsoláveis. Não precisava abandonar o indivíduo vivo à própria sorte, sem a presença de um pai a dar-lhe diretrizes, nortes, limites e fronteiras, fazendo-o ter essas reflexões adolescentes completando já vinte e cinco anos de idade. O pai, antes um indivíduo tão concreto e ímpar, se liquefez com o tempo da distância. Gaseificou-se. Suas características já ressurgem depuradas sem a materialidade do corpo, indistintas, jogadas à própria sorte, relegadas à construção subjetiva de outro indivíduo, não importa se perturbado e cheio de transtornos, como é o caso do filho. Luka. Que pai, depois de morto, vai nascer de uma lente tão distorcida? Um Luka carente vai reconstruir a imagem de super-herói. Fosse ele, Luka, um menino criado por um pai que lhe desse segurança para arriscar, autonomia para ser confiante, talvez estivesse acusando o próprio pai de ser alguém distante, ausente...

É esse Luka que carrega pensamentos alucinados dentro de si quem está reconstruindo a imagem do pai. Que pai será formado aí? Com que filtro? Antes de sair do parapeito da sacada, olha à sua esquerda e vê a Igreja do Perpétuo Socorro. Não lhe vem uma piada sobre futebol. Vem uma necessidade intensa de pedir socorro perpétuo para lidar com essa angústia que se instalou dentro dele, colocou os pés em cima da mesa e agora dá as cartas.

Luka chorara no prazer, encarara pela primeira vez o cemitério visto de cima — já estaria ele no céu? —, achara a escuridão rica e sugestiva, maravilhara-se com a explosão de luz que revelou os corpos belos na escada. Tinha medo de morrer virgem, suplicava os abraços que imaginava, mas tinha medo do toque real. Era carente, mas não sabia se era capaz de se deixar enlaçar e tocar por outro corpo que não fosse o seu. Acreditava-se apaixonado por Arquitetura, mas não entendia por que nos últimos tempos não suportava mais ouvir falar de mezaninos, brises metálicos, sustentabilidade, cobertura termoacústica, linhas puras. Para o diabo que os carregue. O menino cortês, sorridente e polido aprendia a dar seus coices. Uma explosão de arrepios, engulhos e êxtases ligados ao prazer erótico o fizera, sem manual de instruções, palmilhar a experiência em busca de entender quais são e para que servem as peças desse quebra-cabeça, quebra-corpo, quebra-alma, desse quebra-quebra.

Saíra bem-disposto para fazer seus exercícios físicos, um sol brilhante no meio do céu sem nuvens refletia seu ânimo. A mudança de tempo entre o início e o fim das braçadas parecia acompanhar a virada de tempo que trazia em si. Nublou-se, sentiu o tempo virando dentro dele, garoando água gelada no espírito aquecido.

"Olá, eu gostaria de pedir uma pizza."

É egoísmo, sei. Ter nascido em 1964 não me traz evocações de uma época difícil para o Brasil. Apenas me faz lembrar que já tenho quarenta e oito anos e que tantos cigarros e bebidas acumulados um dia vão cobrar seu preço. A não ser que eu seja atropelado agora e possa, antes de morrer, sorrir, apesar do sangue que escorrerá da boca, escarnecendo os puristas e dizendo Viram? Fumei, bebi e não morri por causa disso, seus idiotas. Mas eu não queria ser atropelado, nem agora, nem nunca. Também não quero morrer em virtude de cigarro (um ex-vício já há um ano), nem de bebida (sou um alcoólatra social). Também nem quero morrer. Também por isso, sou obediente, fui iniciado desde cedo nas artes da submissão, tive a epifania que me fizera jovem rebelde mas que, em vez de me abrir outro mundo, se fechou rápida em si mesma, mordeu a própria cauda, autovacina, uróboro que me devolveu ao início e eternizou em mim a servidão. Por isso, acato prescrições médicas e qualquer exceção apenas confirma a regra. Colesterol ameaçando sair dos limites, tramando rebelião para pular os muros da tolerância, querendo ir além das grades de segurança máxima, e lá eu estava caminhando quatro vezes por semana. Eu poderia ser atropelado agora, atravessando a rua Augusto Stresser. Eu não precisaria atravessar a Augusto Stresser. Caminhar pela Schiller, do portão de casa, e fazer suas elipses propostas quantas vezes fossem necessárias até completar uma hora já era suficiente. Entre a rua XV de Novembro e a Dr. Goulin, há pouco menos de um quilômetro. Era o que marcava o GPS do meu relógio. Para dar uma volta no circuito insinuado pela parte em que a Schiller é mais deslumbrante, percorro mil e novecentos metros. Em uma hora, são quase cinco quilômetros. Por que, hoje, rompo a barreira da Dr. Goulin e, pior, atravesso o covil de carros raivosos, dentes à mostra, da Augusto Stresser? Por quê? Porque sou obediente. Tudo porque sou obediente. Talvez se ele tivesse deixado o revólver em casa, se fosse apenas um pedido sem nenhum tom de ameaça, mesmo assim eu seria capaz de concordar, iria até o final da Schiller, caminharia pela parte em que ela deixa de ser ingênua e se iguala a todas as outras ruas, mesquinhas, arrogantes, que pedem passagem a quem pode mais. A Schiller é o alumbramento das ruas, anuncia que o mundo pode ser o clichê do paraíso, com árvores, crianças e velhos dividindo espaços, sombra e água fresca, pássaros com mais coragem de cantar. Até a caveira colorida e alada, dentes arreganhados na grafitagem da pista de skate — em nada semelhante à anamorfose de Holbein, ameaçadora e que espreita as riquezas efêmeras do homem —, compõe bem o cenário dessa rua bucólica, inocente. Dessa rua paraíso. Mas ela tem início e tem fim. Depois da XV de Novembro, de um lado, e da Dr. Goulin, de outro, a anunciação de boas novas evapora: é apenas a contramão do purgatório. Atravessar esses limites é ir se purgando do que há de puro, é ir se limpando do que há de limpo, é ir se preparando para o inferno que é a vida fora desse pequeno vislumbre de éden. Era nesse inferno que eu estava agora, sem precisar estar. Ele me disse ah, se já estamos aqui, vamos até o final. E eu fui. Era naquela Augusto Stresser, o nome já lembrando estresse, que eu poderia morrer atropelado e rir dos que me condenavam pelo cigarro e pela bebida. Ele parecia uma criança, em quase nada lembrava o demente que gritava jurando não ser demente mental.

Sequer a ameaça que fez ao dizer que viria caminhar comigo foi convincente. Ele parecia interpretar, dava quase para ver um menino que faz papel de vilão sabendo que os pais estão lhe assistindo na plateia. Tem vontade de rir com o canto da boca, dar uma olhadela para o público, ignorando, ator ruim, que o público olha para seus olhos e não quer quebrar a quarta parede, invisível, mas parte do acordo tácito que faz o público dizer ok, durante esse tempo vou assistir a isso acreditando ser verdade. Ainda mais com aquele olho direito, oblíquo e canastrão. Ele interpretava que era mau. Mas ele não era mau. Quanto menos mau parecia, mais fácil seria rendê-lo, chamar a polícia. Mas, quanto menos mau se revelava, mais aquela ingenuidade risível me atraía, um revólver de outra natureza me fazia refém dele. Será que Eugênia sentia a mesma coisa? Estaria ela nesse momento chamando a polícia e preparando uma emboscada? Bastariam dois policiais escondidos em casa e, na primeira bobeada, eles saltariam em cima dele. Eu começava a achar que ele não estouraria os miolos de ninguém.

— Polícia. Esteja preso.

— Mas por quê?

— Este casal o acusa de sequestro a mão armada.

— Mas por quê?

E vai embora, cão abandonado e levado a um abrigo, olhando sem entender por entre as grades o dono que não quer mais a companhia que supunha tão alegre.

— Mas por quê?

Por que ele queria ir além dos meus limites diários? Por que furar a redoma e visitar o inferno? Eu estava cansado e ele propunha — tão empolgado, criança quando vê o carrossel — andar mais longe, mais trabalho para voltar, rua de carros mais alucinados que seu olho direito, o risco de morrer esmagado. Ele vestia uma calça puída de bolsos largos, tirada, só podia ser, da mochila que o acompanhava sempre. Era em um desses bolsos que o revólver sacolejava, mas a mão direita sempre lá, o que lhe emprestava um ar desengonçado, caminhando em ritmo rápido mas sem o pêndulo das mãos para dar desenvoltura e equilíbrio. Atravessamos a custo a Augusto Stresser, andamos os poucos metros até o final da Schiller e voltamos. Nessa volta, outra vez esperando para cruzar a maldita avenida, é que me dei conta do quão fácil seria empurrá-lo para debaixo de um ônibus, de um caminhão de frete que vinha em velocidade desproporcional, mesmo de uma camioneta dessas enormes, pac-man devoradora de espaço público. Esperando juntos ao meio-fio, carros passando, bastaria um passo para trás e um pé nas costas dele para tudo estar resolvido. Eu aguentaria um processo, investigação, perícia, crime doloso, mas poderia alegar legítima defesa, eu era um ser probo, réu primário, grande escritor. Pesei prós, contras e joguei tudo na lata de lixo. Eu sabia: se fosse a encarnação do demônio que estivesse a meu lado, se a felicidade humana e a paz na terra dependessem da minha ação de empurrá-lo para debaixo de um ônibus, a humanidade continuaria suas eras de danação e sofrimento. Se eu precisasse ver sangue de um crânio esmagado para a humanidade sorrir, eu hesitaria, meu estômago reviraria. Sendo otimista, talvez eu desmaiasse e o pneu certeiro passasse por cima da minha cabeça. Nobreza de espírito, preferi dar a vida a matar o próximo, ainda que esse próximo fosse o diabo. Não matarás. Seria eu recompensado por isso?

Foi aí que senti o pé bater em falso no canto do meio-fio. Não caí porque um antebraço rápido e forte cruzou meu abdômen, sustentando e reequilibrando o corpo. Ele havia tirado a mão direita do bolso, eu sabia que ali estava um revólver solitário. Ele abriu mão da garantia de estourar meus miolos a qualquer momento pelo instintivo movimento de evitar minha queda. No meu próximo livro, falo do verniz civilizatório, digo que trazemos um animal dentro de nós, mas que, graças a uma camada — mais fina em uns, mais espessa em outros — desse verniz, conseguimos ser cordiais, polidos, corteses, sem que nos agarremos ao primeiro corpo que achamos atraente. Esse delinquente, esse menino que entrou na nossa vida há tão pouco tempo me parece fazer enxergar o oposto disso. Quis passar uma camada de verniz animalesco, perverso, mas distrai-se facilmente e deixa ver que, por debaixo da camada, há um sujeito capaz de cheirar flor, de tomar a atitude impensada e rápida de obstruir um corpo que cai para salvá-lo da morte.

Se eu fosse Eugênia, diria que meu pensamento sobre ser atropelado é que me fez quase ser atropelado. Uma socióloga de respeito, mas que se deixava absorver demais pelos objetos de estudo. Crendices primitivas que ela pesquisava às vezes se plasmavam em suas atitudes. Era como se minha ideia fixa do atropelamento tivesse um ímã capaz de atrair o aço dos automóveis, fazendo-os convergir em minha direção.

— Mas, Eugênia, e se o motorista do ônibus que quase me atropelou estivesse pensando só em coisas boas, por que o pensamento dele não foi capaz de evitar que quase me esmagasse a cabeça?

— Ele quase esmagou, mas não esmagou. Vai ver o pensamento positivo dele era mais forte que o teu negativo.

— Ah, é uma queda de braço entre pensamentos.

— Se você quiser ser tão simplista assim, que seja.

Essa idiota me chamou de simplista?

— Se ambos estivessem pensando coisas assim, de acidentes, aí você não estaria aqui para contar a história.

— Então toda a pessoa que morre em um acidente estava pensando em coisas ruins? Nunca ninguém morreu em momento de alegria? Quem tem um ataque cardíaco gritando gol do seu time, no fundo, é torcedor enrustido do adversário?

— Como você pode ser tão pequeno?

Ao menos em pensamento, acabei com ela. Como isso me dá prazer: simular humilhações.

Voltamos pela Schiller sem dizer palavra e fomos para o lado da pista de skate e da cancha de bocha.

"Aqui é muito mais bonito. Por que você não disse para virmos logo para cá em vez de perdermos tempo atravessando ruas perigosas? Quero ver esses caras andando de skate."

"Olha, eu disse antes de sairmos, eu preciso caminhar, são recomendações médicas. Seria bom não pararmos. Você não vai querer estourar os miolos de um cara que acabou de enfartar na sua frente."

Ele riu com a imagem, uma risada débil.

E prosseguimos pela calçada de asfalto, ultrapassando pessoas com carrinhos de bebês e com cães, sendo ultrapassados por ciclistas passeadores. Ele sorriu para algumas crianças, acenou para um casal de velhos, espiava com interesse a partida de bocha, contorcendo-se em uma das jogadas na qual a bola vermelha por pouco não superara a azul. Lamentou com o jogador, solidarizando-se com ele. Era outra pessoa. Ou eu era outra pessoa, mais arguta a partir do momento em que ele se tornava para mim menos uma abstração, menos uma ideia de ladrão vulgar. Ele perguntou se Eugênia não costumava fazer caminhadas comigo.

"Eugênia faz outros percursos e frequenta uma academia, prefere pagar para fazer força. Além disso, esse último trabalho dela, uma pesquisa sobre beatas frequentadoras de missa, tem lhe tomado grande tempo. Ela se enfia nas coisas sempre com uma paixão avassaladora. Mas eu ainda arriscaria outro motivo para ela não caminhar comigo."

Foi minha vez de rir e, fração de segundo depois, perceber minha própria risada, débil. Com um pé na perversidade, contudo.

"É?"

"Ela tem certo receio de caminhar aqui na Schiller, embora jamais vá admitir isso. Antes dessa pesquisa que ela insiste em chamar de estudo sobre o comportamento coletivo e o grau de coesão social das pessoas que assistem a missas, ela fez um trabalho aqui, arregimentando alunos entusiasmados, um trabalho prático-teórico que estudou e estabeleceu estratégias de integração entre os idosos que jogam bocha e damas e os jovens que deslizam em seus skates na pista cerca de cem metros mais adiante, aquela com a caveira de asas que você achou engraçada. Ela insiste em dizer que a Sociologia precisa se traduzir, a partir da pesquisa, em estratégias práticas. Por isso reuniu um grupo de estudos da universidade, propôs uma extensão que ligasse — a expressão era dela — o jovem potente e o idoso poente, a juventude que corre riscos e a velhice que tem na serenidade, na bocha e nas damas, um ponto de descanso para o descanso final. Ela queria estudar a relação entre o espaço e o corpo domesticado, aproveitando a formação em arquitetura para trabalhar sociologia, Foucault como guru. Quis experimentar ainda a superação de suas categorias de corpo obediente, condicionado a fazer as escolhas que não fez, mas que alguém fez por ele. Engraçado, sou capaz de ouvir a voz dela falando isso, como se estivesse ao nosso lado. Ela achava que conseguiria a minha simpatia séria se temperasse o trabalho com excertos literários.

Em *Dom Casmurro*, de Machado de Assis, o protagonista começa contando a história dele. Já está velho e promete, a frase é célebre, atar as duas pontas da vida e restaurar na velhice a adolescência. Eugênia misturou Foucault e Machado, dizendo que a Schiller era a rua que conseguia atar as duas pontas da vida, unir extremos, começava com velhos jogando bocha e caminhava até a pista de skate. Isso porque não quis ir mais fundo, já que a rua ainda traz escorregadores e suporia ainda a restauração da velhice na infância. Ela quis ser fiel à epígrafe do trabalho, que era a frase do Machado. A pesquisa então consistiu em estudos preliminares sobre integração entre jovens e adolescentes, características da juventude, seus guetos e comportamentos, e, de outro lado, tentava entender a nova tendência de valorização da chamada terceira idade, aprender a conviver com essa faixa que estendia sua expectativa de vida e ganhava grande atenção do mercado, que via ali mais consumidores. A partir desse sobrevoo genérico, alunos foram a campo tentar compreender aquela realidade específica, de jovens e velhos que frequentavam a rua Schiller, no que se enquadravam e no que fugiam àquilo que a teoria prescrevia. Um estudo *a priori* seguido de uma descrição *a posteriori*, checagem de dados, conclusões. Para celebrar a finalização do estudo, Eugênia organizou, em um domingo ensolarado, feito e perfeito para a rua Schiller, uma grande festa de integração. Estudados em suas partes, era a hora de colocar jovens e idosos para conviverem, trocar experiências, arriscarem a desobediência salutar do corpo, desinstalá-los de suas zonas de conforto, de suas baias habituais para conhecer o novo, desestabilização que gera movimento, que obriga a caminhar (ela queria usar como abertura de capítulo a imagem da terceira perna que paralisa, de Clarice Lispector em *A paixão segundo G.H.*, e eu só lembro de ter dito Eugênia, faça-me o favor). O domingo estava mesmo deslumbrante. Organizaram oficinas de bocha e damas para os jovens, ousaram incentivar os velhos a subirem na prancha do skate. O comportamento ressabiado de ambos os grupos era visto por Eugênia como comprovação das hipóteses que levantara no trabalho, mostrava a dificuldade que temos de nos jogarmos no desconhecido, de ampliarmos a experiência sensória e intelectual, corpo e mente indissociáveis. Nisso, mesmo os jovens, sempre vistos como ousados, também eram conservadores. Cada um a sua maneira, os dois grupos mostravam desdém pela atividade do outro. Era isso que mudaria ao final do dia, ao final daquela vivência que prometia ser a cereja do bolo de um trabalho tão intenso e bonito. Mesmo minha crueldade competitiva não foi capaz de escarnecer: o que se viu foram meninos atirando uns nos outros aquelas pesadas bolas de bocha, entre gargalhadas em falsete. As poucas tentativas de jogar a sério eram logo seguidas de mais brincadeiras, desapego às regras, um querendo acertar a bola do outro com força, esquecendo o objetivo do jogo. No jogo de damas, nenhuma partida terminou. Os meninos riam para uma menina e só falavam em comer dama, brincadeira erótica de quem estava começando a se aquecer com o assunto, e gritavam uns aos outros, comi tua dama, te comi, e já entrou insinuação e trocadilho forçado entre dama e mãe e comi tua mãe e seu filho da puta e tal. O saldo foi um tornozelo atingido por uma bola de bocha, vários buracos fundos na cancha, peças de dama espalhadas pelo chão, juntadas com paciência e vagar pelos alunos de Eugênia, que não sabiam o que fazer. Na pista de skate, quase houve um acidente grave com o velhinho que caiu ao ser forçado (Eugênia disse 'encorajado') a fazer umas manobras. Como alguém que em filme de comédia escorrega em uma casca de banana. Surgiram boatos na hora sobre ele ter ou não ter osteoporose, quiseram chamar ambulância, deixá-lo deitado sem mexer a coluna cervical enquanto ele esperneava dizendo que o deixassem levantar e ir embora em paz. O dia acabou com um sol que deixou amarelas todas as multicores do lugar. Não existisse a humanidade e o dia estaria perfeito. Esse dia bonito, no entanto, terminou com gargalhadas de jovens irreverentes e arrogantes, e irritação dos velhos que só queriam, pelo amor de Deus, ficar quietos em seus cantos. Depois de um tempo que julguei seguro, quando avaliei que o peso da decepção já havia passado, disse a Eugênia que ela deveria modificar o título do trabalho para algo do tipo a importância da desintegração social e do *apartheid* entre velhos e jovens. Avaliei mal, o peso ainda estava lá, ela me mandou à merda e tomar no cu, vai se foder, seu animal. Cinco segundos depois ainda repetiu: seu animal. Disse que retomaria o projeto, com outra metodologia. Os velhinhos que não a ouvissem, pensei. Talvez por isso é que não goste de caminhar por aqui. Nunca mais tocou no assunto e agora está lá, beatinha, pesquisando o quanto as pessoas que vão à missa configuram uma mundividência comum capaz de fazê-las agir também em comum, justificando o uso do termo comunidade. Afinal, congregação, comunidade, igreja, ecclesia são todas palavras do mesmo saco, me disse ela, usando outros termos, claro, e significam coesão, reunião em prol de algo comum. Se a fé se mede em obras — e o que o cu tem a ver com as calças, eu me pergunto —, que obras as pessoas unidas pela fé promovem em conjunto? Enfim, é isso que ela está pesquisando. Estudos ultraprofundos e cheios de epígrafes e mais Foucault para provar que cavalo tem chifre, pois qualquer um sabe que uma missa é um negócio formal no qual as pessoas vão para ficar olhando o relógio, por medo do inferno, por uma convenção ainda não questionada, por um hábito de infância, ou para olhar a bunda das mulheres na fila da comunhão. Isso eu não posso falar para Eugênia, ela esmagaria a sobrancelha no teto e comeria meu fígado, mas eu digo a você: não há coesão social alguma em quem vai à missa. Há gentes de todo o tipo, patrão que explora empregado, empregado que xinga e desvia da empresa, pessoas de bem que seriam boas sem ir à missa, pessoas más que acham que gastar uma hora é a garantia da purgação dos pecados, e saem novinhas em folha para continuar na lama das diversas sacanagens. Gente que tem medo de que Deus puna a curiosidade de querer ir além, de comer maçãs proibidas e mulheres e homens, ou medo de que Ele provoque um dilúvio na sua cabeça, que mate animais afogados, que não tiveram culpa alguma das ações humanas, jogue gafanhotos na sua plantação, que peça para matar um filho, que provoque a inveja entre irmãos a ponto de um matar o outro. Uma propalada perfeição que precisou de rascunho, viu que a coisa tinha saído errada, inundou o planeta durante quarenta noites e dias — e precisava? Não bastaria um estalar de dedos para todos sumirem? — para começar de novo, mas começar da mesma forma porque tudo deu errado outra vez. Errar é humano, mas persistir no erro é divino? Outros têm certeza de que Deus é amor, que Ele perdoa os nossos pecados, que é misericórdia sem fim e adora as criancinhas mesmo tendo José dado o péssimo exemplo de fugir com Jesus sem avisar as outras mães e pais que Herodes iria provocar uma carnificina. Alguns acham que a desgraça humana é uma provação divina e que a vítima precisa se fortalecer e enfrentar a provação. Outros acham que Deus é tão bom que é capaz de lhes dar um carro, uma casa e um gol do time favorito na final do campeonato. Deus dá presente e lança todo tipo de praga, ama as criancinhas e pede a Abraão para matar o próprio filho. Um caso de fenomenal bipolaridade. E Eugênia já andou me sondando para ver o que eu achava de ela usar outro trecho do Machado de Assis, agora do conto 'A igreja do diabo', na epígrafe desse novo trabalho, que ela está fazendo quase sozinha, dando tarefas pouco importantes aos alunos que, segundo ela agora diz, só atrapalham. Ela quer, enfim, provar o grau de coesão social de quem vai à missa, coesão refletida na prática das boas ações. Ela vai passar não sei quanto tempo estudando isso. Era só me perguntar o grau de coesão que eu responderia a ela em um segundo: nenhum. Ela me mandaria para a puta que me pariu, diria que eu era raso, seria capaz de maldizer minha literatura feita de carne podre para os abutres sadomasoquistas que eram meus leitores. Isso ela já me disse uma vez. Só sei que, da crueldade profunda até a bondade mais inimaginável, a humanidade é capaz de ir aos extremos. Tudo comporta Deus. Então é fácil de acreditar: Deus é qualquer coisa."

"Você fala cada uma."

Eu estava ofegante mesmo tendo diminuído o passo. Percebi que, durante todo esse tempo, ele alternava momentos de atenção com outros de dispersão, aluno que começa a ouvir a aula mas logo se distrai com um pedaço de pau qualquer na rua. Quando eu falava dos livros, dos autores e das proposições teóricas de Eugênia, ele parecia voar. Devolveu o sorriso e a bola que fora parar a seus pés, cumprimentou mais algumas pessoas e voltava a prestar atenção em mim durante a história da bocha, do skate e das damas. Era a mesma sensação que eu tinha quando estava diante de Alice, minha psicanalista: ora ela me ouvia, ora o seu olhar distante fixava uma parte qualquer da sala. Ora ela voltava a olhar para mim, ora continuava lá, perdida. Mas eu seguia falando, com ou sem olhar, pois aprendi que psicanálise busca fazer o nosso olhar nos olhar, mais do que o olhar do outro. E aprendi também que custa caro. Então eu ganhava tempo, dinheiro e saúde ao me exercitar pela Schiller contando de graça minha vida a alguém que me dá a mesma vaga atenção. Ele também tem coxas bonitas, torso de volumes harmônicos, embora a promessa do que há sob a blusa fechada por botões frágeis faça de Alice uma pessoa mais provocante, sem ingenuidade, seus olhos apertados durante um momento de atenção, como se precisasse semicerrá-los para ver melhor. E não dizer nada.

Depois de cinco voltas pela Schiller, agora com a rota original entre a Dr. Goulin e a XV de Novembro restabelecida, percebi que esse naco de paraíso é tão perfeito que também oferece tentações. Cinco vezes fui chamado pelo clima agradável do Bella Banoffi, uma mistura de café, bar, restaurante e confeitaria cheia de estilo que fica no meio do caminho, na esquina com a Itupava. Mais do que o clima agradável, o que me atraiu foi o chope em cima de quase todas as mesas. A caminhada e a enxurrada de palavras despejadas no menino secaram a garganta, me deram uma sede maior que o comum das sedes. Com uma nota de vinte reais no bolso da bermuda, ousei convidá-lo.

"Sim, sim."

Apenas eu bebi chope. Quando ele viu o cardápio de sucos, ficou curiosíssimo com as opções e pediu uma mistura esdrúxula de amora e ginkobiloba, que ele nem sabia o que era. Foi boa ideia pedir logo uma jarra, sua sede era de leão. Pude beber um chope de meio litro e, contando os dez por cento do serviço, meus vinte reais se transformariam em poucos trocados, muito obrigado, volte sempre, duas balas de canela como cortesia — uma travessa enorme com balas gratuitas chamou nossa atenção e fez a festa do meu sequestrador. Ele olhava a decoração, bebeu o primeiro copo de um só fôlego. Chegou a passear sozinho para conhecer o ambiente. O acordo tácito, cada vez menos enunciado, era o de sempre: qualquer tentativa minha de rebelião, ele atirava em mim ou em quem estivesse por perto, e eu não gostaria de ver ninguém morrer por causa de um deslize meu. A lógica estava posta. Voltou, sentou-se à mesa e bebeu o segundo e terceiro copos com mais vagar. Eu, por força, precisava beber o chope lentamente, não tinha dinheiro para outro. Recomeçamos a conversar, eu falando e ele ouvindo, me olhando de vez em quando com um dos olhos, o outro passeando sempre, era de fato o irmão mais novo daquele corpo adolescente, já por si irrequieto.

Quanto mais os dias se passavam, mais eu media as palavras antes de falar com ele. Era como se me sentisse no dever de preservar aquela criança das maldades do mundo, quase me esquecendo de que ele fazia parte dessa maldade, contribuía com ela, afinal uma entrada repentina no carro, revólver encostado na cabeça, cárcere privado, privação de liberdade, aquela história toda de miolos estourados...

Arrependi-me até dos palavrões reproduzidos quando contava a ele minhas desavenças com Eugênia. Irritei-me um pouco quando, depois de outra história, ele me disse que nós parecíamos crianças. Freei a intensidade de minha história com Alice, não disse absolutamente nada sobre meu caso com Vera. Era um pudor, afinal ele conhecia Eugênia e, mais do que o receio de que ele desse com a língua nos dentes, contando essas coisas eu me acanalhava para mim e para o mundo.

A história com Alice começou há pouco tempo. Sempre achei tola a afirmação de que fazer análise deveria integrar a cesta básica do indivíduo. Acabei concordando, por motivos outros, espúrios. Escolhi-a pelo nome: Alice para mim lembrava uma menina bonita e atrevida. Deparo-me com uma mulher de meia-idade — a minha idade? — bastante contida nos gestos, de uma impassibilidade comovente. No início, constrangedora. Mas provocante, embora sem consciência disso. Sua expressão facial limitava-se a, ocasionalmente, sorrir, mas sorrir um sorriso só de boca. Quando sorrimos — experimentei isso diante do espelho depois de duas sessões com Alice —, várias partes do nosso rosto sorriem juntas. Um sorriso de real empatia faz os olhos se afoguearem e sorrirem também. Sobrancelhas se manifestam e, em muitos casos, até as orelhas se afastam para caber mais sorriso no rosto. Alice sorria apenas com a boca, pequenas concessões de alargamento no canto dos lábios. Mas as cruzadas de perna dela, em compensação. Faziam-me sorrir só com olhos. Boca imóvel, sem concessões. Mal conheço a sua voz, uns desejos formais de boa-tarde, uns desejos reais de até-logo, outra sessão, pagamento. Como ligar para ela e dizer tem um sequestrador em minha casa, que dorme a meus pés e não tem previsão de ir embora, mas que, prometo, Alice, assim que ele se for, eu volto para você, volto a contar as mentiras que me habituei a contar, apenas como desafio interno, jogo de ego, para ver se você desmonta um pouco dessa impassibilidade, dessa pose de busto de bronze, desse sorriso que não sorri? Como dizer que a história absurda do sequestrador é verdadeira e as histórias críveis de minhas perversões são mentirosas? Nada será esclarecido, eu sei. Eu não ligarei nem confessarei minhas mentiras, o que faria você me enquadrar em uma doença psíquica qualquer e iniciaríamos outras intermináveis sessões para você tratar disso, sem saber se minhas novas histórias seriam reais ou inventadas, assim como meus livros partem do princípio da ficção, mas suscitam dúvidas de leitores interessados em coluna social e que me entopem de perguntas indiscretas querendo saber se eu me droguei mesmo em *Sereias e cigarros*, se eu contratei mesmo a prostituta em *O homem sem saída*. Só não perguntaram ainda se eu tive que morrer de verdade para escrever *Olhar discreto*. Mas me perguntarão — apostamos quanto? — se tenho interesses por homens e mulheres quando lerem a história de Luka. Poucas mesas mais refinadas não trazem esse tipo de público que tem sede de fofoca, de uma indiscrição biográfica qualquer. Já me perguntaram até se o personagem vai morrer depois da última cena de um livro. Agora estou eu embebendo pudor em tintas leves para contar a esse ladrãozinho minha história com Alice, precisando dizer o que é psicanálise — e eu sei? — e passando por várias preparações até chegar a insinuar para ele que não falo a verdade quando vou conversar com ela, o que me faz ver o absurdo da situação, o dinheiro empregado em uma diversão pueril ou doentia. Para inventar histórias e colocá-las em livro, ganho dinheiro. Para inventar histórias e contá-las a uma psicanalista, preciso pagar. Ficção no espaço reservado à ficção, tudo bem. Mas no espaço reservado à verdade, aí é perda de tempo, dinheiro, é enganação, é má-fé. E diversão. E perversão. Não conto detalhes a ele, ficaria envergonhado de dizer que meu jogo interno tem a intenção de seduzi-la. Vou por etapas, primeiro objetivo a ser alcançado é fazê-la sorrir com outras partes do rosto. Concorrendo com isso, arquiteto algumas histórias e jeitos de falar que a demovam do pedestal, que sirvam como antídoto da medusa, que despetrifiquem aquelas pernas cruzadas e as costas grudadas na poltrona, antebraços se sobrepondo nos pulsos e segurando em uma das mãos um bloco e em outra uma caneta. Ela dispensa o divã e fica postada à minha frente. Único movimento é a troca das pernas cruzadas — êxtase que não passa de mais uma epifania logo interrompida. Não consegui nenhum dos objetivos ainda, mas sei que estou no começo, além do mais, preciso me preparar para ganhar coragem de falar mentiras e mentiras relacionadas a assuntos que são tabus, algumas taras inventadas, perversões lidas em algum lugar. Ora, o lugar para falar disso tudo é o consultório de psicanálise. Ou então, o que parece ser o caso de Eugênia, o confessionário. Sei que Eugênia é uma socióloga acima da média, sei também que ela não será beata o suficiente para se confessar, mas me apraz escarnecer sua pesquisa, e me diverte imaginá-la dentro de um confessionário com um tal padre Pedro, que ela diz ter um vigor intelectual impressionante, mas que pratica um exercício dos tempos da Inquisição, que consiste em fazer a pessoa contar todos os seus pequenos e grandes podres para um zé-mané qualquer que se diz representante de um ser incorpóreo, intangível, invisível e que é superior, vigia e está em toda a parte. Só o nada está em toda a parte. Seja no confessionário, seja no consultório, mesmo a representação que fazemos de nós mesmos já é ficção. Então, por que me esforçar para falar a verdade se nada vai ser muito verdadeiro? Melhor inventar histórias e ter a reação do ouvinte ali, de imediato. Isso é mais divertido do que escrever, já que nunca vejo a cara dos leitores enquanto leem. Quem sabe um dia não vou me confessar com o tal padre Pedro e inventar umas boas histórias? Eugênia é correta demais para supor invenções e diversões. Quanto mais velha, mais dura. E é essa dureza que eu vejo em Alice, mas vejo também mistérios encantadores que não vejo mais em Eugênia. Eugênia já se revelou, não tem mais nada a esconder, conheci cada reentrância física, psicológica e comportamental dela. É difícil acreditar que tenha pensamentos secretos. Sei que ela me considera raso, sei que às vezes me ama, sei que acha difícil viver sem mim, e impossível viver sem discutir comigo. Sua sociologia a devora a cada dia, uma canalização das energias para essas pesquisas, sobretudo esta última. Paixão patológica. Mas Alice é o desconhecido atraente, é a blusa de lã com pontos largos e que dá uma quase transparência aos seios, são os botões fechados até o pescoço, perfeitos para usarmos nosso indispensável polegar opositor em parceria com o dedo que indica os caminhos e, um a um, despejar os botões de suas casas. Invento para ela uma crise no casamento — e bem sei que crise não há, apenas uma pasmaceira feita de dias que se acumulam — e uma atração constrangedora por minha editora, mulher bonita, mais ou menos da minha idade, que tem um jeito impassível, mas que, talvez por isso, me atrai muito. Em uma sessão seguinte, digo que aquele tipo de mulher está me fazendo sentir atração por todas as mulheres semelhantes — invento trajes e jeitos iguais aos que Alice usa e tem. Finjo-me respeitoso e sofredor, atingido moralmente por esse desejo mais forte do que eu e que me faz sentir uma ardência de paixão por mulheres que se vestem de forma elegante, mas recatada, que são sérias e, por isso, charmosas. Peço educadas desculpas a ela, mas exemplifico melhor o tipo de mulher que me atrai usando — o auge da ousadia — Alice como exemplo, dizendo algo do tipo estou sentindo um desejo que me corrói por mulheres que vestem blusas assim, como posso explicar, fechadas, assim como as suas, desculpe o exemplo e tal. E digo que, felizmente, conheço poucas mulheres assim, apenas a minha editora e.

Isso foi da última vez em que nos encontramos: após a cartada mais ousada, depois de alguns segundos de silêncio, eu a vi erguendo um pouco mais a gola da blusa leve, como se quisesse fechar um botão imaginário, acima de todos os outros. Um gesto desse comporta duas explicações bastante extremas: um recato temeroso, como quem pensa preciso me cuidar, esse idiota está de brincadeira, ou pode ser visto como uma afastada leve do tecido grudado no pescoço, fazendo o ar ventilar um pouco, sinal certeiro de um calorzinho sugestivo. Eu já deveria ter voltado lá. Ficaria esse menino na sala de espera ameaçando estourar os miolos da secretária.

Deixei de lado todo esse caráter sensual das minhas invenções, não contei a ele. Disse apenas, sentindo-me idiota, que não contava a minha vida e inventava histórias como se fossem um laboratório para meus livros.

Não sei o quanto de tudo isso ele entendeu. Mas contar me fez entender bastante sobre meus comportamentos tão pouco lógicos e que, no entanto, motivavam meus dias. Provocações a Eugênia, histórias inventadas a uma psicanalista, acusações pesadas de Vitória e uns desafogos com Vera compunham minha rotina de mundo real. Depois disso, Luka passara a me absorver. Ainda na primeira escrita, sempre a mais difícil, era um caminhar no escuro, ou desbravamento na mata aberta da página branca, sem trilha pré-marcada, só descaminhos e incoerências. No papel branco, tudo é caminho, tudo é trilha aberta e isso sempre me assusta.

Quando ficamos em pé para irmos embora, senti o efeito do estômago vazio, da caminhada, do chope. Leve tontura, gostosa como tantas vezes experimentada. Perdemos os reflexos para algumas coisas, mas outras nos ficam mais nítidas: ele tinha uma ou duas mudas de roupa e continuava morando conosco, ainda sem decidir o que queria de nós. Dividimos minhas cuecas na gaveta para que ele pudesse usar metade delas. A calça estava um pouco puída e a camisa bastante amassada. Com a embriaguez leve rondando a cabeça, decidi que era preciso comprar roupas para esse menino.

Essa confusão que se batia contra as paredes do crânio, que não vencia as tantas curvas do cérebro, essa confusão toda que tinha a ver com coisas tão íntimas, do fogo no peito, no sexo, nas zonas erógenas convencionais ou inusitadas, essa confusão que o fazia querer incendiar e implodir, que consumia um interior cuja fachada ainda parecia intacta, iria fazer ruir o edifício inteiro? A devastação interior corria o risco de transparecer nas janelas, no parapeito, na sacada? Pior: corria o risco de crestar o entorno, já fora dele, a vizinhança, tudo o que ele tocasse com seus dedos de fogo? Um homem que não vê saída para os desejos, embaça os limites entre autoprazer e autonomia, não pode ser feliz nas relações externas. Se a semente, nas trocas de empatias e de líquidos, não cai em terra acolhedora, é apenas seiva a escorrer pelas mãos, lavada pela água do chuveiro, a fecundar rios improváveis. Ou, se a seiva seca, não há folhas que verdejem. Esse desgosto de não saber para onde empurrar os afãs era o responsável por não ter mais encanto naquilo que fazia. Tudo ruiu. Ou, com otimismo, é apenas uma reforma no edifício, algo que, passados alguns dias, retornará à ordem e ainda mais bonito do que era antes. Trata-se, enfim, daquele incêndio que o fará renascer das cinzas ou é fogo que veio para ficar e precisa queimar tudo o que vê, que precisa de ar para viver, mas cuja vida significa a morte do que o rodeia?

"Meu marido e eu gostaríamos de uma fachada bastante discreta, até para não dar aquela impressão de ostentação gratuita, também para não chamar a atenção de indesejáveis, você sabe, está difícil viver em Curitiba, um inchaço desproporcional, muita gente vindo, subempregando-se, o sonho de todos se darem bem em São Paulo transferido para cá, ninguém aprende com a experiência, aí é salve-se quem puder, ignorância e violência. O terreno não é grande, mas suficiente para podermos nos espraiar para os fundos deixando a fachada pouco ou nada chamativa. Não traremos os móveis da casa velha, apenas algumas obras de arte, um mural modernista de concreto e vidro fundido, que representa os trabalhadores do início do século XX em São Paulo. Como compraremos os móveis depois de aprovarmos o projeto, você pode se despreocupar com a elaboração de ambientes que precisem se moldar aos móveis. Com um esquema bom de segurança — a rua tem segurança privada, mais alarme na casa e cercas elétricas em serpentina —, podemos abusar do vidro para trazer luz natural, queremos uma casa sustentável, muita madeira — você sabe, somos do ramo madeireiro, não podemos ter espeto de ferro. Deixe-me ver o que mais, anotei aqui tudo o que queria dizer a você. Tenho um quê romântico, sabe? Gostaria de ter uma casa integrada, sim, mas algumas peças, sobretudo no andar superior, eu as queria muito reservadas. É um terreno afastado, longe da agitação do centro, então as estrelas no céu, à noite, lógico, têm brilhos impressionantes. Eu quero um lugar para ver estrelas sossegada, apenas com meu marido e com as crianças às vezes. Importante esse apego desde cedo àquilo que nos é tão atraente e misterioso, essa noção de que somos pequenos diante das imensidões, essa lição de humildade que não se aprende na escola. Por isso, ainda, a natureza precisa nos acompanhar: queremos trazer a natureza para dentro da nossa casa. Pesquise, por favor, plantas nativas da nossa região, harmonize-as e abuse delas.

Desde que nos conhecemos por gente temos o hábito de viver em meio à natureza, às árvores, então isso está no nosso DNA, uma seiva que corre nas nossas veias. Outra coisa: viajamos muito, trazemos muitas ideias dos lugares aonde vamos: por isso, pesquise, por favor, para cobrir o deque que vai se estender para a piscina, uma cobertura de paliçada trançada por índios do Xingu. São estruturas de madeira cumaru que vimos em um hotel no Mato Grosso, unidas por um encaixe. A cobertura disso é feita de paliçada tramada por índios de verdade! É até uma forma de valorizar o trabalho deles. Como estamos em terreno alto, será possível avistar o horizonte, a Serra do Mar de um lado e o *skyline* de Curitiba de outro. Essa ideia de enxergar o além, a extensão visual que ultrapassa o nosso próprio terreno, nos agrada muito. Temos apenas dois mil metros quadrados, mas desse pedacinho de chão poderemos ver o infinito. Algo bastante importante é prever espaço amplo para a garagem. Eu só tenho dois carros, mas meu marido gosta do brinquedo. Seis vagas serão suficientes, mas as faça amplas, com possibilidade de espaços alternativos para as visitas. Não vemos a hora de abrir as portas e compartilhar a nossa casa com as pessoas que nos são especiais. Somos habituados a receber muita gente. Aproveite ao máximo o espaço interior, recolha as portas na própria alvenaria. Imagino uma chácara urbana, com muito verde e linhas puras, meio Frank Lloyd Wright. Queremos uma casa para muitos anos, quem sabe para sempre. Por isso, não podemos esquecer que as crianças crescerão (pensando bem, talvez seja preciso ampliar a garagem, ai, essas dúvidas me angustiam). Elas precisarão ter a sua privacidade, um canto para receber amigos, dar suas festas, trazer as namoradinhas, fazer suas bagunças próprias de cada idade, nós sabemos como é, não?"

— Não, minha senhora, eu não sei o que significa trazer as namoradinhas, nem sei a que brincadeiras próprias da idade a senhora se refere. Mas eu entendo seu projeto e gostaria de me integrar à sua poesia sugerindo onde mais a senhora poderia enfiar as madeiras de camaru. Gosto de rimas, a senhora não? As madeiras de camaru e as paliças do Xingu seriam perfeitas se introduzidas em outra parte além do deque da piscina. Garanto que a senhora veria estrelas mesmo à luz do dia. Conseguiria enxergar o além e todos os seus fantasmas. Vê a minha fachada? Ela também não parece discreta? É assim que a senhora quer? Mas, ao contrário, eu não tenho luz natural, só umas trevas brabas. Sua fachada é que precisa de discrição, e quem é que não sabe que esse não ver a hora de receber pessoas especiais pode ser traduzido como não vejo a hora de esfregar na cara dos patifes que fazem parte do meu círculo social essa casa que fará qualquer um morrer de inveja? Quer aparecer? Eu também sei usar termos rebuscados de arquitetura, e posso lhe dizer que o scuro *anoiteceu todo o meu* chiaro. *A seiva que corre em seu* DNA *é a seiva opalina que se fabrica em ritmo alucinado todo dia dentro de mim para dar conta da exigência tresloucada de ser expelida do meu duto solitário e lanhado. Mas talvez eu não deva fazer drama, talvez deva mesmo é comemorar a seiva que cai por terra. Melhor o desperdício que o mau aproveitamento. Melhor ser infrutífero do que germinar crianças mimadas que crescerão, exigirão sua privacidade para fazer as orgias e festas regadas a todo o tipo de droga enquanto os pais viajam fotografando índios de verdade no mesmo arquivo de fotos com industriais de charuto no canto da boca ou das* selfies, *braços esticados segurando a câmera para pegar toda a extensão do sorriso congelado. Bom a senhora ter consciência de que somos insignificantes e de que nada de humano é para sempre. Esse botox na cara, lamento dizer, não é sustentável, o seu discurso não é sustentável, os seus peitos, tão atraentes, não*

são sustentáveis. Nada sustenta para sempre o que está caindo no desfiladeiro, quando tudo cai do penhasco, nada é sustentável.

"Claro, entendo tudo o que a senhora deseja. Se a senhora puder me passar estas anotações por e-mail, escrevi aqui, claro, mas são tantas vontades, não? A senhora tem bastante noção das coisas, sabe o que quer e isso aumenta minha responsabilidade. Entro em contato assim que fizermos alguns estudos preliminares..."

Luka não havia ligado essa cliente a uma notícia que lera por acaso no jornal de poucos dias atrás. Algum colega chamou a atenção dele para o fato de que atendia uma família de madeireiros com casas em várias partes do Brasil e que acumulava processos por burlar os selos de certificação FSC, garantia de que a madeira não agredia nem transgredia uma série de critérios e leis de segurança ambiental. Isso ele pôde confirmar depois, recuperando a notícia na internet. O que não conseguiu confirmar eram as outras conversas, mais cheias das expressões típicas dos fofoqueiros: diz que, parece que, ouvi dizer que eles usaram influências políticas e policiais para desapropriar várias famílias que moravam no local havia anos. Sendo ou não boato, Luka tomou como verdade, combustível a mais para alimentar suas múltiplas iras. Desapropriaram famílias para receber as pessoas especiais. Ele não tinha certeza: ela havia mesmo usado a palavra compartilhar?

O olho vê tudo, menos ele mesmo. Precisa sempre de um espelho, seja esse o espelho do banheiro, do elevador, sejam outros olhos, pupilas próximas. Ao perceber que das profundezas da bile se insurge um ódio contra si próprio, repentino, informe, sem identidade, Luka estende esse filtro azedo a tudo o que passa a sua volta. Todos os clientes, todas estas atividades ligadas a projetos de casas descomunais, toda a arrogância mesmo que velada por alguns pudores de quem sabe da obscenidade que suas megalomanias não conseguem disfarçar. Está cheio disso, mas talvez não perceba que está cheio disso porque está cheio de si mesmo, desse vazio completado com dia após dia de trabalho e ele só quer viajar, quer sair dali, sair sempre, viver saindo, fugir de Curitiba para outros países como quem sai do quarto e entra na sala. A cidade, outrora paixão de sua vida, responsável pela escolha da profissão, por fazê-lo arquiteto, agora se esgarça até se diluir, diluir e diluir, restando nas mãos fios soltos de algo que ele já não reconhece. Ela mudou tanto. Passara a ver nessa mesma cidade um modelo falido, uma igrejinha com seus problemas toscos e suas gentes brutas. Mudou a cidade ou mudaram os olhos, os mesmos olhos que não se enxergam. Ele não consegue se avaliar, só avalia o que está fora, não sabe se a cidade é vitrine ou espelho do que vem passando, com seus reflexos, cinzas irisados, os raios a cegar mais do que jogar luz. Vê apenas uma cidade, suas empresas de segurança e uma indústria que fatura alto alimentando medos. Mesmo as tragédias de Curitiba são de dar pena, mesquinharias sem grandeza. O mundo vivendo eternos conflitos entre ocidente e oriente, inúmeras lutas por independência, genocídios, problemas de imigração em massa, libertação da Palestina, conflito entre Rússia e Geórgia, China e Tibete, Afeganistão, Ira, ETA, Coreia, Kosovo, a ironia das inúmeras ações humanitárias para contornar ações humanas. E Curitiba atropelando gente com seus ônibus Ligeirinhos, seus ladrões carregando grades de alumínio para vender, vendendo seu sistema de transporte coletivo para o mundo e importando carros para fazer da cidade a dona da maior frota motorizada por habitante do país. Uma guerra morna é muito mais gelada que uma guerra fria... Ele, um arquiteto que poderia ser protagonista das mudanças, cheio de ideias inovadoras, acovardava-se, igual à cidade. A covardia que via na cidade era o reflexo de seus olhos sobre os olhos dela. Ambos, Luka e cidade, se plasmaram.

Luka não discernia nada de nada. No afã da fuga permanente, via a miséria do espírito da cidade mais do que qualquer outra. Não era coincidência enxergar isso no auge de sua própria desintegração. As múltiplas carências, as recentes descobertas apenas mostravam mais aquilo a que não tinha acesso. Melhor ser alienado, pensou, mas sem saber se isso valia para a própria condição ou para a cidade. De que alienação falava? Não vale a pena sonhar quando você está em uma prisão. Também não vale a pena despertar. Sem a opção de sonhar nem despertar, o que vale? Fugir, sair correndo do escritório, refugiar-se no corpo solitário. Mas, depois do delírio passageiro, prazer convulsivo, o mundo recupera a nitidez, entra em foco. E então fica difícil subsistir a tantas substâncias. Lembrou-se de Berlim com saudades, mas sabia que não havia sido particularmente feliz em Berlim. Lembrou-se de Nova York com inveja, seu planejamento, sua estrutura, mesmo sem lembrar de nenhum momento individual marcante. Queria, no entanto, estar nesses lugares agora, sair dessa Curitiba esburacada, remendada, vilipendiada por tudo e todos, Luka antes de qualquer um. Queria voltar a Orléans, à Escola Superior de Arte e Design, ao Café des Beaux Arts na esquina, aos assentos de madeira da Cathédrale Sainte Croix, onde, disso se lembra bem, fora muito infeliz. Chorara na frente das imagens sacras com saudades da Curitiba que agora queria ver longe e outras saudades indecifráveis, daquilo que sequer conhecia. As centenas de cadeiras à sua frente, o eco grave das grandes catedrais, cheiro de velas e outras recendências misturadas. Como suas saudades. Ele sabia a intenção dos arquitetos com as igrejas góticas. E caíra no efeito de forma voluntária. O teto altíssimo em pórticos, a profundidade dos cinzas, aquele sentir-se apequenado, desamparado. Não ouvira a música dos órgãos, dos clavicórdios, no entanto. Trazia seu iPod brandindo nos ouvidos a banda que acabara de descobrir:

Si vaste est le désert, si courte notre vie
L'homme se croit maître de l'Univers, ici on se voit tout petit
Grains de sables emportés par le vent, nous ne sommes que poussière
Regarde le ciel et contemple, mon ami, la grandeur de l'Univers
Sédentaires ou nomades, on n'fait tous que passer

Agora estava em Curitiba. Até a tristeza era mais miserável. Queria ser miserável em Orléans. Queria chorar sozinho na Cathédrale Sainte Croix e não na Catedral de Curitiba, na frente da qual esmolambados viciados em *crack* se aglomeram. Não há clima para se sentir miserável vendo tanta miséria em volta. Quer fugir e fugir, quer ter direito de se sentir miserável sem culpa, sem olhar em volta e ver miseráveis mais miseráveis do que ele, sem se sentir o fofinho da mamãe que está triste por não ter outro corpo no qual se esfregar e roçar lábios e língua e coxas, pescoço e pernas, glande e braços, nádegas e céus de uma boca sem estrelas. Pensava com asco na mulher que atendera à tarde, embora se lembrasse com fascínio dos seios a custo represados.

Chegou em casa e decidiu suar: suar para purgar, correr, despejar com o suor aquilo que dentro dele o vinha enforcando. Eram tantos despejos. Tantos desejos que estava se afogando neles. Quis recuperar o clima de Orléans, iPod afixado no braço, fazer outros caminhos. Chega de ser refém das mesmas trilhas, chega de leões exteriores. Subiu a Augusto Stresser, cruzou a Schiller até a ciclovia que acompanha a linha do trem. Infeliz coincidência, a banda que escolhera para relembrar Orléans o fazia relembrar a cliente daquela tarde.

Viens-tu de ces pays où les maisons montent jusqu'au ciel?
Dis moi, mon frère, est-il vrai que ces maisons cachent votre soleil?
Est-il vrai que vous travaillez dur jour et nuit
Pour payer des prisons dans lesquelles vous vous enfermez toutes votre vie?
Est-ce vrai que vous bâtissez des murs pour mieux vous proteger?

Estava em Curitiba, sem poder vislumbrar nenhuma fuga. Fora a Berlim, e agora, no escritório, voltava para o final da fila. No rodízio dos grandes eventos, precisaria esperar mais doze novos compromissos até que chegasse sua vez novamente. As férias estavam distantes. Não havia fuga possível. Pensou nos finais de semana com a mãe. Não era fuga reencontrar a criança da qual tentava escapar.

Mes super héros d'enfance: "Marvel Comics"
Renaissent toujours de leurs cendres comme le phoenix
Captain América, plus fort que les méchants barbares.

E quando o bárbaro mau não é o outro, mas você e a sua própria cidade? Difícil estar do mesmo lado do muro, junto às feras soltas. Luka se perguntava se as feras poderiam estar soltas dentro dele. Soltas ou presas. O suor e o sêmen não pareciam suficientes para libertá-las. Sentia-se na pele dos antagonistas, daqueles contra os quais seus heróis lutavam. Ele não sabia quem era a cidade, o que era Luka. Preferia ser odiado a ser ignorado e isso valia para ele. E para a cidade.

T'as pas choisi tes parents,
T'as pas choisi ta famille
T'as pas choisi de vivre ici,
Dans le désert de l'oubli.
Mais votre présence fait pas plaisir à tout le monde,
Disent qu'ils peuvent pas accueillir toute la misère du monde.

As primeiras gotas escorreram da testa. Depois, incontinente, o suor invadiu todas as partes do corpo, empapando-lhe a camisa na altura do peito e na lombar. As axilas exalavam o desodorante da manhã misturado ao suor. Esquecera relógio e viseira. Era um ser que encontrava a pista de caminhada e corria em direção ao bairro do Cabral. Fizera esse caminho poucas vezes e gostara da escolha. Fugindo das casas, caminhando em direção à parte deserta, em que se vê apenas o trilho do trem, muros de novos edifícios descomunais (ele ajudara a organizar o espaço interno de vários deles, atacando de decorador), um clube de golfe dando as costas a duas casas simples de madeira. Em um dos muros, o mais alto, pichações vulgares, o que fez sobressair uma em especial: do muro cinza tomado de grafismos pontuados por arestas e sentidos indecifráveis, eis que, em letra corrida, pequena mas cuidadosamente desenhada, conseguiu ler: continuo vivendo e morrendo.

E ele correndo e correndo. Estava pouco ligando para as calorias, não pensava mais em tortas de maçã, em gastos calóricos ou em frequência cardíaca. Sentia-se bicho recendendo axilas, expulsando o artifício dos perfumes. Naquele momento, esquecera seus hábitos de glutão, suas invejas de quem se satisfazia com meias mordidas, meios bocados. Sua fome era outra: era uma fome por apetite. Devorava-se. Carcomia-se. Enquanto os quilos aumentavam, alimentados por ansiedades sem objeto nítido, seu encanto pela vida emagrecia.

Pode o desejo matar o desejo?

Corria, suava, bufava, arfava, a garoa batizando-o na fronte aberta aos céus. Seria bonito, estereótipo clássico, ver as lágrimas se confundindo com a garoa. Mas não chorou. Uma ira misturou-se à tristeza e trancou o pranto. Desceu a Dr. Goulin até encontrar a Schiller. Atraído pelo conforto uterino da rua, caminhou por ela até um parquinho sem crianças. Deitou-se em uma gangorra. As gotículas continuavam caindo. Pediu calma a si mesmo, rememorou os *flashes* que passaram o dia todo, tresloucados, pela cabeça, selecionou-os, colocou-os em revista, reviu carências, vida, sua urbanidade e mania de grandeza, tragédias medíocres, espetáculo bufo — dele e da cidade.

Nada do que pensava na época em que cursara Arquitetura fazia sentido hoje. E teve dúvidas se isso era desesperador ou fonte de consolo: qual a garantia de que aquilo que pensava agora fazia algum sentido? Errar é humano e, apesar da burrice, também é humano insistir em outros erros. Se lhe dissessem, quando aluno, que ele estava errado (e ele próprio agora poderia dizer isso), esperniearia convulsivamente, bebê chorão, defendendo as suas verdades. Agarrar-se-ia a elas com tanta força que ficaria com as suas raízes na mão, sem lastro. Mas substituir o erro pelo quê? Por outra verdade que ele próprio, daqui a alguns anos, na esteira dos futuros, iria julgar falsas?

Viu-se como uma errata errante.

Aos poucos, retornou ao estado de repouso. Batimentos cardíacos normalizados, acalmou-se com o corpo. Após a catarse que misturava e expelia suores e misérias, voltou para casa, bicho sentindo frio e enfiando o rabo entre as pernas.

Sentiu vontade de subir pelas escadas de incêndio em vez de pegar o elevador, esperança distante de reaquecer o corpo, não pelo exercício, mas pela promessa dos jovens a se fundir.

Não encontrou nada. Entrou em casa e, pouco antes de ficar nu para sentir o tecido do sofá lhe roçar o corpo, couro de animal distante, ouviu a campainha tocar. Abriu a porta, o suor seco craquelando a pele.

"Preciso falar com o senhor."

Estar fedido e desgrenhado na frente de uma senhora bem-vestida e cheirosa é pior do que estar nu em sonho. Luka não sabia o que responder.

"O que é? Quero dizer: quer entrar?"

"Tenho receio de entrar, vou lhe ser franca. Minha filha e seu ex-marido ainda não sabem de nada. Melhor para o senhor. Não contei a eles. O pai de minha neta viria aqui lhe estourar os miolos."

"Deve haver algum engano. Eu."

"Você não precisa me enganar. Talvez a culpa seja minha."

"Quando eu digo engano, não digo que vou enganar. Deve haver um engano no que a senhora está dizendo. E pensando."

"Não venha me confundir com jogo de palavras. Soube de seu assédio à minha neta e ao amigo dela, na escada do edifício. Gostaria de conversar com o senhor antes de chamar a polícia."

Tenho percebido alteração no meu ritmo de sono. Desde que o menino nos sequestrou e instaurou o regime de exceção, meu relógio biológico mostrou não ser à prova de interferências exógenas. A insônia, que aumentara muito durante a primeira semana, vem diminuindo. Acordei duas vezes para ir ao banheiro, me revirei na cama. Mas dormi. Agora me pergunto o que fazer com essa velha na vida de Luka. Mas ela é avó de uma menina de quatorze anos, poderia muito bem ter a minha idade. Se tivesse tido uma filha com dezoito e essa filha mal orientada tivesse um filho com dezessete, ela teria uma neta com… doze? Para ela ter uma neta de quatorze, talvez seja bom fazê-la com cinquenta anos, o que a torna mais jovem que Eugênia, pouco mais velha do que eu. Eu já tenho quase cinquenta anos. Logo completo meio século me lembrando assustado de quando tinha dezoito e me pegava — assustado — pensando que chegaria a um quarto de século. Aos dezoito anos, escrevendo minhas merdas e me achando velho.

Normalmente eu me afundaria nessas dobras estofadas de pensamentos moles, sem ligações entre si, por duas ou três horas madrugada adentro. Lembro-me apenas de ter pensado estas pequenas bobagens e de acordar agora, com o barulho dos dois que chegam. Se chegam é porque já saíram. Que horas são?

"São nove e meia."

Ele veste as roupas novas que compramos. Na loja, estava escolhendo uma calça de caminhada apenas com o bolso de trás. Quando estávamos na fila do caixa, riu sem jeito e nos cochichou esqueci, não dá, como é que eu vou carregar o revólver? Precisaria ficar o tempo todo com a mão no bolso, segurando a arma, caso contrário ela pesaria demais durante as passadas e as calças cairiam. Ficou triste, havia gostado tanto do modelo. Voltamos a nos embrenhar na mata cerrada de roupas. Logo depois, Eugênia gritou de uns dez metros de distância, empunhando um cabide com uma peça de roupa, olhe, tem essa blusa aqui, é leve e tem esses bolsos enormes. Você pode caminhar com ela. Aí você não precisa guardar na calça. Os bolsos dessa blusa passam de fora a fora, mostrou, fazendo a mão entrar por um lado e sair por outro. Ele sorriu, ficamos felizes. Compramos algumas calças jeans, sempre muito largas, bolsos amplos, camisetas e jaqueta, o outono já espalhando seu frio pelos cantos. Por fim, um tênis para caminhar, um sapato esportivo, par de chinelos, meias e cuecas, para que finalmente parasse de usar as minhas. Aproveitei para comprar umas para mim, copiando os modelos que ele escolhera.

Eles pareciam voltar de uma dessas caminhadas. Eugênia preferia andar pela manhã; eu, à tarde. Era a quarta ou quinta vez que ela o levava junto, faziam suas próprias rotas, não permaneciam na Schiller. Desabituado a muito sono, empapucei-me e demorei para levantar voo, renascer do desmaio noturno. Abri o *tablet*. Mas não quis ler jornal. Quis ver o menino, elegante, passeando pela casa.

“Emílio, aquela inscrição no muro que margeia a linha do trem sumiu. Lembra que eu sempre te falava dela? Uma letra linda: continuo vivendo e morrendo.”

É claro que lembrava. Ela me falava isso tantas vezes.

“Não, Eugênia, não lembro.”

O menino ficou me vendo tomar café. Agora eu não podia mais olhar para ele do jeito que gostaria. Era preciso ler o jornal, ficar olhando aquelas bobagens sem interesse. Em vez disso, procurei meu nome no Google. Um zilhão de citações. Procurei imagens. Mais uma tonelada. Elegi as melhores enquanto mordia um pão emborrachado pela noite mal dormida. Eu estava voltando à vida e me sentindo muito bem.

Eugênia saía do banho e se preparava para mais uma das tantas conversas com aquilo que ela chamava de membros da comunidade da igreja e que eu apelidara, apenas para mim e para o menino, de papa-hóstias descabeçados.

"Vou sair, conversar com os papa-hóstias descabeçados."

Ela se sentara ao meu lado, com uma xícara de café na mão.

Olhei rápido para o menino, que pareceu apavorado, cão surpreendido em alguma traquinagem. O corpo pela primeira vez acompanhava o olho e alucinava também, sem saber em que se fixar. Então esse ladrãozinho é dedo-duro.

"Se você conhecesse o Padre Pedro, não diria tanta bobagem."

"Ai, para, Pedro, Pedro, para, esse Pedro é uma parada."

"Você só sabe fazer brincadeira sem graça?"

"Cuidado, Eugênia, cuidado, não atravesse o limite que te faz cair no lodo da loucura. Meu dia está melhor, tenho assimilado a novela de Vitória, tem livro novo sendo terminado, estamos sem brigar há um bom tempo."

Eu poderia ter dito tudo o que disse, menos aquilo de cair em lodo de loucura. Eram as palavras mágicas que a faziam enlouquecer.

"Você é um cretino. Defender aquilo em que acredito é loucura para você? Seu *blasé* de merda. Esse teu desdém para a vida é fuga, é insegurança. Depois fica lá dando entrevista para dizer que oh, a literatura isso, a literatura aquilo, amplia não sei o quê. Ao menos a *tua* literatura amplia só a conta bancária e essa malemolência, malevolência pachorrenta que você arrasta nas coisas que faz e diz. Você parece arrastar um saco pesado no corpo, na voz, na cabeça. Padre Pedro, se discutisse com você sobre qualquer coisa, te deixaria envergonhado, sem palavra. Vamos lá? Quer ir junto desfiar teu rosário de idiotices? Sei que você não tem coragem e ainda vai esconder a covardia no desdém."

"Desfiar o *meu* rosário de idiotices? Mais idiotice que um rosário que manda repetir trezentas vezes a mesma oração, como se Deus calculasse a raiz quadrada do número de ave-marias rezado por alguém para decidir se vale a pena ou não matar de fome as crianças da África? Ah, rogai por nós."

"Emílio, eu sou socióloga, não vou lá para rezar ave-marias, mas para perceber o grau de coesão social de pessoas que se unem em torno de alguma coisa. Entenda isso e deixe de entender aquilo que te beneficia e financia essas piadas horríveis."

— Você anda poética. Malemolência, malevolência, beneficia e financia. De onde tirou isso?

— Gostou? Comprei no shopping. Pensei em usar com você.

"Por que não se reúnem em torno de coisas reais, ao invés de se reunirem para adorar seres alados e deuses tímidos e monomaníacos, que nunca se mostram e pedem a mesma oração milhares de vezes?"

"Sei, assim como você faz."

Agora o menino, que estava à minha frente, mas atrás dela, olhou para mim com um ricto enfático, supondo que ela havia me encurralado.

"Ao menos não me proponho a mudar o mundo, a intervir nele, a tentar impedir o que não tem solução. O acaso não tem solução. A queda do avião só tem solução por meio da ação humana, mais controle, mais tecnologia, mais segurança. Não é agradecendo a Deus pelo avião ter caído no mar e não em cima da nossa cabeça que vai mudar alguma coisa, como se a gente ainda devesse ser grato por só terem morrido quatrocentas pessoas. Todo crente parece sofrer da Síndrome de Estocolmo. Um deus cruel o aprisiona e ele ainda agradece, oh, mestre, oh, salvador, redentor, obrigado. Ou é sadomasoquista. Compra algemas, botinha e chicote e agradece o castigo."

Ele ergueu as duas sobrancelhas, cabeça para cima e para baixo, avaliando minha resposta e achando que eu tinha me saído bem.

"Essa tua literatura não te serve para nada mesmo, não é? Só para encher o rabo de dinheiro. Você não propõe mudar nada? Não propõe intervir na realidade? Então assuma: você não serve para nada. Aliás, se não servisse para nada, seria melhor. Mas você serve para acabar com quem acredita e tem projeto de vida. E projeto de vida *coletivo*, que ajude as pessoas a descobrir rumos. O teu serviço é um desserviço."

— Tudo bem Eugênia, essa do serviço como desserviço foi fraca, mas mesmo os grandes poetas não acertam sempre.

— Ah, mas a moça do shopping garantiu que ia ficar bem.

O menino parece ter gostado do argumento dela e me olhou, o mesmo ricto, como se agora sim eu estivesse perdido.

"A minha literatura serve para iluminar um caminho escuro e mostrar que esse caminho é assim: escuro. Ela joga luz e quem vê vê apenas um caminho escuro. Isso mesmo. Como se, com a luz da literatura, o leitor enxergasse e dissesse, exclamando nossa! agora eu vejo o que antes não conseguia: é um caminho escuro!"

Ele não me olhou. Olhou para o teto, parecia ainda pensar nas minhas palavras, juiz que avalia se eu me dera bem. Fui reprovado. O patifezinho não entendera a mais brilhante conclusão que eu havia feito sobre a literatura. Era preciso anotar aquilo urgentemente. Em alguma palestra, vou atacar com essa da luz que mostra que o caminho é escuro. Genial.

"Entendi. Finalmente entendi. Obrigado por jogar luz em minha ignorância, revelá-la e ao mesmo tempo extirpá-la, grande sábio. Então você é um abutre."

Ele achou que eu havia sido mortalmente atingido com aquele abutre tão enfático. Mas, esperem, que complô é esse? Eugênia, não se faça de louca. Eu crio uma imagem dessa, da luz que mostra que o caminho é escuro e você diz que entendeu tudo me chamando de abutre? Qual a relação? Vocês me deixam louco. Desorientado, desanimei. Perdi, mas porque fui julgado por maus juízes.

"Eugênia, você sempre foi companheira, sempre rimos tanto dessa palhaçada que é a religião, com seus mitos primitivos."

"Emílio, eu estudo as sociedades e o que as leva a criar — todas as sociedades, sem exceção — esses ritos. Isso me interessa e o Pedro me faz ver coisas insuspeitadas. Quando a gente acha que a luz do nosso entendimento já clareou todos os cantos possíveis, eis que surge a luz do outro e amplia aquilo que estava escondido. E garanto a você que ilumina mesmo, sem essa ideia estúpida de iluminar apenas para mostrar que ali só há caminhos escuros. Ele me fez ver uma coisa óbvia: aquilo que pensamos ontem não dura para sempre."

— É assim também com o amor...

— Isso é uma pergunta ou uma afirmação?

— Uma afirmação.

— Quer dizer que você não me ama mais?

Choro e ranger de dentes.

— Não, não era uma afirmação. Era uma pergunta.

— Então te respondo: sim, é assim também com o amor.

— Quer dizer que você não me ama mais?

Choro e ranger de dentes.

"Isso vale para o que você achava da religião?"

"Claro, o sentido e a verdade não estão nas coisas, mas em nós."

"Escrevi algo parecido essa semana, no meu novo livro."

"Aquilo que se pensou na juventude fazia sentido outrora, não agora."

"Hum, Fernando Pessoa…"

"É, só que diferente."

"Da última vez que usei isso, você me chamou de estúpido."

"É que você usa errado. E na hora errada."

"Ah, sei."

"Não mude de assunto. Depois de ter me fechado em casulos conclusivos, eis que o Pedro me fez ver o quanto a gente precisa do outro. Isso é bonito demais. E há tanta boa literatura que fala isso, você não vê? Nós é que damos sentido ao mundo, ainda que para dizer que nada no mundo tem um sentido programado. Então o universo não tem um propósito. Seria um perigo, com tantos fanáticos à solta. Eles fariam de tudo para fazer o propósito se cumprir. Matar, morrer."

"Mas o perigo não está em ter propósito. Basta os fanáticos acreditarem que ele tenha um. Dane-se a verdade ou um eventual sentido externo ao indivíduo e a seu grupo. O problema então está na crença dogmática."

"Como a sua, achando que eu iria rir para sempre das religiões, não contando com a ideia de que eu fosse entendê-las como um fenômeno social legítimo. Eu amadureci e aquela minha verdade revelou-se frágil."

"Como essa sua nova verdade poderá se revelar igualmente quebradiça no futuro."

"Duvido."

"Essa é a prova de que duvidar nem sempre significa vontade de investigar mais."

"Que vontade tem você de investigar? Sou eu quem pesquisa, quem vai atrás das coisas para explorá-las mais e mais. Você só fica em casa desdenhando de tudo, fechado em suas certezas, ridicularizando quem mudou."

"Mas é que você mudou para o lado errado. Você mudou para o lado do dogma. Teu movimento te parou. A religião é por excelência o fechar-se na verdade única. De tanto caminhar, caiu no abismo. Aí eu duvido mesmo que você saia de lá."

"Ou você é burro ou se faz de. Não consigo ser mais didática. Vamos junto, conversar com o Pedro? Quero ver se ele te nocauteia no primeiro ou no segundo assalto."

"Eu quero ir junto."

Apenas torci o nariz para a ideia de assaltos e nocautes, jamais iria me encontrar com um padre lutador de vale-tudo (só de imaginar quantas metáforas cabem nesse vale-tudo...). Quem disse que queria ir junto foi o menino, que pulou da poltrona e estava de pé, talvez impressionado com a propaganda. O revólver caiu do bolso largo da blusa, no tapete, fazendo um som abafado. Eugênia sabia que eu jamais iria junto. Desconcertou-se quando ouviu a voz do menino, empolgado.

"Olha, melhor não, tenho muita coisa para fazer, vamos começar a fase das entrevistas com grupos focais. Além disso, preciso ver se a igreja não tem detector de metais."

— Detector de picaretagem, nem pensar?

Ele se sentou ajuntando a arma, decepcionado.

"Virem-se para o almoço. Até de noite."

A dor de cabeça veio pelo sono desacostumado ou por essa briguinha repentina em que discutimos quase trocando os argumentos um com o outro, só para ganharmos a disputa? Se for para destruir um argumento, que se danem as verdades, se for para explodir com Eugênia e ver apenas suas sobrancelhas pelos ares, destruam-se as coerências. Ela também pensa assim, tenho certeza.

"O senhor poderia se colocar em trajes mais decentes? Vou entrar, mas fico nessa ponta, a porta entreaberta. O senhor, por favor, fique no outro lado."

Se toda a tempestade promete calmaria, o inverso também traz verdades. Da tranquilidade passageira que sentira depois da corrida alucinada pelo caminho diferente, em que o suor purgara um pouco as confusões, era de novo transportado ao seu filme de terror. Mas o filme era ainda pior: antes, conflitos se debatendo na arena interna, frescuras de meninão mimado. Agora, essa mulher à sua frente. Há outros envolvidos, há pessoas com quem Luka deverá se relacionar de fato, terá de tirar disposição interior para formular os gaguejos antes silenciosos, para formular em linguagem de gente aqueles resmungos que ruminavam dentro dele, estrelas cadentes sem exigência de lógica, sem encadeamento discursivo. Terá de pensar em A mais B, em dois mais dois, em encaixar peças e todo um esforço para o qual não se sentia preparado. Tinha vontade de dizer ah, me prenda, então, mas não me obrigue a ficar aqui inventando um discurso mentiroso só para provar o que é verdade: eu não fiz nada. É verdade que não fez nada, Luka, mas você pode falar que ficou a observar excitado uma cena adolescente sem se sentir doente aos próprios olhos? Envergonhar-se daquilo que a própria cabeça deliberadamente pensa e sente?

Lembrou-se do Café des Beaux Arts, em Orléans. Depois de

uma aula de Estética, hesitou entre entrar na igreja ou no museu, entrou no museu e se viu parado, fixado na imagem que Georges de La Tour pintou pensando, é claro, em Luka, esse rapaz que viveria transtornado no século XXI, mais de trezentos e cinquenta anos depois. A pintura de Georges de La Tour havia sido feita com exclusividade para ele. Se há vidas passadas, é lógica simples supor que há vidas futuras. O mundo convergia para aquela chaga que se abria no corpo de Luka. Flechadas sensuais, mas não menos doídas, vinham à lembrança. A tela veio inteira, *Sébastien soigné par Irène*. Inúmeras telas retratam a cena em que Irene cura as chagas de um Sebastião perfurado por flechas inclementes. A de Georges de La Tour o acompanhou diversas vezes em sua estada em Orléans. Ele se sentia aconchegado diante da tela, mas talvez não conseguisse associar os motivos. E era um conforto tão pungente. É crueldade comprazer-se com a dor do outro, mas talvez seja isso o que faz as pessoas pararem para ver acidentes e toda a sorte de atropelados, caídos, amassados, presos em ferragens. Que tipo de satisfação e alívio mórbidos aquilo é capaz de provocar era uma das dúvidas de Luka. Deve haver algo errado no comprazimento de nos sabermos amparados na dor e que esse amparo depende de outra dor, igual ou, de preferência, maior. O que era um conflito sem objeto, uma saudade de Curitiba perto daquele menino Sebastião ferido, chagas abertas, feridas expostas, dor de alucinar, que o faz entrefechar os olhos em agonia? Talvez um oh, ele sofreu, mas antes ele do que eu? Sentir-se confortado é bom, mas agora, já em Curitiba, uma mulher estranha à sua frente usando termos como chamar a polícia, tantas coisas por pensar, tantas atitudes a serem tomadas e Luka só consegue formar na cabeça a imagem de São Sebastião sendo curado por uma tal Irène? Essa falta de senso prático o irrita, mas ainda mais o envergonha, sente-se desprovido da condição humana tão básica que é a capacidade de tomada rápida de conhecimento da situação e da maneira mais curta de resolver tudo. Então a situação é essa, a senhora diz isso tudo e eu lhe digo isso e isso e isso e ótimo, passar bem. A habilidade para tornar o pensamento uma ação deveria ser equipamento de série obrigatório em todo o ser humano. Em vez disso, via-se diante de uma senhora chorosa, bonita, usando palavras tão fáceis, corriqueiras e decodificáveis, mas a que, no entanto, ele não conseguia apor nenhuma resposta. Sem palavras, sem gestos, com nada.

Luka estava parado, parecia alguém que havia dormido demais, perdido horas. Ele não se colocou em roupas mais condizentes e isso não se deveu a nenhuma ousadia ou vontade de enfrentamento. Foi inaptidão para pensar. A mulher, talvez o vendo tão inofensivo, olhou-o de alto a baixo e sentou por iniciativa própria. E disse ao dono da casa, sente-se, como se precisasse representar os dois papéis, o outro ator esquecera as falas, estaqueado no palco.

Os gestos calmos poderiam ser de sua natureza ou apenas uma adequação ao ambiente, formado por um ser gordinho, de bermuda e camiseta suada, um silêncio maior que o do cemitério à frente de suas casas, uma decoração em preto e branco ladeada por uma janela de onde se entrevia apenas o céu nublado em muitas escalas de cinza. Toda a ação de entrar e sentar foi lenta, como um ensaio de marcação das cenas. Uma cena com a qual Luka insistia em não colaborar. Seu movimento agora foi o de se virar e ver aquela mulher sentada em seu sofá. De pernas cruzadas era mais bonita. Fecharia a porta ou ela veria nesse gesto o sinal inequívoco do assédio? Na dúvida, ficou parado, resmungos de corpo, um ou outro gesto gaguejado. Viu-a levantar-se, era um pouco rechonchuda, e finalmente encostar a porta, trancando-a e desdizendo a recomendação anterior de se sentarem distantes, porta entreaberta. Antes de se sentar, só faltou oferecer um café ao dono da casa, que acompanhava tudo com viradas de pescoço, uma torcida no tronco.

"O senhor poderia fazer o favor de se sentar aqui."

Ofereceu um lugar ao seu lado. Não seria difícil acreditar que ela se desarmara por completo, que ela vira naquela criatura o menino que todos viam e no máximo achavam fofinho desde que nascera, um urso de pelúcia com o qual todos brincam. E beijam e abraçam sem a menor insinuação de sensualidade. Ver sensualidade em um urso de pelúcia, afinal de contas, é uma perversão de quem vê, jamais do urso. Estava a um passo de sentir-se envergonhada por ter tido alguma atração por aquela pequena bola abobada, que não se mexia, que parecia carente de afagos. Mas, depois do discurso de entrada, depois de usar com todas as letras expressões como assédio, estourar miolos, chamar polícia, como voltar atrás? Que embaraço dizer meu deus, como pude pensar isso do senhor, ou melhor, de você, essa coisinha tão informe e inofensiva, esse bicho de pelúcia? Posso falar com o teu dono? Ele te abandona aí o dia todo? Você fica aqui largado às traças, sozinho, ou brinca com os outros amiguinhos? Você é um daqueles brinquedos do *Toy story*, seu danadinho, que se finge de bobo e inerte mas que apronta quando não tem ninguém vendo? A vontade dela de voltar atrás e passar a usar termos no diminutivo parecia a mais sincera. Estavam na sala, ambos, sem saber o que dizer, nervosos, pensando em iniciativas possíveis, não conseguindo enxergar o embaraço do outro, o que lhes daria conforto. O desconforto do outro nos conforta, Luka poderia ter pensado, se tivesse olhos aguçados para ler essa mulher sentada à sua frente. Ler, ele lia, mas não entendia o que lia, em seu analfabetismo funcional para os corpos e seus movimentos. Não pensaria por conta própria, mas se lhe perguntassem, aí sim, talvez fosse capaz de dizer claro, gostei desse perfume que recende do pescoço dela, sim, as linhas de expressão do rosto dão mais charme do que anunciam defeitos, evidente que notei dois botões da blusa fora de suas casas, unhas vermelhas em mãos bem brancas são bonitas, dedos longos são legais, extensão de peles, superfície de membros, sugestão do que se esconde por baixo de tudo e logo estaria ele, motor a pegar no tranco, devolvido aos trilhos de suas fixações cada vez mais frequentes.

Quanto à mulher, todas aquelas perguntas que ensaiara em casa evaporavam diante da frágil figura que encontrara. Chegara a testar ênfases diante do espelho, pensava na abordagem, se mais policial ou mais psicológica, se perguntaria o senhor sabe que isso dá cadeia? ou se perguntaria faz tempo que o senhor descobriu seu interesse por adolescentes? E ele poderia responder que mais ou menos, que na verdade andava sentindo interesse por qualquer pessoa, ao que ela poderia retrucar dizendo que como assim, então você é um pervertido mesmo, e ele argumentaria que não sabia bem o nome para sua carência de carinho, carícia, afago, desejo de pele contra pele, mas ela logo enrubesceria as bochechas dizendo que não sabia se isso era crime ou doença, o que suscitaria nele a vontade de responder que carência não era crime, a não ser que atacasse alguém, coisa que não fizera, e tampouco era doença ou então todas as pessoas são doentes, o ser humano nasceu doente e foi criado para permanecer doente, e isso a deixaria em dúvida, um pouco confusa, o que a faria querer ganhar tempo dizendo apenas um é, mas, que faria ele aproveitar a lacuna deixada pelas reticências dela e voltar à carga dizendo que a diferença era que alguns encontravam suas Irènes e outros tinham de curar suas chagas sozinhos, e isso a deixaria ainda mais sem rumo, pois quisera ganhar tempo para pensar em quanto todo o ser humano é doente por sentir desejos e acabara com outra ideia confusa que falava de uma tal Irène, que poderia inclusive ser o seu nome, mas que não fazia sentido no contexto a não ser que ele estivesse insinuando que ela poderia ser uma boa curadora de feridas e se as feridas a que ele se refere são as carências e desejos de carícias, então esse menino está dando em cima de mim e um calor cresceria na suposta Irène, ao que ele, aproveitando outra vez o silêncio dela, diria que o seu caso era o de alguém que precisava curar os desejos sozinho, apenas com a força da imaginação e das mãos, e que jamais tomaria qualquer iniciativa que envolvesse pessoas reais porque era inapto para relações pessoais de verdade e ainda mais supor se aproximar de um casal adolescente mesmo que esse casal o atraísse e despertasse os desejos que pudessem ser satisfeitos com eles, mas não teria coragem, era preciso subir as escadas, isolar-se dos humanos e, aí sim, no melhor modelo *Toy story*, dar vida ao seu desejo sozinho e só porque sozinho entrar no apartamento e completar o que previra, na imaginação, na simulação daquilo que desejara, ao que ela esboçaria uma interjeição do tipo oh! e que significaria mais piedade que choque moralista, e isso o deixaria confiante, mesmo deixando-o também triste por saber que despertava pena e não qualquer tipo de desejo, mas ela começaria a nutrir desejo por ele, enviesado, que significava vontade de suprir suas carências, mas de suprir por causa do carinho que vira crescer por aquela criatura tão fraca e descuidada, teria um carinho de urso de pelúcia que a faria querer suprir desejos, o que a deixaria em uma situação difícil, acariciar uma criança querendo dar a ela a satisfação de anseios que não são de criança, embora ele não fosse perceber essa preocupação ou mesmo se a percebesse não daria a mínima, ela poderia expressar o calor que lhe subiria pelas faces rosadas abrindo mais um botão da blusa, isso não seria problema nenhum, pois o único problema é que ele estava suado e fedido e pedir para tomar um banho seria a oportunidade de ambos serem visitados pela maldita razão que estraga qualquer festa, só que ela, toda bem-vestida e perfumada, não seria incomodada pelo suor, a ideia da brutalidade animal em corpo humano jamais lhe fora desagradável mesmo nunca tendo experimentado uma pele no seu estado mais bestial, axilas e virilhas depois de um dia de caça, sempre cuidadosa de seu corpo e ciosa dos poucos homens que conhecera, mas eles não conversariam sobre as condições ideais de temperatura, pressão, suores e odores, eles teriam que lançar os dados e começar o jogo de combinações silenciosas, ela poderia fazer-se de mulher compreensiva e tocar-lhe parte inofensiva do corpo, como um antebraço, até esperar o próximo lance dele, que jogaria os dados e poderia levar sua mão nessa mão que lhe encostava, aceitando o consolo, o que a faria avançar para o lance seguinte, mesmo optando pela defesa, apenas procurando com os olhos os olhos dele, e os encontraria, sorririam encabulados um ao outro e então ficariam na dúvida para saber de quem seria a vez de jogar, se a retribuição do olhar dele contaria como uma jogada, hesitariam e ficariam na espreita da ação do outro, o suor dele fazendo-a ver alguma masculinidade excitante naquele corpo tão mole de tudo, fazendo-a buscar um subtexto que a fizesse agir não apenas por generosidade ou desejo maternal, enquanto ele decidira manter o olhar, mesmo a tanto custo, mas atento também ao perfume do pescoço, uma simulação da natureza, simulacro de flores doces e selvagens contido em um frasco de artifícios, e não teriam tempo de divagar sobre o quão naturais e artificiais são as ações, o quanto elas seguem as ordens da cabeça ou se rebelam, o quanto seus corpos hesitam, não, não teriam tempo, nem seria a hora boa, o risco sempre forte de interromper as insurgências menos intelectuais, os transbordamentos fluidos sem entrecortes avaliativos, sem filtros retóricos, não, não seria boa hora, seria hora de Luka ousar um encontro enfim de corpo com corpo, seria a hora dessa Irène manifestar a dubiedade de suas ânsias, esse materno cuidado com a satisfação das carências do filho e, sabedora que os desejos do filho não são desejos filiais, buscar na animalidade do corpo o impulso para a ação genuína, que exige entrega, que exige que ela veja naquele menino não o animal urso de pelúcia, não os pelos fofinhos do peito, mas o urso potente, que ataca, que fede e fere. Se ela conseguisse esse delírio voluntário, se ela conseguisse se perder nos baratinos da ilusão, no transe que construía sua fauna particular, e se ele ousasse manter o olhar para ela e dar uma avançada mínima no gesto, uma iniciativa que lhe desse um caráter de ser sexuado e sensível aos toques reais que não os de sua própria mão, se esses pequenos detalhes convergissem, aí todos os botões poderiam ser expulsos de suas casas com força policial, pois a inexperiência não é nada diante da força extravasada de um instinto, toda a fúria do urso suado, despertado de uma hibernação de vida inteira acenderia no atrito de seus gravetos outrora verdes uma fogueira na suposta Irène, fogueira da qual se sentiria convidada a dançar em volta até caírem tontos e derramados um no outro.

Tudo isso eles poderiam ter feito. Eles poderiam ter feito quase tudo além daquilo que fizeram, que foi ficar quietos por um tempo mais constrangedor do que o motivo da visita já supunha. Oferecer um copo de água seria um sinal de civilidade que deporia a favor de Luka, afinal é oferta de pessoas gentis, mas pessoas gentis têm quase sempre uma intenção pérfida de seduzir, o que daria a entender que ele escondia algum tipo de vontade ruim por trás do bom gesto. Teve tempo de pensar, ponderar em seu pêndulo lento as possibilidades até finalmente se decidir pela oferta, sim, o que haveria de mais. Se eu ainda oferecesse champanhe. Mas água? Que mal? Estava decidido, iria oferecer, tomou fôlego.

"Tenho medo. Venho mais tarde."

Ela não voltaria, jamais voltaria. Enquanto pensamentos idiotas mortificavam Luka, coisas como oferecer ou não um copo d'água, a cabeça dela não estava vazia, estava cheia de espelhos da própria vida, cacos estilhaçados refletindo miríades de sonhos e desejos em confronto com o dia a dia no cuidado de uma neta, fruto da segunda geração de uma lubricidade falida, erro sobre erro, o rosto da neta como erro ao quadrado, como a prova de que errar é humano, mas é também humana a persistência. Humana burrice, a carne e o osso da menina que estampava a forma final da falência e que a fazia pedir a Deus não estar mais na terra para vê-la povoar-se com seu legado todo torto, todo errado. A confusão não permitiu elaborar frase melhor para sair da casa de Luka. Saiu assim como entrou: lacônica, emudecida pela figura que se colocava à sua frente, atraída de um jeito amorfo, amálgama inadequado entre o materno e o inferno dos desejos. A frase que dissera revelava a duplicidade. De que tinha medo? Ela não apenas não voltaria como fugiria de Luka, envergonhada, e sonharia com ele em uma escada de incêndio apartada do mundo, edifício inexistente, suspenso no ar e livre da vida cheia de raízes agonizando na aridez do solo. Misturaria, apenas no sonho, o seu urso de pelúcia ao animal suado e rijo prestes a fincar-lhe todas as garras e perfurar-lhe as peles. Porque, fora dele, do sonho, fugiria, suaria frio ao entrar no elevador, evitaria as escadas com medo de se perder, pensaria em se mudar, pensaria em não sair mais de casa, os medos tão sortidos. A frase fora dita para preencher o silêncio, mas não explicava nada, servia para deixar o estômago de Luka latejando, um medo-pânico de tudo e todos, o afã de também se trancar em casa e evitar escadas e elevadores, talvez se jogar de seu sexto andar e ser acolhido direto no Cemitério dos Luteranos, a licença poética liberando-o para desconsiderar pequenos detalhes racionais de Física. Eram dois seres que entabularam diálogo nenhum, soltaram frases soltas, apatetaram-se um diante do outro, mediram-se, desejaram-se de jeitos tortos e agora, depois de breves minutos, ansiavam ambos por recolher-se em suas células, sexto e sétimo andares, isolados, casulos que não vislumbravam metamorfoses. Luka sentiria dia após dia somente os barulhos de passos no andar de cima, saltos a lhe espezinharem a cabeça. O encontro fora um instante de nada que alterava rumos e destinos, que os fazia espelho um do outro sem que sequer se conhecessem, um instante que guardava impulsos atemorizados, epifanias que colocariam Luka diante de seu primeiro encontro e a chamada Irène diante da possibilidade do reencontro, chance a mais de mostrar se insistência é burrice, de ver que nunca se comete o mesmo erro porque os fogos são outros e os fogos do passado já consumiram tudo o que puderam e, por fim, se consumiram. Novos combustíveis, novos ares e novas centelhas sempre produzem fogo outro. Mas ninguém pagaria para ver nada, sequer conseguiram pensar em tudo com alguma clareza. Viam apenas um caminho escuro e, jogassem alguma luz nesse caminho, a luz revelaria apenas que — surpresa — ali não existe nada mais que um caminho escuro.

Aqueles minutos estranhos, em que nada aconteceu, fizeram Luka trocar toda a interpretação de seu *Sébastien soigné par Irène*. Onde o amparo? Onde um Sébastien mais sofrido do que Luka? Entrefecha mesmo os olhos por causa de agonia? Luka deixava de se sentir amparado pela dor de Sébastien, Sébastien tinha Irène para tirar-lhe as flechas, abrandar-lhe a dor, cicatrizar as feridas. Luka tinha apenas as próprias mãos, um tanto femininas até, mas não eram de nenhuma Irène e ele vê agora que a agonia de Sébastien é, sim, sim, é êxtase, é volúpia, aquele corpo coberto com um tecido que não esconde o que na cabeça é trabalho ativo de complementos. Nem tecido nem a sombra impede a cabeça de trabalhar insuflada pelo desejo. A oposição histórica entre corpo e mente se desfaz, a cabeça é servil a tudo o que o desejo manda, a cabeça é o desejo, o corpo pensa e faz ver, e isso ilumina a imaginação mais do que aquela luz no meio da tela, que ilumina o decote de uma assistente acalorada (que calores habitam seus pensamentos e a fazem enxugar tantos suores a luz não mostra), a beleza de Irène, lábio inferior com carne suficiente para bons deleites e mãos com dedos longos a tocar, apenas as pontas, o joelho de um Sébastien de longa cabeleira, pelagem única de um corpo púbere. O peito de menino, as coxas lisas poderiam ser de Irène, e se fossem, o que as tornariam diferentes do ponto de vista do desejo? Por que tanto vermelho? Aquilo que para Luka, quando em Orléans tantas vezes parado diante da tela, lembrava sangue e iminência de morte — aumentando nele a sensação de sofrimento de Sébastien — agora se fazia evidente manifestação de outras ardências. Era o desejo. O desejo da carne viva. O pintor deixou a cena logo após o quadro, e não veria que aquele toque mínimo da mão de Irène no joelho de Sébastien fora um primeiro lance de dados, era a primeira jogada. O corpo seminu, já nu na cabeça de Luka, fizera Sébastien fazer sua jogada, projetando a mão esquerda na direção de Irène, talvez com a intenção de, parecendo inocente, fingir dor e tocar a mão dela, pedindo para que esperasse um pouco. A assistente, a essa altura, sua ainda mais, o calor invade todo o corpo e ela pede para se retirar. Não se retira de todo, ficará atrás de alguma escada, observando com discrição aquilo que a faz morrer de vontade de tomar parte. Todos os vultos da tela saem da sala, todos buscam lugar onde só é possível ver sem ser visto, sem perigos de fotocélulas indiscretas, todos em busca de seus panópticos particulares, seus *reality shows* do século XVII, tomados de luxúria e invejosos da condição daqueles protagonistas a quem, mais tarde, depois de tanto vigiar, irão punir com toda a sorte de malevolências. O que verão é a continuação do jogo até o seu final, o toque dela nos joelhos dele, a projeção da mão dele na mão dela, uma espécie de ai, espere um pouco, o olhar dela encontrando o dele, a hesitação para saber quem joga, os sorrisos delicados, a mão dele imprimindo mais força ao toque na mão dela, que retira a flecha, embebida de sangue, sob o olhar de ambos, enquanto outra flecha cresce e desponta por sob as vestes mínimas escondidas na penumbra, uma jogada involuntária, que o faz apertar ainda mais a mão dela, forçando-a com suavidade a espalmá-las em seu joelho. É aí então que o jogo transita para a dança, os múltiplos acordos silenciosos em que um aceita a proposta do outro, sempre delicada e sem perversão, mas que conjuga ações e respirações, mãos que já sabem que o outro quer o que você quer, Irène de mão agora espalmada aterrissando-a na coxa lisa de um Sébastien que troca a dor pelo prazer sem mudar o estupor do rosto. Mãos finas de dedos longos que podem ser de Irène ou de Sébastien passando pelas coxas macias que podem ser de Sébastien ou de Irène. Se as pernas são da adolescente que vira na escada ou do motociclista na rua, se as mãos que vão roçar os cabelos são da avó da adolescente, da inglesa ou do cabeleireiro, isso não lhe provoca nenhuma distinção na qualidade do prazer, do desejo, da agonia. Vestir as duas peles e tornar-se uma pele só, sentir-se Sébastien retirando o pano branco que encobre a cabeça de Irène ou vestir-se de Irène para sentir a cabeleira do menino a escorrer por entre os dedos não traz ruídos diferentes para o que vive enquanto delira. Luka não pensará na dificuldade de Sébastien em despir Irène, aquelas roupas carentes de caimento e charme. Imagina apenas, em detalhes tão nítidos quanto a tela estática que guarda dentro da cabeça, seus corpos já experimentando o acolhimento do outro e a vela sendo derrubada para incendiar de vez todo o ambiente. Sem pudores, Luka experimenta a ideia de acolhimento em seu grau mais evidente, a recepção do corpo de um ao corpo do outro, das partes incandescentes recebidas pelas águas em suas múltiplas formas, suas salivas, suores e visgos. Águas que incandescem mais do que aplacam, enchentes que atiçam mais do que arrefecem.

Terminado o banho longo, que acomodou todos os devaneios, Luka sentiu-se como David Banner: após a transformação no incrível Hulk e suas consequências bárbaras, voltava a ser alguém que tornava à lucidez. Já pensava em pizza, em chatíssimos projetos de arquitetura e, agora, em uma mulher que prometera assombrá-lo, ainda que nunca mais voltasse a vê-lo.

Estou agora sentado em minha poltrona de leitura, olhos fechados e ouvidos abertos para Keith Jarrett e seu solo *La Scala*, gravado no Teatro La Scala, em Milão. Quando ouço música exclusivamente, uso fones de ouvido, daqueles pequenos que evitam entrada de qualquer ruído externo e garantem a exclusividade e limpeza do som. É por estes fones que me chega o piano de Jarrett, e é também por eles que me encanto com seus gemidos, tamanha a contenção ardente com que toca. O gemido é uma necessidade de extravasar o que se represa. Acompanho o movimento de sua música, seus intervalos de calmaria densa em meio a momentos de franca excitação. Se tocasse sob a vigilância de uma fotocélula, boa parte do show ficaria no escuro, raras as brechas para clarões. Tudo muito intenso, como o sexo aprendiz dos adolescentes que eu criara e que causaram tanto rebuliço na vida de Luka. Sinto-me cruel, e isso me dá prazer. Atiço-o com homens, com mulheres, jovens e velhos. Ele, um bebê no berço que vê o móbile girar em cima de sua cabeça, desfilando atrações que lhe são apenas para os olhos, nunca para as mãos. Gosto da imagem do bebê e do móbile, talvez eu a utilize. Lembro-me do teste cego que Luka vivera com o cabeleireiro, abstraindo o gênero e concentrando-se, olhos fechados, nas mãos de alguém que lhe acaricia o rosto, nem homem, nem mulher, homem e mulher. Fico pensando: e se esse gemido que me chega aos ouvidos emanasse de um corpo que estivesse aqui, presente, sem que eu soubesse se de homem ou mulher, seria possível ter prazer? O teste fracassa, o gemido de Jarrett é muito grave, logo sei que se trata de um homem, a graça se perde.

Se fosse o menino quem gemesse em meus ouvidos, com aquela voz suave demais para um bandido, pedra embrulhada em veludo? Desconcerto-me com a imagem surgida de súbito. Agrada-me a ideia de tê-lo aqui sussurrando, desde que seja o menino que eu criara em meu imaginário, o ser ingênuo, quase infantil, que pergunta as coisas com olhar inaugural — para usar uma expressão que Vitória jogou na minha cara como quem atira pedra em um cão sarnento — e ávido interesse.

Depois dos quarenta e quatro minutos da primeira parte do *La Scala*, abro os olhos. Ele está à minha frente, mas não me surpreendo. Já há alguns dias ele liga o computador para dar tiros em uns alienígenas que prometem invadir a Terra e disputa corridas em cenários esdrúxulos, seus jogos preferidos. Ao menos parece preocupado em proteger o planeta livrando-o de ameaças extraterrestres. Também gosta de jogar *pinball* no computador, a bola digital batendo de um lado para outro, colecionando pontos até sair do controle de seu jogador e cair desolada. Conseguimos um bom acordo na divisão do tempo: ele joga quando estou fazendo outras coisas dentro do escritório não relacionadas à escrita e ao uso do computador. E joga sem som, sua principal frustração (ele já me pediu — mas não poderia ter me obrigado? — para comprar fones de ouvido para jogar seus jogos). Se digo que preciso usar o computador dentro de instantes, ele busca ser breve no encerramento de suas missões e trocamos de lugar, indo ele para a poltrona e eu assumindo a cadeira. Quando joga, fica de costas para mim, e para isso eu próprio chamei a sua atenção, como se estivesse perguntando se ele não ficaria preocupado em ter o inimigo nas suas costas, ao que ele, depois de um momento de dúvida, respondeu que a tela era capaz de espelhar meus movimentos e ele conseguiria me ver caso eu resolvesse inventar alguma moda. A expressão inventar moda foi dele. Eu concordava que a tela poderia refletir a imagem de quem estivesse atrás. Mas apenas se desligada. Somente a tela escura era refletiva. Ligado o monitor e todos os seus jogos multicoloridos, acrescentados do estado de imersão no qual ficava o menino, eu sabia que jamais seria capaz de ver o que eu fazia ou deixava de fazer. O olho direito dele era louco e perambulava bastante, mas não o suficiente para dar a volta e enxergar tudo ao redor. Mas o que eu iria fazer? Acertar um tomo de Freud em italiano em sua cabeça? Feri-lo com as mãos? Esmagar seu pescoço com as unhas? Havia um pequeno quadro em moldura de vidro na parede. Seria o caso de pegá-lo, retirar o vidro e passar-lhe na jugular? Que coragem! O que fazer com um corpo inerte dentro do meu escritório? E que força usar para não precisar matá-lo e também não fazê-lo se virar para mim com cara de espanto? Eu começava a ter mais medo de magoá-lo do que de levar um tiro nos miolos. Ele seria capaz de dizer Você está louco? O que foi que eu fiz? Baixei o volume do som, é só falar que eu saio do computador. Puxa, que maldade.

Agora há pouco ele estava com Eugênia. Vim para o escritório e coloquei os fones para ouvir Keith Jarrett com toda a sonoridade de seu piano e de seus gemidos. De olhos fechados, não o vi chegar, sentar, ligar o computador. Mas isso fazia parte de nosso acordo: se eu estivesse na biblioteca sem escrever, ele poderia salvar a Terra. Foi isso que ele fez enquanto eu, olhos fechados, imaginava os gemidos de Jarrett trocados pelos dele. Agora eu o via sem precisar temer o encontro de olhares. Em que pese poder vê-lo apenas de costas, pude assim mesmo conferir toda a graciosidade de suas formas, os pés descalços pisando os chinelos, a pequena nesga de pele entre o cós da bermuda e a barra da camiseta, deixando entrever o início da reentrância, nádegas anunciadas, as costas eretas com movimentos mínimos que irradiavam do mouse até suas espáduas, a pele submersa na camiseta e reaparecendo no pescoço, na nuca já coberta por cabelos a cada dia mais longos. É preciso cortar o cabelo desse menino. Quem sabe um computador para ele. Fará ele aniversário em algum dia? Terá mesmo nascido ou estou aqui de olhos abertos, mas tudo não passa de um sonho embalado por piano e sussurros?

Eu sei que ele existe e imagens de sonho me irritam, saída fácil para a dureza concreta. Ele existe e está na minha frente agora, à minha mercê. Jarrett dá mais um gemido enquanto olho para o menino. Esse fascínio tortuosamente sentido desde o primeiro banho aqui em casa, isso é parecido com o que Luka sentiu pelos adolescentes. Ou somente uma carência paternal depois de saber que perdi minha filha talvez para sempre. Mas você nunca a ganhou para poder perdê-la, ouço os espectros de Eugênia e de Vitória falando juntas, como se arrancando os fones de meus ouvidos.

Ter um filho torna a ideia da própria morte menos insuportável. A partir da fecundação, a vida irá morrer em algum momento, não importando se dali a poucos segundos ou depois de cento e vinte anos. Uma vez nascido o rebento, não estar presente no momento da morte dele é aquiescer para a ideia de que devemos morrer antes. Os filhos que se virem com suas dores, que façam outros filhos para que possam desejar morrer antes deles. Mas a experiência de perder uma filha que está viva me é inusitada, deixa aberto o que a morte real aniquila. Na morte real, nada mais há para ser feito, o tempo se encarrega de ao menos dar uns pontos grosseiros no que nunca cicatriza. Ao perder alguém que está vivo, fica latejando a ideia de que é possível cicatrizar tudo por completo. Tenho horror a imaginar cenas de programas dominicais em que parentes mutuamente ignorantes se encontram depois de anos diante das câmeras dizendo-se arrependidos, abraçando-se lacrimosos. Eu te amo. Depois desses dias todos, não é orgulho ferido. A simples lógica me faz pensar que Vitória foi injusta. Mas buscar uma reaproximação tentando plantar lógica em um terreno fértil para a loucura acaba sendo o mesmo que pisar em campo minado: uma colheita dilacerante.

A segunda parte do *La Scala* é mais curta, tem vinte e sete minutos. Olho para a tela do iPod, estamos na metade. O menino disputa uma corrida e se contorce um pouco nas curvas. Expressa alegrias soltando sons de *esse* prolongados por um segundo ou dois, algum encurtamento para *yes* ou coisa parecida. Depois começa uma partida encarniçada de *pinball*, fazendo a bolinha viajar por toda a tela sem cair, jogada de um lado para outro, ela mesma inerte, apenas um joguete de forças externas, mãos hábeis a controlar seu destino. Retiro os fones do ouvido para escutar melhor. Outros sons, algumas lamentações, estalo de língua atrás dos dentes, frustrações. Entrevejo a bola cair desfalecida, pontos perdidos. É o que consigo depreender. Interessam-me os sons do menino, interessa-me saber onde Luka vai parar — é provável, me conhecendo, que ele não vá parar em lugar algum —, interessa-me Alice e sua ausência de sons. E interessa-me Vera, de quem sinto saudades. Vitória me interessa, mas me fere, bicho selvagem no qual quero tocar, mas temo ser mordido. Fico um pouco triste de saber que Eugênia não me interessa mais. É admitir um fracasso em meio a tanto sucesso.

Como alguém tão inteligente e reconhecido pode ter dentro da própria casa uma relação fracassada? Recoloco os fones, Jarrett geme a última vez perto do minuto vinte e dois. A essa altura, e principalmente depois dessa improvável conversão de Eugênia, está claro para ambos que o casamento é uma formalidade, um encontro diário de troca de palavras gastas, sem olhares dentro dos olhos. Eu sei tanto de Eugênia que não preciso mais olhar para ela, ela fala o que quer que seja e eu sei como reage facialmente. Sei de suas sobrancelhas altas. Mas não olho mais nos seus olhos. Mesmo as discussões são feitas no momento em que corto o pão, coloco bebida em um copo, analiso o estado das unhas, brinco com uma migalha na toalha da mesa, cortando-a em vários pedaços, na tentativa vã de torná-los tão pequenos a ponto de sumirem. Não sei se Eugênia ainda olha nos meus olhos. Para tentar uma reaproximação, quanto trabalho. Tenho de ser discreto, não é de uma hora para outra que posso começar a olhar em seus olhos novamente, ela estranhará e qualquer admissão de que tento concílios e acordos — quem sabe afeto — me faz sentir fraco, alguém que deve e tenta remediar uma situação da qual tem culpa.

Se Eugênia se transformou e já não é a mesma que conheci outrora, por que não me reapaixono por ela, que mudou tanto que já é outra? Preciso de alguém com RG e CPF diferentes para me surpreender, me excitar, ofegar. De Eugênia, com quem vivo há mais de vinte anos, fica encalacrada no imaginário apenas a sensaboria, a parte conhecida e imutável. Nunca precisei trabalhar com horário marcado, bater ponto, cumprir formalidades diárias, no entanto a relação com Eugênia se aproxima disso sem que tenha direito a aposentadoria. Alguém nos impingiu a ilusão de que o casamento seria algo diferente do encontro de dois seres humanos em pânico diante do abismo da solidão. E ele não passa e nem pode passar disso: encontro de dois seres humanos. Ora, isso basta para mostrar que daí não pode sair nada de especial. O humano é natural, como esperar o sobrenatural brotar disso?

Sim, é certo que conversamos. Desde ir ao mercado comprar creme dental até o entendimento — sempre impossível — sobre a vida e a morte, muitos assuntos entram na pauta de conversas à mesa do café, na escuridão da cama. Mas a vida — a vida! — se transformara em um pós-coito perene, era placidez e platitude, e só se alterava nas discussões, quase brigas. Eram ranhuras que esgarçavam um pouco o tecido empalhado da vida diária. As emoções diárias.

O que o tempo teria provocado naquele corpo oito anos mais velho do que eu?

"Ai, Eme, sei que parece bobagem, mas às vezes fico preocupada: hoje estou aqui te ensinando a trepar, amanhã estarei velha e você todo inteirão."

E me beijava, pedindo socorro.

"Geninha, amor, do jeito que eu bebo e fumo bem mais que você, qualquer um já diz hoje que sou mais velho. Você sempre vai ser minha mestra. Quem é que vai mexer gostoso assim? Hein? Tendo isso, o que mais eu quero da vida?"

E eu beijava sua boca, nariz, descia para o queixo e já estava ficando pronto para mais uma aula. Nunca gostei tanto de ir às aulas.

"Já imaginou você com quarenta anos e eu quase uma cinquentona?"

"Geninha, você é linda, você só vai ficar melhor, imagina o quanto a gente tem para aprender."

Daquele diálogo tão distante até hoje, vejo um percurso que me lembra a Challenger, a sonda espacial que teve sua explosão televisionada na metade dos anos 1980: o voo começou inteiro e belo rumo ao sucesso até perder peças no meio do caminho, expelir algumas fumaças mais adiante, e, lá no fim, explodir, dividindo-se em dois rastros independentes e divergentes, sem conciliação possível.

Quanto maior a expectativa e o otimismo, maior a queda, maior o desastre. Fosse a Challenger um balãozinho de São João e ninguém ficaria tão frustrado.

Ela me perguntava se eu já havia me imaginado com quarenta anos enquanto ela fosse quase uma cinquentona. Agora me pego oito anos mais velho do que aqueles quarenta anos que um dia eu nem sonharia ter. Eugênia faz cinquenta e seis anos, rumo aos sessenta, e não nos visitamos intimamente faz muito tempo. Eugênia, como o tempo deve ter trabalhado silencioso e escondido sob teus vestidos? O tecido da pele demarcando novos caminhos, vincos, veredas, vales, desidratando as células, sofrendo a ação de radicais livres, assim como você se julgava na época de estudante, uma radical livre, herança dos pais que você admirava, radicais combatentes que lutavam contra a ditadura, contra o aprisionamento do corpo e da cabeça. Está no meu DNA, você dizia. É esse tecido da pele que envelhece e que se esconde sob outro tecido: a seda dos teus vestidos, os cetins e acetinados, um gosto herdado de sua mãe e pelo qual criei enorme repulsa. Não há propagandas suficientes de hidratantes, xampus e sabonetes conferindo jovialidade a tudo que é sedoso que me faça tirar da cabeça a sensação de estar tocando a lisura fria de alguma cobra — sem alusões fáceis à tua mãe, por favor.

Voltara a fechar meus olhos para a última peça de Jarrett, "Over the rainbow", apenas seis minutos, beleza concentrada depois de tanta beleza distendida. Só os abri durante os cerca de quarenta e cinco segundos de aplausos. E fiquei ali, sem entender o que via: o menino largara seu jogo e estava atento a alguma coisa que eu não sabia identificar. Um cão perdigueiro que fareja a caça, que parece perceber uma presença diferente. Ele não olhava mais a tela, havia girado o tronco da cadeira e estava de perfil para mim. Franzia o cenho para ouvir melhor, lábios semiabertos. Eu não conseguia saber, seu olho direito do outro lado do perfil — eu era capaz de jurar que até ele estava imóvel. Minha curiosidade durou os quarenta e cinco segundos. Terminados os aplausos, comecei também a ouvir o mundo lá fora, mas ainda sem certeza. Sentindo-me estúpido, me lembrei de tirar os fones do ouvido. Aí sim a certeza me trouxe alento e calor.

Vera havia voltado.

A cobra não tem pé, a cobra não tem mão
como é que a cobra sobe no pezinho de limão?
como é que a cobra sobe no pezinho de limão?

A cobra vai subindo, vai, vai, vai
Vai se enrolando, vai, vai, vai

A cobra não tem pé, a cobra não tem mão
E é por isso que ela vive rastejando pelo chão.

Era ela quem enfeitiçava o menino assim como fizera comigo. Eu me via nele, ali parado, qualquer movimento seria um ruído dispersivo e ameaçador. Vera representou a prova definitiva de que é possível apaixonar-se por uma voz. Se mais tarde eu descobrisse que ela pertencia a alguma bruxa má rascunhada no inferno, seria capaz ainda assim de me apaixonar. Faria como Luka, para que abrir os olhos ou saber quem me acaricia? Com aquela voz, poderia ser quem fosse. Mas nem feia ela era. Há muita neutralidade nas pessoas, uma longa lista dos que não nos dizem nada quanto à beleza. Nem feias, nem bonitas. Mas Vera estava longe de ser bruxa má e quase longe de ser neutra. Com aquela voz, tornava-se tão bela quanto qualquer musa de voz normal. Compensações que, feitas as contas, se equivaliam. Vera era minha musa. E o melhor: não era inatingível e jamais permitia que eu me acostumasse a ela. A voz que cantava suas cantigas de ninar — que senha sutil nós criamos! — era capaz de me comover mais que Keith Jarrett, despertava *em mim* a vontade de destilar gemidos vindos da voz dela. Imagino Vera no La Scala, em Milão, pessoas de vestidos longos e brilhantes, casacos de pele e *smoking*, tudo para vê-la cantar "Ciranda, cirandinha" e "Alecrim dourado". Seria um coro de gemidos, os homens molhando seus *smokings* com a saliva escorrendo do queixo. E mesmo as mulheres mais sensíveis, estas ficariam orgulhosas da raça. Vera faria sucesso cantando "Cai, cai, balão".

Mas ela não estava no La Scala, ela estava no terreno ao lado pipilando a nossa senha. Seu repertório de canções infantis era vasto, ela jamais repetira uma única canção para me dar o sinal de estou livre, a criança dormiu e só acorda daqui a uma hora. Da primeira vez, eu estava exatamente onde meu menino delinquente está agora. Lembro-me de ter virado o corpo para a direção do som. Na época, eu já planejava a vida de Luka, até então um biólogo que refletiria sobre a vida detonando todas as crendices. Com sensibilidade, claro. Críticos odeiam panfletos. Tudo sob a máscara da estética. Depois desse dia intenso de trabalho é que ouvi a voz. Satisfeito com o que estava planejando, não vi empecilhos em me levantar um pouco, alongar pernas, costas, braços. Desci as escadas, fui para a lateral do terreno, espaço contíguo ao da garagem, caminhando para os fundos, simulando um passeio para mim mesmo, uma avaliação qualquer do mato que crescia. Ela cantava "Se essa rua fosse minha". Eu não conseguia vê-la, apenas ouvi-la em suas cantigas. Estávamos separados por poucos centímetros, eu perto de encostar nela. Mas havia um muro bruto, chapiscado e arisco a quaisquer integrações. Louvado seja aquele portão de que o corretor à época da compra tentou minimizar a importância. Havia um cadeado voltado para o meu terreno. Não fazia ideia de onde poderiam estar as chaves. Mas ali existia um portão e os portões são símbolos universais de travessias, de comunicação. Mesmo trancado, prometia mais que um muro. Do meu lado, a poucos centímetros, uma voz encantadora de serpentes e de homens.

E, mesmo se eu achar a chave, conseguir vencer a ferrugem do cadeado, o que dizer ao sair do lado de lá? Algum desenho animado me veio à cabeça, em que o personagem despontava, assustado e constrangido, do outro lado do mundo. O que dizer?

Eugênia foi se despedir, sairia sem horário para voltar. Surpreendeu-me caminhando nos fundos de casa, algo que nunca me vira fazer.

"Meu próximo livro. Vai ter um biólogo, talvez botânico, estou aqui conhecendo um pouco as plantas."

Se eu subisse novamente as escadas, abrisse bem a janela e me esticasse, talvez fosse possível vê-la lá de cima. Precisaria apenas me contorcer e torcer para que o ângulo me fosse favorável. Ela já cantava uma canção que dizia haver tantas estrelinhas no céu e tantas no mar, mas eram cinco os sentidos para amar alguém. Que convite mais ousado, eu pensava.

Subi os degraus que me levaram ao terceiro pavimento, fui até os fundos, abri a janela e a vi. Sem muito contorcionismo e até parecendo natural, como quem se debruça na janela para, ora, olhar a natureza. Que natureza exuberante. Ela empurrava um carrinho, concluí o óbvio, era a babá do casal que adotara uma criança e estava zanzando e cantando na calçada para fazê-la dormir. Naquele momento, o cravo, bruto, brigava com a rosa debaixo de uma sacada. Olhei em volta, ninguém mais parecia estar em casa, a criança dormindo. Voltei a olhar para ela e ela me sorria, me pegava de surpresa. Era o sorriso que depois o casal adolescente lançaria a Luka. Luxúria ou apenas um sorriso de quem se vê observada? Fiz cara simpática, fingi que queria falar, mas estava impedido pelo medo de acordar o pequeno. Boa estratégia para dissimular a ausência de palavras prontas, a total falta do que dizer.

Minha posição no parapeito me obrigara a pressionar o antebraço direito com mais força que o esquerdo. Hábil, entortei-me um pouco para reequilibrar e saciar a sede da minha obsessão. Fiz tudo muito rápido, a desconfiança assustada dela durou quase nada.

Ela abaixou o volume do canto, uniu as duas palmas da mão e colocou-as ao lado do rosto inclinado, indicando para mim que o bebê dormira. Apenas sorri, é, dormiu, ela confirmou a minha confirmação e eu sorri de novo, dormiu, é, e ficamos sem mais nada para fazer. Ela entrou na casa, eu desci as escadas atrás de algum molho de chaves desconhecidas e, sorte, encontrei dois enormes em uma despensa que vivia fechada e na qual eu entrara duas ou três vezes desde que nos mudamos. Importante não ficar balançando molhos de chaves perto do muro, pode dar a impressão de que estou afobado querendo abrir o portão. Vou até o cadeado, vejo a marca, o tamanho da entrada da chave e suas ranhuras correspondentes, volto aos molhos, analiso possibilidades e escolho oito chaves prováveis, quartas de final, só uma chave será a campeã. Separo-as do bando, volto ao cadeado, jogo as chaves na grama, sem alarde, e começo o assalto ao meu novo cofre, promessa de tesouros guardados. Sou, sim, sou tímido, mas não me custa facilitar o encontro, criar uma ocasião na qual ela venha conversar comigo. Apenas uma das chaves penetra o cadeado enferrujado, mas não tem força para girá-lo. Fico com medo de quebrá-la. Queria abrir o cadeado, deixá-lo ali, sem nada, até arrumar alguma estratégia de aproximação que não demonstrasse um interesse ativo em atravessar aquele portal para um mundo mágico de encantos. Cheguei a tentar novo mergulho na literatura infantil, usando a ideia de portais encantados e cantigas de ninar, mas o texto acabou ficando muito erótico, descambou para duplos sentidos de chaves penetrando cadeados e eu o transformei em um conto que está abandonado, enferrujando em algum arquivo do computador.

Na mesma despensa das chaves anônimas estavam as minhas ferramentas nunca usadas. Digo minhas porque as ganhei em algum dia dos pais — eu poderia jogar isso na cara de Vitória, retribuindo suas ofensas.

— Ah, é? Você diz tudo isso de mim. E você? O que diz daquele jogo de ferramentas que você me deu no dia dos pais? Aquilo não te envergonha? Desde quando eu sei usar aqueles negócios?

— Desculpe, mil perdões, sempre fui uma filha omissa, que não conhecia o próprio pai. Como nunca soube que você não conserta nem uma vassoura sem cabo? Como pude ser tão infame?

Mas agora elas me serviram e eu poderia me reconciliar com Vitória.

— Obrigado, filha, desculpe ser tão rude da outra vez. Graças a esse pé de cabra, consegui arrumar uma amante!

— Oh, papai, que bom que tudo terminou bem.

Porque foi com um pé de cabra que eu tentei ser discreto. O barulho do cadeado estourando e do metal batendo contra metal foi tão grande que tive a impressão de ouvir o bebê acordando. Voltei correndo para dentro, na ponta dos pés. Só bem mais tarde ela me disse que assistira àquilo tudo da janela do último andar. E que havia sido muito engraçado me ver correndo como uma gazela tresloucada.

Ela provocou, ela queria contato. A partir daquela tarde, sempre viera cantar desse lado do terreno. Muito repertório. Ouvi-a cantar em espanhol e duas ou três vezes em um inglês de quem sabe o que está dizendo.

Vera sabia quem eu era. Julgara ter lido dois livros meus, mas desfizemos o engano depois. Ela ficou encabulada ao confundir os títulos, eu disse que não era nada enquanto alisava seu rosto de sobrancelhas bem posicionadas. O exotismo de Eugênia, que me fizera apaixonar-me por ela e não por outras centenas de mulheres tão normais, agora era uma aberração aliviada pelo fato de ter, diante de mim, um rosto tão equilibrado em suas proporções. Sem exotismos esdrúxulos.

Mesmo as posições e trejeitos mais inusitados de Eugênia, que me ensinaram tanto sobre a arte de ter e gerar prazer, não passavam agora de perversidade barroca diante da contenção clássica que Vera colocava em cada gesto, energia e ardência entrando a conta-gotas nas minhas veias.

Antes de Eugênia, e mesmo durante nosso período de namoro, com universidade e festas de centro acadêmico, tive experiências bastante variadas, mas aprendi sobretudo a valorizar as mulheres feias, aquelas que não conseguiam ninguém. Essa teoria eu trago comigo sem saber direito se ela é de fato uma preferência ou se eu não conseguia mesmo as meninas mais bonitas. Talvez pela ausência das belas, eu aprendi o valor das feias. As feias têm uma poética de outra ordem, elas não são os poemas fáceis de exaltação, a publicidade ostensiva do sucesso. Carregam em si a multiplicidade das tentativas, a busca por se tornarem agradáveis sem a saída monótona da beleza. E como são agradecidas. Para um ego como o meu à época, inflacionado pela bebedeira e pela maconha, sair de uma festa às quatro da manhã agarrado com uma bela de uma feia era a garantia de que ela não mediria esforços. Eu as levava para a Casa do Estudante Universitário: não era bem *dentro* da edificação, e sim do outro lado do muro dos fundos: no Passeio Público. A CEU — nome sugestivo para a Casa do Estudante Universitário — é cravada no terreno onde fica o Passeio Público, uma espécie de Jardim Zoológico urbano e que acolhe, sobretudo, a zoologia humana. Era ali que eu costumava ir com minhas mulheres. Pulávamos o muro da CEU de madrugada e víamos todos os tipos de estrelas no céu do Passeio Público. Acordávamos as araras, também sabíamos gralhar. Na comunhão entre vários céus e espécimes animais, éramos todos uma só família, tudo girando e ali, naquele estado, os portais de percepção se abriram e me fizeram ver o quanto as feias são mais humanas, dedicadas, urgentes. No escuro, todos os gatos sendo pardos, elas eram quem eu queria que fossem. Eram línguas e outras mucosas, eram dedos, eram mãos, nada mais.

Quanto mais ficção escrevo, mais perco minha força de fabulação na vida concreta. Apaixonei-me por Eugênia e, como toda paixão, ela foi esfuziante e com a intensidade que nos completa e nos basta. Ela vem de repente e inteira, mas se vai aos poucos, escorrendo lenta pela ponta dos dedos do tempo, tão sutil que a rotina não deixa perceber. De qual caminhão de mudança a paixão caiu? Depois de tantos anos juntos, de dias iguais, uma ampulheta de grãos finíssimos escorre sem deixar perceber a transformação. Penso como seria se fosse possível viver com os olhos fixos no espelho durante oitenta anos. Começaríamos enxergando uma criança e terminaríamos por ver um velho sem que conseguíssemos flagrar alguma fração minúscula de segundo em que essa mudança fosse perceptível. Olha, acabei de ver que minhas bochechas não são mais de bebê. Por que saltas assim com tanta pressa, pomo de adão? Peguei você, primeiro fio de barba! Onde pensa que vai, primeira ruga aparente que acaba de surgir sorrateira? Alto lá, primeiro pentelho branco. Por que começastes a encurvar, coluna e espáduas? Não, nenhum flagrante possível. Com a paixão é assim. Se o costume nos faz aturar um ao outro, ampararmo-nos mutuamente, até com laivos de carinho, chamaremos isso de amor. Por isso, digo: meu poder de fabulação diminuiu à medida que escrevi livros. Ou é apenas coincidência e a diminuição se deva simplesmente à passagem dos anos, mas o fato é que não consigo mais ir para um quarto escuro com Eugênia — seja no conforto de uma bela casa ou nos fundos de um zoológico urbano — e imaginá-la outra pessoa. Ela não tem culpa, apenas essa imagem que criei dela tem culpa, que independe de seu corpo — e que, em termos objetivos, é muito mais atraente do que a média das mulheres.

O corpo de Eugênia era o caminho conhecido, tantas vezes pisado, seguro e estável, sem relação com a neve de Luka e suas metáforas. O de Vera era a novidade, a trilha ignota, a promessa das avalanches. Porque existe uma espécie de ergonomia da traição, uma adaptação anatômica de corpos que é desnecessária quando a relação se dá entre pessoas que copulam entre si há muitos anos. Com Eugênia, quaisquer relações se dariam de maneira automática, os encaixes do corpo, os modos de posicionar quadris, joelhos e cotovelos, a adaptação de olhos fechados ao comprimento das coxas e níveis de angulação das pernas para que as conexões acontecessem sem percalços. Não há mais descoberta. Tudo se desnuda sem mistério, antes do primeiro abraço, sem a varredura dos sentidos curiosos que fazem entrar no observador cada detalhe, pinta por pinta, dobra por dobra, texturas e viscosidades, perfumes, sabores e os primeiros sons de respiração pesada de onde escapam os gemidos. Todas as extravagâncias domesticadas. Tão domesticadas que o feijão e arroz de Vera me fizeram sentir conforto, acolhimento e, por isso, eram sinônimo de uma nova extravagância, de outra ordem. Exceção feita a um passeio inusitado com a planta dos pés pelo meu corpo, a passividade dela me comoveu. Fosse Eugênia passiva e eu experimentasse uma Vera doidivanas, estaria agora igualmente tocado com Vera, não com Eugênia. Mesmo com todos os contratempos e desastres potenciais que representam uma relação inédita: um corpo desconhecido, o nervosismo adolescente fazendo-o duvidar de que pode apresentar as armas, joelhos beliscando a pele do outro, fazendo-o urrar de dor, os abraços de outras circunferências, a pele de outra densidade, ossaturas outras, dentes que se batem — fiz questão de pagar uma restauração a Vera —, a hesitação atrapalhada na mudança das posições graças à ausência de ensaios, a temperatura e o conforto geral da nova morada provisória, onde o desejo atomizado se aloja. A tentativa de tudo fazer sem perder o clima entre um ato e outro, sem *intermezzo*, buscando descobrir e manter as novas embocaduras. Tudo exige novas adivinhações e acordos silenciosos entre os corpos. Mesmo o silêncio é diferente, assim como as palavras eventualmente faladas — mais raras em Vera. Certa vez pedi a ela que cantasse em meus ouvidos uma cantiga de ninar e isso a deixou encabulada. Não cantou.

Mas Vera não usava seda, cetim e similares. Seus vestidos de malhas de algodão tinham um caimento que estimulava meus levantes.

E ela voltara. Depois de mais de uma hora ouvindo Keith Jarrett e seus gemidos ao piano, descubro que há encanto maior: uma mulher cantando cantigas de ninar. Eu a vejo pelos olhos loucos do menino, que mira uma estante de livros querendo ver além dela, querendo enxergar o som e a dona da voz. Que espécie de encanto ele sente? Quem está agora olhando o vazio é o menino que diz estourar miolos ou que cheira flores? É uma besta farejadora de fêmeas ou o anjo em busca de um colo acolhedor de mãe?

Mas eu não quero me acanalhar para o mundo dizendo ao menino essa voz é minha, sou eu quem a escuta há quase três anos, é essa voz que solta uns falsetes ébrios em razão de minhas artimanhas e sagacidades. Um pudor que talvez se explique melhor pelo medo que tenho de que ele me denuncie. E me sinto criança apanhada em meio a uma travessura qualquer, que pede ao colega que não conte nada para sua mãe. Da criança envergonhada ao adulto que sonha ter o corpo de Vera o quanto antes, uma queda de braços que me fará buscar de todas as formas uma reconciliação. Que os braços façam força para o mesmo lado. Antes de tudo, preciso dar um jeito de convencer Eugênia a levar o menino com ela numa dessas pseudopesquisas. Se ela resistir como vem resistindo, tenho ao menos de falar com Vera, dar uma satisfação para não atender aos seus cantos, aos seus chamados.

Ele finalmente se descongela e olha para mim. Percebe que também estou parado, fones de ouvido na mão, ouvindo os cantos da sereia.

A mão direita tem uma roseira,
Que dá flor na primavera.

Entrai na roda, oh, linda roseira,
E abraçai a mais faceira.
A mais faceira eu não a quero
Quero a boa companheira.

"É Vera, a babá do vizinho."

"Que voz, hein?"

"Bonita, não?"

"Vamos passear lá nos fundos?"

Eu estava louco para ir.

"Melhor não, preciso escrever. O livro novo."

Ele obedeceu, meio triste. Não era mais o delinquente que tinha uma arma e nos mandava acompanhá-lo por onde quisesse. Prendia-se a nós como um filho que pede permissão para brincar descalço em algum lugar. A arma tornara-se um objeto remoto e quase perdemos o real motivo que nos fazia estar juntos o tempo todo: o temor de que o denunciássemos ou o atacássemos. A determinação de ficarmos unidos se mantinha, mas os porquês, causas e consequências haviam se diluído. Unindo a pena do seu olhar decepcionado à minha vontade de ouvir Vera mais de perto e justificar a ela minha falta de prontidão, acabei cedendo, usando como desculpa a ameaça remota.

"Vamos, então. Afinal, se eu não for, você não me estouraria os miolos?"

Ele sorriu sem nenhuma maldade, deixava entrever apenas um rosto encabulado. Eu disse ainda que ela estava viajando havia muito tempo e que essa poderia ser uma boa hora de mostrar cortesia e dar-lhe as boas-vindas.

"Ah, vocês se conhecem?"

"Meio de vista."

Fomos para os fundos, ela diminuíra um pouco o volume,

sinal de que a criança começava a dormir. Agora seria simples, não fosse o menino. Era atravessar o portal dos sonhos e ter Vera por uma hora. Tempo ideal para evitar os constrangimentos posteriores sem ser deselegante. Ela mesma tinha muitos pudores em me manter na casa com a criança acordada. Eu era expulso com gosto, retirava-me, encolhido mas satisfeito. Agora, com a presença desse menino em minha vida, difícil atravessar o portal, ou o portão, das delícias.

Assim que viu o portão e que o cadeado apenas fingia estar trancado, olhou para mim com cara alegre. Abriu, bateu no portão de metal, eu fiz um chiado de silêncio, apontando para o outro lado e fazendo o gesto de que uma criança dormia. Ele franziu o rosto e alargou os lábios, sem sorrir, sinal de que fizera bobagem. Esperamos um tempo e nenhum choro se anunciou. Quem abriu o portão foi Vera. Um sorriso delicado se abriu com ele. Logo, ao ver o menino, o sorriso se fez surpreso. Tive de pensar rápido e explicar alguma coisa.

"Esse é um sobrinho nosso lá de. De Florianópolis."

O menino fez cara boa, simpática, mas não conseguiu dizer nada. Enfiou as duas mãos no bolso, a mão direita mal colocada por causa do revólver.

"Ela é uma grande amiga de Eugênia."

Alguma formalidade incrustada na minha educação dizia ser necessário apresentar a ambos. Mas eu não precisava fazer isso, ainda mais dizendo que elas eram amigas. De onde tirei aquele grande disparate? A surpresa que minhas próprias palavras me causaram estava também estampada no rosto de Vera. Eu não precisava mentir. Bastaria omitir. Eu não dissera a ele que nos conhecíamos apenas de vista? De repente, ela era grande amiga de Eugênia. Mas afinal não tenho obrigação de conhecer os amigos de Eugênia. Apesar de mal convencido, tranquilizei-me.

Ficamos ali, naquele jardim, escondendo uns dos outros algumas verdades e cochichando sobre temas superficiais, coisas que apareciam ao alcance de nossos olhos, que grama bem cortada, por que estes mosquitos nessa época do ano, tapas nos braços para matá-los, uma nuvem ameaçadora, a idade da criança que dormia ali a alguns metros, na sombra, o que fez o menino fugir do roteiro de descrições imediatas, brincar com a vida boa do bebê, se lembrar da época em que todos éramos assim, só comíamos, bebíamos, brincávamos e sujávamos as fraldas, Vera sorriu mostrando diversão, ao que emendei dizendo que a vida dele em nada diferia da do bebê, e sorri, mas sorri sozinho, Vera achou maldosa minha brincadeira, o menino aproveitou para me cutucar dizendo que melhor ainda seria ficar em casa fazendo o que o bebê fazia, escrever umas histórias bobas e ainda ganhar dinheiro com isso, o que fez Vera sorrir de novo, avisando que gostara da vingança para a minha maldade pioneira. Mas o menino não parecia dizer aquilo de um modo a contra-atacar minha maldade. Ele atraía certa admiração. Vera não percebeu isso e sorriu uma terceira vez quando ele disse que as cantigas de ninar que ela cantava tinham efeito curioso nele: acalmavam, mas não o faziam dormir; ao contrário, o despertavam. Foram três sorrisos seguidos para o menino e nenhum para mim, a quem ela não via fazia um bom tempo. Tentei ser engraçado mais algumas vezes e o resultado foi um constrangimento atrás de outro. Desconcertei-me, vontade de gritar eu sou engraçado, sim, sou escritor premiado e domino todas as técnicas de risos e lágrimas, parem com esses sorrisos que me excluem. Eu tentava uma cumplicidade de olhar com Vera, queria que meus olhos fossem capazes de dizer pois é, agora tem esse maluco aí, então vamos ter de esperar um pouco, estou morrendo de saudades. Mas os olhos dela estavam nos olhos do menino, uns quinze anos mais novos que os dela. E não olhavam para os meus, quinze anos mais velhos. Para aplacar minha inveja, o ciúme que eu não reconhecia desde os tempos da faculdade, forjei a minha versão de perversidade: Vera, a essa altura, de tanto olhar para o menino, já reparara no seu olho direito, que olhava para todos os lugares improváveis. Já assimilara seu estrabismo e devia estar fingindo atenção para disfarçar o choque de encarar um olho fora dos eixos. Piedade, nada mais, o que também me comove e me acende o fogo. É bom ele ter esse defeito para eu poder exercitar minha piedade. Bonito e bem esculpido de corpo inteiro, o artista, maravilhado, pronto para dizer "*parla!*", deve ter-lhe tocado acidentalmente com o cinzel no olho direito, estragando a peça. Em vez de "*parla!*", acabou dizendo "merda!".

Sei, sei bem, tudo isso porque tenho ciúmes. E ciúmes de. Ciúmes de ambos. Inveja de ter ficado de fora nessa conversa em que os dois se comunicaram tão bem, riram com gosto e verdade. Vera ignorava que ele era um sequestrador, o menino não sabia que estava de gracejos com a minha amante. Sabiam apenas que eu havia mentido sobre cada um deles. Agora estavam lá, engraçados, enquanto eu sentia subir em mim o desejo da posse. Eu sabia de todas as verdades, mas de nada adiantam as verdades quando ignorá-las é o melhor.

As cantigas de ninar, tão maternas, vinham da boca de uma mulher que tirava as roupas para mim. O revólver apontado na minha cabeça um tempo atrás vinha de um menino que brincava no computador e a quem eu assistia tomar banho todos os dias exibindo uma beleza que me fazia pisar em chão de gelo batido. Desconcerto-me com a função simultânea de dominador e refém. Talvez eu seja apenas um refém coadjuvante e, nesse caldo de contradições, vejo um marginal protagonista, um marginal no centro. Um marginal que não está no centro por causa de ameaças ridículas, mas por causa de fragilidades inauditas. Apaixonado por quem me rouba a liberdade e os sentidos, acabo fascinado pelos algozes. A Síndrome de Estocolmo chegou até mim. Que outras respostas teria para esse interesse por quem me subjuga, menos pela violência e mais pelo jeito de ser, pelo fato de existir? Sou aquele que sabe de todas as tramas, aquele que inventa versões, que apresenta um sequestrador como sobrinho e a amante como amiga da família, só eu sabendo as verdades completas. Mas isso não me faz dominador. A verdade não me serve para nada quando vejo, na minha frente, esses dois seres que ignoram uma série de coisas e que, entretanto, exercem sobre mim um domínio paralisante. Do ponto de vista em que estou, serei sempre protagonista do meu mundo. Todos são protagonistas de seus mundos. E quando todos são, ninguém é. Na vida, toda narração é em primeira pessoa. Com o menino e Vera aqui, sinto-me secundário de mim mesmo, personagem frouxo e manipulável, que não consegue usar as verdades que sabe a seu favor, deixando os outros exercerem toda a força de suas ignorâncias.

Não há o que fazer, não posso dispensar o menino e correr com Vera para o seu quarto de babá, onde nos amamos quase sempre em silêncio, contidos e ardentes, para não despertar a criança que dorme perto. Já conversamos tantas bobagens ao lado do portão dos fundos, ela já foi tão atenciosa e caridosa com o longo papo sem sentido do menino que não teríamos mais tempo. Já era possível ver a criança se remexendo no carrinho, o despertar se anunciando. Quis me despedir olhando para ela e rogando cumplicidade, algo como veja, agora ele está aqui, então talvez não nos vejamos daquele jeito tão cedo. Ela me olhou na despedida e sorriu. No sorriso era possível ler qualquer coisa. Preferi entender que ela entendeu. O menino não queria entrar, não sabia por que deveríamos nos retirar só porque a criança acordava, essas coisas. Eu disse que ainda não havia escrito nada, que já tinha colaborado em vir com ele até os fundos e que a uma hora dessas, sem essa pausa, eu já teria duas páginas a mais do meu novo livro. Vera também não entendia por que ele deveria vir junto comigo, afinal um sobrinho não vai se perder no próprio quintal de casa. Enquanto o menino voltava, resignado, eu disse baixinho para Vera, mais por gesto que por voz: drogas, ele tem problemas com drogas.

Escrevi muito nas últimas semanas, mas agora estou bloqueado quanto ao que fazer para encaminhar o romance de Luka para seu final. Reforcei sua carência, sua vida assexuada que combinava a satisfação imaginária com ambos os sexos. Diverti-me criando outras situações envolvendo projetos de arquitetura, nas quais pude despejar meu diletantismo advindo das conversas com Eugênia, ela própria uma arquiteta por formação. Para suavizar a discrepância entre o núcleo que trata da vida privada de Luka e o núcleo que fala de sua profissão, seu aparente gosto por urbanismo e mobilidade urbana, satisfiz-me com a criação de um arquiteto gay vindo de Barcelona e que entrara no escritório de Luka espargindo a tese de que as cidades eram criações masculinas e que suas estruturas fálicas estavam por demais visíveis nas torres e arranha-céus. Eram imensos pênis a nos lembrar de que vivemos em uma sociedade machista, em um culto contemporâneo ao falo em pleno século vinte e um. Luka pensou muito na ideia do arquiteto, assustou-se quando ele disse que esses símbolos do macho que comanda eram esfregados diariamente em nossas caras e imaginou como seria uma cidade feminina, composta apenas por ruas muito curvas, viadutos siliconados e túneis.

É a primeira vez em toda a carreira que crio um personagem que não é escritor. Onde os admiradores veem um estilo, os detratores veem fórmula. Estou curioso para ver o que cada um dirá agora, ao ler a história de um arquiteto com distúrbios sexuais, algo que ele próprio não chamaria de distúrbio.

Li, li sim, algumas coisas sobre biologia, sobretudo evolução, para fazer de Luka um biólogo. Fiquei fascinado com a ideia de que o pai — ou mãe — de todos os seres vivos, de homens a nabos, do ornitorrinco ao alecrim dourado, o ser fértil capaz de criar tudo o que existe, o deus gerador, tenha sido muito provavelmente uma bactéria. No entanto, fiz de Luka um arquiteto, algo de que eu tinha um conhecimento mais orgânico, menos enciclopédico e que certamente me daria menos vontade e ocasião para derramar meu arsenal de ceticismo.

Eis que criei Luka, agora pronto, crescido, trabalhando, cheio de conflitos. É nesse menino que eu também preciso dar um jeito. E não consigo pensar em solução mais interessante: Luka terá vontade de ir a uma boate gay. Como uma espécie de tira-teimas, para responder a si mesmo o que sentiria ao ver esse universo desconhecido para ele. Também para mim. Nunca frequentei lugar assim, julgo-me liberal sabendo que minha reação pode revelar um Emílio cujo corpo desminta aquilo que seu verniz de civilização faz transparecer e vende no discurso. O safado do Emílio agora se vê pudico, receoso diante de outras possibilidades. Seria uma boate igual a qualquer outra? Onde há boates desse tipo em Curitiba? Posso ficar parado no meu canto, só observando, sem ser cantado ou importunado? Trata-se de um lugar para as pessoas irem e eventualmente flertarem ou é sacanagem deslavada onde ninguém é de ninguém? Há *go-go boys* querendo se esfregar na gente? Haveria *go-go girls* para as lésbicas? Minha ignorância é total, mas a vontade de colocar Luka em uma situação dessas é grande. Imagino para ele duas possibilidades extremas: ser envolvido por um ritual dionisíaco daqueles de perder o caminho de casa ou frustrá-lo uma vez mais. É uma cena vital, o arco do triunfo para o qual todas as cenas anteriores vão convergir. Constranjo-me ao ter de dizer isso a Eugênia, pedir que ela fique com o menino dessa vez, que ela seja a voluntária da noite para servir de refém.

"Você pode ir na outra semana. Eu, de quinta a domingo, estarei envolvida na festa da igreja. É parte importante da pesquisa. Boate gay tem todo o dia. Festa em igreja é só de vez em quando. Ali eu vou poder ver a força do conjunto, vou acompanhar toda a organização, o trabalho colaborativo, a fé transformada em obras. Você vai à sua boate gay na semana que vem, eu fico com ele. Mas essa festa e, principalmente, toda a organização coletiva dela, eu não posso perder. Vamos inclusive pegar depoimentos gravados. Espere mais uma semana, não seja criança."

Seria cômico se eu não estivesse tão irritado. Pessoas reunidas em torno do culto a uma bactéria mobilizavam-se em grandes festas de arrecadação para a própria organização responsável por difundir a ideia de uma bactéria criadora.

Mal a manhã de quinta acabara e Eugênia já havia saído, dizendo não ter horas para voltar, se voltasse. Passei a tarde fazendo arrumações no livro, imprimi algumas partes para liberar o computador ao menino, ávido por salvar o planeta — por mais que façamos, o planeta sempre vai precisar ser salvo. Depois, fizemos um lanche leve e fomos caminhar já ao anoitecer, eu tentando supor como seria a boate ou se outra solução poderia prescindir dela. Até poderia, mas ideias fixas não têm esse nome por acaso.

"Por que não me leva junto nesse lugar?"

Nesse lugar não diz nada. Tive de pensar que o pronome demonstrativo aparece para substituir um nome que já está implícito na conversa, por ter aparecido antes. Estaria ele se referindo à boate ao falar nesse lugar?

"Você sabe que lugar é?"

"Um lugar em que homens namoram homens, não?"

"E mulheres com mulheres."

Eu disse isso para querer mostrar conhecimento, embora tivesse muitas dúvidas.

"Então, que tem de mais? Cada um namora quem quiser."

Ele era um anjo ou um pervertido, pela milésima vez eu me perguntava.

"Você já tem dezoito anos?"

"Quase dezenove!"

O jeito que ele tinha de se assustar com algumas perguntas, como se fossem idiotas, era encantador.

"E se fizerem uma revista na entrada? Vão descobrir teu revólver."

Ele não tinha uma resposta pronta. Pensei que pudesse responder vamos e venhamos, esse revólver é inútil, você sabe que não vou atirar em ninguém nem você vai me bater ou denunciar, não precisamos mais nos enganar. Mas ele não disse nada, eu não disse nada. Parecia impossível sair comigo sem a arma, algum receio inexplicável a essa altura. Ele comprimia os lábios, pensativo.

"Pelo menos vamos, esperamos alguém entrar na nossa frente e, se tiver alguém revistando, a gente volta."

"Por que você quer ir lá?"

"Pra ajudar você a escrever o livro."

Fiz cara de desconfiado, ele não entendeu. No jogo entre o anjo e o pervertido, novos empates, eu sem conseguir decidir de que espécie era esse menino. Por que ajudaria seu refém? Estocolmo ao contrário? Havia algum traço de excitação com a ideia de frequentar um lugar como aquele ao qual ele sugeriu que fôssemos juntos? Tantos empates e não consigo ver meios-termos: ou ele é um dissimulado perverso, que domina a técnica com maestria, ou é a ingenuidade encarnada e perdida em um mundo cercado por todo o tipo de maldade. As ameaças vindas daquele corpo poderiam ser comparadas a um desenho infantil sendo dublado por um personagem de Chuck Norris. Ou o contrário. Ou uma mistura indecifrável disso tudo, a pedra embalada no veludo, o veludo recheando a pedra seca, papel, tesoura, pedra, pedra que quebra a tesoura que corta o papel que embrulha a pedra, infantilidades.

A oferta dele me dava inúmeras vantagens. Por não ter partido de mim a sugestão de irmos juntos, senti-me menos pérfido. Capitalizei isso a meu favor, simulando hesitações moralistas. Irmos imediatamente também me permitiria escrever já amanhã. Ainda diria a Eugênia que ela se enfiasse onde bem entendesse. Eu e o meu menino éramos maiores de idade, livres e não dependíamos de um churrasco de igreja.

"Então vamos."

Ainda era cedo, eu supunha que a coisa fervesse depois da meia-noite. Mas poderíamos chegar com o lugar vazio, nos ambientaríamos, isso seria bom. Perguntei se ele conhecia alguma boate, até para sondar melhor qual era a sua. Ele disse que nunca tinha vindo a Curitiba. Poderia estar supondo que conhecia alguma coisa na sua cidade e que, lá sim, era frequentador.

Rodamos de carro um pouco sem rumo, esperando o tempo passar. Eu tinha os endereços na minha cabeça, a internet dando várias opções, boates, saunas, pontos de encontro. Passamos na frente de todas elas, escolhemos uma que nos pareceu mais requintada, algumas pessoas já entrando. Sem revistas, apenas dois homens de preto entregando comandas de consumo. Aquilo me deu a primeira tranquilidade. O ambiente escuro, um pouco de gelo seco para simular o charme dos cigarros, que eram proibidos — eu voltaria a fumar se fosse permitido fumar lá dentro. Não estava tão vazio, mas conseguimos uma boa mesa, bom ponto de observações, eu de costas para a parede. Em qualquer lugar, o incômodo de saber que me veem pelas costas. Procuro sempre os cantos e as paredes atrás de mim. Ao contrário do que previra, gostei de encontrar bastante gente, acabávamos sendo mais uns. Colunas emergiam de praticáveis mais altos em relação ao nível do chão. Enquanto Eugênia mergulhava na consagração do corpo e do sangue em altares destinados àquilo que chamam de sagrado, eu via duas colunas de *pole dance* saindo de outro tipo de altar, sendo de outra natureza a consagração do corpo, o sangue pulsante. O rito do corpo sobrenatural em contraposição a uma naturalidade que a moral insiste em querer esconder.

Pedi uma cerveja especial, escolhida pelo nome desconhecido. Ele bebeu coca-cola. Queria por algum motivo manter a sobriedade. Talvez tivesse algum medo. Ou era mesmo uma criança mais perdida do que nós, dentro dessa situação ridícula que estamos chamando de sequestro. Eu já ouvira falar que os melhores traficantes não são viciados. Assim podem ter maior controle sobre tudo o que acontece, sobre todos os alucinados que chegam oferecendo a mãe em troca de um pouco de droga. É admirável que seja assim tão experiente, tão meticuloso em relação ao controle que quer exercer sobre quem se aproximar. Ou aquele olho espevitado era uma parte que representava o todo, uma puerilidade que o fazia abrir a boca e olhar ao redor como se nunca tivesse visto aquilo, nem em revistas, nem em filmes ocasionais. Porque eu não notara nenhuma diferença entre a boate de agora e as imagens que eu trazia na cabeça, baseadas em retalhos de filmes, revistas folheadas a esmo, que moram em nós sem que saibamos como entraram.

A cerveja era boa, um corpo espetacular, e parei de me assustar com o preço, velho vício da época de estudante. Pedi outra enquanto ele olhava em volta. Flagrei-o fazendo bolhas no copo, soprando a coca-cola em vez de sorvê-la.

O lugar ficou cheio, a música era alta e quase não conversamos, o que achei bom. Eu fora até lá para observar, não para conversar o que quer que fosse. O que passaria pela cabeça dele: estou aqui bebendo coca-cola como uma criança vai a uma festa com piscina de bolinhas. Ou: estou na chuva para me molhar, se ele me trouxe é porque supõe que não sou santo, já descobriu meu jogo de ingenuidades sedutoras, se ele me trouxe é porque supõe que vai.

Os primeiros beijos públicos começaram a aparecer. Devo manter a calma, um escritor não se abala com nada, tem o olhar alargado pela experiência de tantas vidas lidas e escritas, cada um namora quem quiser. Ele os olhava com curiosidade, mas um olhar curioso não ajuda a responder as minhas dúvidas. Tanto uma criança quanto um pervertido podem olhar curiosos para um beijo entre homens. A música aumentara de intensidade e nem que berrasse eu seria ouvido. Da mesma forma, não consegui ouvir o que dizia o rapaz que se aproximou grudando os lábios na orelha dele. Disse algo que o fizera rir e eu me incomodei, lembrei-me dos sorrisos trocados com Vera, agora esse desconhecido fazendo-o sorrir. Talvez seja meu dever protegê-lo, talvez eu seja um velho condenador de sorrisos. Talvez eu esteja com ciúmes. Ele se levantou e me fez um gesto apontando para o banheiro. Temi, mas não havíamos feito nenhum pacto, eu não era seu pai. Tecnicamente ele me mantinha refém de algum plano incógnito também para ele. Fiz um ok, liberando-o. Ele sorriu para mim, sorriso adorável, olhinho viajando, como se dissesse como assim, posso ir? Eu precisaria ir junto, afinal devo andar com ele, sou seu refém, ele tem um revólver pronto para estourar meus miolos. Agradou-me a ideia de ir junto para conferir se ele não iria fazer besteiras com aquele desconhecido inoportuno que colocou a boca babada na sua orelha. Na minha cabeça, o que foi dito entre eles, que importância isso tem, por que tanto incômodo. Só no banheiro, som da música eletrônica abafado, consegui dizer:

"Eu não tenho mais nada para ver aqui. Por mim, podemos ir para casa. Já conheci o lugar, já posso escrever sobre ele."

Ele urinava de costas para mim e esperou um pouco, sem que eu conseguisse saber se lamentava a ida tão cedo ou se era uma questão psicomotora que o impedia de responder porque a braguilha engatara em alguma coisa que não o deixava fechar a calça de pronto. Até que disse, com naturalidade, claro, vamos.

Antes de sairmos, vi que começava uma sessão de *strip tease*. Não tive curiosidade, ou tive algum receio, perturbação cuja origem não me era clara. Quis sair com pressa. Talvez sozinho tivesse disposição para ver algo que poderia contribuir com o andamento do livro e da vida de Luka. No entanto, ele ali ao meu lado, umas cervejas zanzando na minha cabeça, que adulto irresponsável eu seria ao fazer um menino assistir àquilo, mesmo sendo ele meu sequestrador, que adulto irresponsável eu seria de arriscar assistir com ele a um desnudamento de corpos, imagens a girar em carrossel, coisas que me assustavam, que eu repelia com suposta diversão, como se conseguisse usar um disfarce para enganar a mim mesmo, ou que adulto irresponsável eu seria ao estimulá-lo a algum *affaire* que o faria apaixonar-se e ter que levar uma figura qualquer para a minha casa.

Só ideias idiotas, claro.

Paguei apressado e o ar frio da noite me fez bem. Não importam os calendários, em Curitiba o frio sempre se esconde nos escuros. Puxei o ar com força, refresquei os pulmões, a cabeça pareceu pensar melhor, mas a lucidez só fez o mistério ficar mais nítido. A lucidez não fez a loucura sumir. Eu estava chamando de loucura aquilo que me desconcertava por instalar divergências. O ar frio, os pulmões e a cabeça refrescados me fizeram esclarecer quais eram meus pontos obscuros e mal resolvidos. Não os resolvera, mas os colocara na mesa. Agora vejo: é um caminho escuro.

O menino recebeu uma cantada e sorriu. Eu não gostei, aquilo me incomodou, me fez sentir. Ciúmes. Mas qual a diferença entre o ciúme e a inveja? Porque eu posso ter sentido inveja daqueles corpos jovens e bem esculpidos se buscando e eu, cintura larga, ombros caídos, era um figurante ou um traste decorativo que ninguém percebe. O amor-próprio pisoteado era uma explicação para meu desconcerto no mundo. Pode também a inveja ser ciúme. Mas de quem eu sentia ciúmes: do menino-filho ou do.

Luka, você só me arruma confusão. Quer se vingar da vida miserável que arrumei para você.

Fingindo descontração, forcei um sorriso.

"Vai, conta aí, o que aquele rapaz disse pra você lá dentro, tão pertinho do ouvido?"

"Você acredita que eu não entendi nada? Ele sorriu e eu só devolvi o sorriso, uma coisa genérica, pra não ficar chato."

De novo, isso nada elucida. Ele mente, o que revela uma alma que joga, com artimanhas. Ele diz a verdade, parece ser um menino preocupado com gentilezas. Quando ele diz que não entendeu nada: ou a música era alta e não pôde sequer decodificar as palavras ou, ouvindo-as, não foi capaz de interpretá-las. Isso faz bastante diferença. Quando lhe fiz a pergunta, como posso julgar ter visto um rubor subindo pela sua face se o interior do carro é escuro e mal consigo fitá-lo? Eu, o inabalável desvelador de almas, agora me abalo com um bostinha que entra na minha vida e, apesar de toda a sua fragilidade — ou talvez por isso mesmo —, não sei como expulsá-lo de casa a chutes e pontapés.

Minha tentativa de conhecer o cenário no qual Luka iria decidir parte de sua vida me fez acumular outras ignorâncias.

Chegamos em casa e digo que não vou dormir. Eugênia não veio, deve ter se metido em alguma novena madrugueira que para ela comprova — não há dúvida, Eme! — a força da oração para o estímulo à caridade. Sou ríspido com ele, não dou alternativa, vou escrever e pronto, ele que se vire, se quiser dormir, que durma, se quiser ficar nessa vigília ridícula, que fique.

É a opção que ele tem. Senta-se na poltrona de leitura, às minhas costas, enquanto ligo o computador para escrever. Ele é a respiração na minha nuca, o ser invisível que me vigia. Alguém com poder para, da poltrona confortável, mirar a minha cabeça e disparar, fazendo-me parar de existir sem qualquer sofrimento ou drama. Aquele que veio do nada voltaria ao nada e cessariam todas as tagarelices. Um pouco de sangue na tela. Eu adormeceria na frente do computador, como tantas outras vezes, agora sem nunca mais acordar. Luka estaria ali, sua vida escrita no editor de texto. Seu dedo poderia saltar da tela e me tocar para ver se eu estava morto de verdade. Ao contrário dele, vivo de mentira. Em vez de atirar, o menino pega um livro e meu iPod. Enterneço-me, o que, já sei, não ajuda a explicar nada.

É hora de fazer a vida de Luka caminhar, mas não consigo sair desse redemoinho que se move apenas marcando passo. Tudo o que acontece na vida dele não leva a desfechos nem a aberturas para outros caminhos. Até dou espaço a esse arquiteto de Barcelona, faço-o roubar algumas cenas, Luka se vê cindido diante dele, talvez um ciúme profissional. Até escrevo bastante, sem parar. A respiração atrás de mim ressona? Luka vai à boate gay, mais e mais crises, alguém encostando os lábios e umedecendo seus ouvidos, música alta interditando a intenção das palavras, descrições pontuais do ambiente, umas fantasias com a coluna da *pole dance*, outras e tantas simulações e emulações, até que vê o arquiteto lá, acena com a cabeça, fingindo displicência, mas sequer é reconhecido, sente-se invisível, criatura tão imaginária quanto as fantasias que cria. Bebe um pouco, deixa-se envolver pela música eletrônica, caminha entre as pessoas para se sentir tocado.

Páginas e páginas sobre uma aventura sensória que, aos poucos, foi aterrissando, o chão voltando a ser firme, olhos que já não imaginam e apenas veem a materialidade da boate se esvaziando, garçons começando a varrer o chão, cadeiras de pernas abertas para cima — o último resquício de erotismo na noite que vai embora.

A covardia. Preferi fazer com que Luka mantivesse seus impasses. Desejei escrever cenas picantes na boate, todas as imagens já formadas na cabeça, pornografia deslavada. Não consegui. Sei que qualquer coisa que eu escreva vai encontrar os mesmos elogios e seus contrários correspondentes esperando para serem escritos nas resenhas de jornais e revistas especializadas. Uma cena simples e rápida será vista como tosca e covarde pelos desafetos, precisa e enxuta pelos admiradores. Se mais longa, será vista como intensa pelos fãs. Pelos detratores, afetada. Não era essa a preocupação que eu tinha em relação à cena de Luka. Era algum temor de outra ordem.

O menino dormia. Acordei-o para dizer que eu iria para a cama, se quisesse me acompanhar. Por acompanhar, quis dizer dormir no colchão aos pés da porta do quarto. Adormeci pensando nos torvelinhos. Três horas depois, levantei-me, passei por cima do menino entregue ao sono — o dever de me vigiar é dele —, e fui direto para o computador, enchendo-o de páginas que não faziam a vida de Luka sair do lugar.

É preciso respirar. Ar. Luka, é preciso respirar. Parar de ver pernas bonitas embaixo da água. Coloque a cabeça para fora, saia desse mundo de afogamentos diários. Para isso, você irá no sábado comprar algumas guloseimas entremeadas por duas maçãs e dois cachos de uva. No domingo, colocará tudo em um cesto, atravessará a floresta cantando, lamentará de leve a ausência de lobos, e chegará ao Recanto Santa Fé Arquiconfraria das Mães Cristãs. Tua mãe está lá. Bochecha enrugada encostada à pele do pêssego rechonchudo. Ela te olhará de um jeito estranho, como se te visse pela primeira vez, depois dirá que está mais fofinho, você dirá que em breve recomeçará os exercícios e que tudo vai se ajeitar. Será um domingo de muito sol, uma pausa em seus dias nublados, a nuvem particular parando um pouco de chover na sua cabeça.

De novo, vocês jogarão palavras um ao outro que não engatarão conversas, mas, que bom, não se sentirão incomodados com isso, afinal mãe e filho já se bastam sendo filho e mãe. Será como se as palavras fossem um bolinha colorida que vocês jogassem um ao outro e a diversão estivesse somente em jogar a bola, não importando as características da bola, se ar, se plástico, se esfera. A diversão estará em lançar. Você fará o convite-convocação para saírem um pouco do Recanto e pegarem outra luz, do sol que nasce lá no Museu Oscar Niemeyer, onde você a levará para um passeio a esmo e um piquenique. Você se lembrará dos ossos dela, que a caminhada e o sol lhe farão bem para a reposição de cálcio, ela responderá bem depois, já tendo vocês mudado de assunto, que ela já pegava tanto sol no Recanto, para que ir tão longe, e você também responderá bem depois, já com ela no carro, que lá há árvores, um museu muito bonito — se lembra do antigo Edifício Castelo Branco, mamãe? —, pessoas diferentes e uma grande quantidade de cães brincando. Você deixará o carro no estacionamento da Marechal Hermes, de propósito, só para atravessar com ela o edifício, passar sobre o chão de vidro transparente, ver o pequeno lago que envolve o grande olho, ou o grande pinheiro-do-paraná, ou sabe-se lá o que seja aquela beleza multiforme. Luka, você não deverá se irritar com os passos lentos dela, ampare-a em vez de puxá-la, lembre-se das inúmeras correntes que você recebeu por e-mail ao longo da vida, aquelas breguíssimas lenga-lengas melosas feitas com letras horríveis e música pior, cheias de pôr do sol, flores e pessoas dando as mãos. Alguma delas provavelmente falava de quanto os nossos pais nos ampararam em nossos passos cambaleantes, foram pacientes e sorriam com as nossas primeiras errâncias, colocaram as rodinhas em nossas bicicletas, tudo para que não caíssemos. Pense em caminhar no passo dela, fazendo-a enganchar no seu braço como se noivos vocês fossem. Um pouco mais de cerimônia, Luka.

Esse caminho entre o estacionamento e algum gramado bom para o piquenique, lá para os lados do Bosque João Paulo II, será feito em tempo lento, muito lento. Você deverá aproveitar para desacelerar também os pensamentos, aproveite a força simbólica que a fraqueza de sua mãe confere à vida. *Slow down*, Luka. *Easy, boy*. Assim, devagar, você poderá pensar em outras coisas. Por exemplo, pensará em uma exposição que você viu em 2004, nesse mesmo museu. Você não se lembrará de detalhes, mas saberá que, entre as várias obras, figurava *O enigma de Isidore Ducasse*, de Man Ray. Você se lembrará da forma de um ou mais objetos embrulhados em uma espécie de cobertor marrom atado por uma corda. Você estava em companhia de Yasmin, lembra? E você não sabia se sentia por ela paixão de adolescência tardia ou sincera amizade. Você acha, Luka, que andar para lá e para cá em companhia de uma menina bonita como Yasmin, da mesma idade que você, não faria um ser masculino se apaixonar? Mas você não saberá, ainda mais depois de tanto tempo, discernir entre a paixão — que nos faz ter vontade de partir para cima fungando e mordendo pescoços como quem enfia a cara sem medo em um pedaço de manga madura — e aquela, oh, admiração amigável, sensível e sincera, cheia de viadagens quejandas. Aliás, você quase nunca sabe discernir nada. Você só se lembrará de ter brincado com ela — você fingiu que brincava, não? Acho que você falava sério — dizendo que a obra de Man Ray ainda precisaria ser desempacotada, alguns carregadores brutos devem tê-la depositado ali e ido fumar seus cigarros. Só diante da risada de Yasmin é que você riu também, fingindo que falava sério quando, na verdade, falava sério. Fingindo tão completamente. Que chegava a fingir que fingia.

Só agora, Luka, quase dez anos depois, é que você pensará de verdade naquela obra. Ela não te penetrou nem um pouco quando esteve ali, na sua frente. Só agora, de uma hora para outra, ela está presente em você, só agora, quando está ausente. Não é mais Yasmin quem está ao seu lado. É uma senhora de cabelos brancos, embora tingidos. Mesmo lenta e calada, ela mexe mais com você e fala mais do que Yasmin, não? Ela fala sobre a passagem do tempo, essa coisa tão desgastada e piegas, mas que uma hora ou outra bate muito forte. Sua mãe, calada, diz mais que Yasmin, que não parava de falar. A ausência d'*O enigma de Isidore Ducasse* diz mais que a presença de outrora. Você suporá que a vida, a sua ao menos, é feita de ausências e silêncios, o que, veja o lado bom, deu a você uma imaginação fértil. Você substituiu a ausência de corpos materiais por infinitos corpos imaginários. Você fez valer mais mil corpos voando do que um na mão. O que não conheceu você tentou adivinhar. Isso não é um exercício importante para a criatividade? É por isso que você se lembrará, de repente, d'*O enigma de Isidore Ducasse*? Por levar você a pensar sobre tudo o que existe, mas não se pode ver, talvez adivinhar, outras vezes sequer supor a existência? Tanta coisa que entra nessa arte do empacotamento, você pensará admirado, desde objetos como os d'*O Enigma*, que não sabemos o que são, até partes de corpos embrulhados em roupas, mas que sabemos o que são, mesmo sem o prazer de poder olhar. Você não sabe sequer o que a tua cabeça guarda, por que então você olhará de cima para baixo e se perguntará o que se esconde dentro daquela cabeça branca da mãe? Embrulhado nas tinturas negras, o cabelo branco, sim. Mas embrulhado no crânio? Qual era o seu enigma? A exemplo da obra de Man Ray, há algo lá dentro que só nos restará supor ou tentar adivinhar com os instrumentos que trazemos embrulhados em nossos próprios invólucros. Mas o que há dentro de meu invólucro, você pensará, vamos e venhamos, não é instrumento adequado para isso. É impreciso, descalibrado. É mentira que só existe aquilo que se pode ver. Há mais coisas entre o céu e a terra do que sonha o nosso blá-blá-blá. Os enigmas estão todos aí, sejam eles de Isidore Ducasse, dos corpos com os quais você sonha, da cabeça dessa senhorinha que começará a ficar ofegante caso você não tenha a decência de convidá-la para se sentar.

Vocês comerão bem depois, ela reclamará dos mosquitos,

mas ficará quieta quando avistar a estátua do Papa, sinal de comoção e agradecimento. Você ganhará seu dia?

*

Há dois tipos de ser humano: aquele que, varrendo um quintal com muitas folhas caídas, escolhe os instrumentos pensando em escolher os instrumentos, pensa também sobre as estratégias relativas à varredura, à forma como ajuntar as folhas desmaiadas, como evitar que o vento desfaça o trabalho, cabendo avaliar o tamanho do monte de folhas para decidir se já está pronto para ser recolhido; e há aquele que, para varrer o quintal, escolhe os instrumentos pensando nas escolhas que fez vinte anos atrás. A cada movimento de vassoura passam arrependimentos e orgulhos, que ele projeta, assim como as folhas que varre, para a frente, reconhecendo-se e estranhando-se naquilo que é hoje e projetando o que poderá vir a ser enquanto o futuro lhe prometer existências.

Homens do primeiro tipo preservam uma ingenuidade comovente: passa pela sua cabeça caber no mundo que lhes foi dado. Sua natureza cresce e se desenvolve no compasso das plantas que sobrevivem sem querer mudar as condições climáticas. Os homens do segundo tipo querem que o mundo se molde a eles, e o esculpem com planos e estratégias, trocam a natureza pelo artifício.

As fraquezas de Luka estão dando vigor ao livro. Uma transferência de forças. Entre cochilos e escrita, ergo os olhos do computador, já é início de tarde, nem sinal de presença humana na casa. A ida à boate deve ter causado múltiplos cansaços no menino, que nunca dorme tanto. Penso que seria bom se Vera cantasse agora alguma daquelas cantigas que me fariam levitar até ela. As duas crianças, a que ela vigiava e aquela que vigiava a mim, poderiam continuar dormindo por mais uma hora e eu me deitaria naquele colo confortável e tão cheio de boas maneiras. Levanto-me, preciso tirar da boca o gosto da manhã mal dormida, cerveja misturada a outras enzimas de uma saliva pastosa. Os rituais de asseios humanos me dão preguiça, sensação de perda de tempo enquanto eu poderia estar sem fazer nada. Alongo os músculos encarquilhados, sinto sempre os mesmos estalos, algumas dores. Ele não deve ter aguentado dormir na poltrona. Foi para a cama.

Não vou atrás dele, quero deixá-lo dormir um pouco mais, ficar me seguindo todo o tempo, afinal, deve causar sua dose de cansaço. Quantas vezes já me peguei cansado de me seguir por toda a parte? Penso em dar meia-volta e ir ao outro banheiro que não o de meu quarto.

Mas, no relance do olhar, vejo que o menino não está lá. As cobertas reviradas tombam no chão, lençóis amarfanhados de uma noite intranquila, talvez de alguém que despertou com pressa.

Menino e revólver estavam ausentes. Procurei por toda a casa. Não podia ser possível.

O que eu senti nesses primeiros momentos de liberdade reconquistada foi o vazio. Quando vi que ele teve o trabalho de se levantar, perceber que eu não estava por perto e desaparecer, foi como se me tivessem serrado ao meio e arrancado as vísceras. Eu as sentia sendo repuxadas, o corpo querendo se rearranjar a partir daquela nova situação vinda assim, súbita. A volta da liberdade conseguiu produzir apenas o imobilismo. Na cabeça não passava nenhum raciocínio, nada detetivesco querendo reunir fatos para supor eventos lógicos. Era um zum-zum indefinido, água e areia revoltas proporcionando misturas que não geravam sentido, apenas visões turvas que impediam a transparência. E que tipo de comando o cérebro passa ao estômago? Poetas de todo o mundo, esqueçam o coração. Séculos de culto ao símbolo errado. É o estômago quem sofre mais. Um coração que bate mais forte nada é comparado ao congelamento instantâneo, às pontadas incisivas, aos dedos cheios de garras pontiagudas que raspam as paredes do estômago. É isso que sente todo refém libertado? Instala-se em todo refém um sentimento de abandono? Todo refém tem vontade de reencontrar seu algoz para xingá-lo. Mas xingá-lo de mal-agradecido é coerente? Entrar assim na nossa vida, desarrumá-la toda, exigir nova organização para, de uma hora para outra, sumir e escangalhar com tudo outra vez?

Quando a água foi se separando da areia, uma decantação lenta me fez pensar em atitudes práticas. A primeira ideia foi ligar para a polícia.

— *Quero dar queixa de um desaparecimento.*

— *Qual o nome da pessoa, há quanto tempo ela desapareceu?*

— Eu não sei o nome, ela sumiu faz alguns minutos, talvez mais.

— O senhor não acha muito pouco tempo para já presumir um desaparecimento? E se o senhor sequer sabe o nome dessa pessoa, como saber que ela desapareceu? De onde? Ou ela desapareceu da sua frente, tipo desintegrou-se (risos escandalosos)?

— Não estou para brincadeiras, meu senhor. Agora preste atenção e pare de gracinhas: quem desapareceu, tecnicamente, foi meu sequestrador. Por isso, não sei o nome dele. Mas, até onde sei, um sequestrador não pode abandonar seu refém, deve vigiá-lo, cuidar para que não escape.

(mais risos escandalosos) Realmente sua piada foi melhor que a minha. E o senhor me enganou bem. No início, achei que era um caso real. Obrigado por descontrair meu dia monótono.

Seria prova de insanidade avisar a polícia. Talvez seja o caso de vasculhar melhor a casa. Ou chamá-lo. Claro, chamá-lo. Ele deve aparecer de algum canto. Chamá-lo igual a um cão sem nome.

"Ei, ô, de casa."

Nada. Gritei esse ridículo ei, ô, de casa nos três pavimentos. Fui a cômodos abandonados — entrar no quarto de Vitória me deu a sensação de triplo abandono, o quarto, a filha, o menino. Casa vazia acolhendo outros vazios. O menino era um espectro que eu recompunha em toda parte. Eu estava mais em companhia dele do que de qualquer outro ser humano. Era uma companhia de vinte e quatro horas por dia, raros os momentos em que ele ficava com Eugênia. Minha diferença em relação a Eugênia: enquanto eu *misturava* afeição e estranhamento, transformando tudo em uma massa esdrúxula e agindo sempre com essa massa dentro de mim, Eugênia *alternava* afeição e estranhamento. Por isso, agia de modos sempre imprevisíveis, ora indo caminhar com ele pelas ruas da cidade, de onde voltava rindo e contando histórias, ora perdendo a paciência e saindo de casa sem negociações, deixando-o comigo, o pensamento implícito que dizia se vira, Eme, fique com esse guri.

Penso que Eugênia poderia estar aqui, agora, para ao menos lamentarmos juntos ou para eu ouvir aquelas tiradas otimistas que tanto me irritavam e que, estranhamente, estavam me fazendo falta. Eu queria acreditar em pensamentos positivos, o que me fez avaliar com susto o grau do meu vazio, a ausência da lucidez.

Talvez melhor do que as palavras de Eugênia seria o colo de Vera. Com o menino longe, talvez eu pudesse contar a ela tudo o que se passara. Ou marcar uma consulta com Alice. Mas eu precisava de alguém para me ouvir. E me amparar. Eu não inventaria histórias, estava sem ânimo para fabular perturbações eróticas só para ver se ela mexeria o dedo mínimo, e supor, com isso, que ela começava a derreter a geleira que embrulha um vulcão. Como chegar até Alice e dizer que faltei a todas as últimas sessões porque havia sido sequestrado e só voltei porque ele sumiu e isso me causou uma perturbação danada? Haja Síndrome de Estocolmo e nomes para rotular tudo. Ao grudar tantos rótulos àquilo que sentimos, talvez a intenção seja mumificar os sentimentos, imobilizando-os até conseguirmos apreendê-los. Para aprender, é preciso enfaixar tal qual múmia. Mas para conhecer o que ficou preso dentro, precisamos desenfaixar, desempacotar, desembrulhar. Isidore Ducasse sou eu. Isidore Ducasse *c'est moi*. Desembrulhando, tudo escapa. Empacotando, tudo se esconde. Onde a saída?

Pego o telefone, consulto a agenda, não tenho o número anotado. Uma lembrança periférica me faz supor que existem alguns números de telefones importantes grudados com ímãs na porta da geladeira. Certeiro: o número está ali, tinta vermelha na folha de caderno solta. Ligo.

"Filha?"

"Como assim, filha? Filha de quem? Quem está falando? A ligação está ruim."

"Teu pai."

"Pai, que voz diferente. Fala mais alto."

"Talvez um ataque de humildade tenha me deixado a voz mais acanhada."

"Desculpa, mas não sei o que dizer, não esperava essa ligação."

"Eu também não sei o que dizer. Queria falar com você, tanta coisa, mas o problcma ć cssc: cu não sci o quc cabc ncssc tanta coisa."

"Sei."

"É."

"Onde você está agora?"

"Em casa."

"Sei."

"É."

"Ligação ruim. Muito chiado."

"Olha, não se assuste, agora já passou: nós havíamos sido sequestrados. O sequestrador foi embora hoje."

"O quê? Como assim, meu Deus, está tudo bem? Chamaram a polícia? Meu Deus, estou indo aí agora. A mãe está bem?"

"Filha, está tudo bem. Não precisa pegar um ônibus e vir para cá."

"Pai, que ônibus? Eu iria de avião. Já deram queixa na polícia, ele machucou vocês, levou muita coisa?"

"O quê? Não entendi a última parte da pergunta."

"Já deram queixa na polícia, ele machucou vocês, levou muita coisa?"

"Não, nada disso. Difícil dizer assim, por telefone, esse ruído, mas acabamos nos afeiçoando a ele, eu não sabia se ele era um substituto seu ou se. Ou se. Sei lá."

"Pai, não estou entendendo nada."

"Pois é, a ligação está ruim. Esse ruído."

"Está muito ruim, mas eu entendi o que você disse. Só não entendi... o que você disse. Entendeu? Esse negócio de gostar do sequestrador. Ele bateu na tua cabeça? Você parece tonto."

"O que você disse?"

"Pai, que história é essa de me substituir por um sequestrador? Você está bem? Andou bebendo de novo?"

"Filha, você sabe que eu parei de fumar. E, de beber, nunca mais bebi a ponto de falar besteiras. Minhas besteiras são todas fruto de minha sobriedade."

"Você fumava, pai?"

"Sim, é, tantos anos. Talvez fumasse escondido, para resguardar você. Já nem me lembro mais. Mas, por favor, não me acuse de ausente só porque você não sabia que eu fumava."

"Pai, jamais vou chamar você de ausente. Isso já foi há tanto tempo."

"Como o tempo para essa geração é diferente. Para mim, ainda dói como se você tivesse dito tudo meia hora atrás."

Eu gostei de me fazer de cão vira-latas. Tudo o que eu precisava era de afago, jamais pontapés. Falar com Vitória, senti-la mais serena, me deu um alento importante. Às falas que eu não entendia eu emprestava interpretações que me ajudavam a dar sentido àquele diálogo tão improvável.

"Pai, você sabe que eu amo você."

"O quê? Diz de novo, a ligação está tão ruim que tenho medo de responder algo que me gere constrangimento. Não acredito que ouvi o que ouvi."

"O que você ouviu?"

"Não tenho coragem de dizer. Não tenho intimidade com minha própria filha para rir de um provável mal-entendido."

"Pai, que cruel."

"Você está ficando com sotaque catarina, não? Um jeito cantadinho de falar."

"Não entendi de novo."

"As palavras ou o sentido delas?"

"Pai, vamos fazer o seguinte: desligamos e eu ligo daqui. Talvez a ligação melhore. Fique mais limpa."

"Boa ideia. Você promete que me liga e repete aquilo que eu não tive coragem de supor que você disse?"

"Desligue agora que eu já estou ligando de novo."

Desliguei, comovido, apreensivo para ouvir o telefone tocar, a voz enfim limpa de Vitória surgir para me livrar dos males, apaziguar minhas guerras, atenuar a solidão, colocar uma colherada de carinho no éter deixado pela fuga repentina, pela deserção de um menino tão desprovido de gratidão, companheirismo, afeto, quem sabe amor. Enquanto seu olho esquerdo mirava, o direito vasculhava outras alternativas, perdigueiro. Por onde esses olhos tão diferentes entre si perambulavam agora? Eu não imaginava meio-termo: ou ele era um ingênuo completo ou arquiteto consciente de suas artimanhas no mundo.

Vitória deve ter esquecido o número de telefone da nossa casa. Deve estar procurando em alguma agenda, algum pedaço de papel grudado com ímã na geladeira. Mas ela liga tanto para Eugênia, elas conversam, como não sabia o telefone da própria casa? Por que esses segundos duram tanto tempo, por que se esgarçam e se alongam? Vamos, telefone: toque. Ela se arrependeu de dizer que me ama?

Já se passaram vários minutos. Ela estava tão tranquila no telefone, tão sem ressentimentos, desarmada. Seria volúvel como a mãe, que poderia mudar o humor entre a intenção de me beijar e o ato em si? Eugênia poderia inclinar-se para me beijar e terminar por usar os lábios para proferir uma frase rancorosa, fruto de algum pensamento que a tivesse atravessado entre o início e o fim do gesto.

Todo o tempo razoável para procurar um número de telefone se esgotou. Ligo novamente.

Ocupado. Azar: devo ter tentado no justo momento em que ela havia achado o número e tentava me ligar. Melhor esperar.

Nada.

Ligo de novo. De novo, ocupado.

Que azar. Que angústia.

Ligo de novo. Finalmente.

"Alô, posso falar com a Vitória?"

A ligação melhorou muito, estava límpida.

"Alô."

"Oi, filha, tentei ligar de novo, mas só dava ocupado."

"Não estou entendendo nada."

"De novo? Agora a ligação melhorou para mim."

"O quê? Não, não é isso. É que hoje é o dia dos pais."

"Não é em agosto?"

"Não, sim. Não foi isso que quis dizer. Acabei de chegar. O telefone estava ocupado porque a Clara, que mora comigo, estava pendurada com o pai dela no telefone. Desligou gargalhando e não entendi nada. Falei que era o dia dos pais porque ela acabou de ligar para o pai dela, retornando uma ligação que, na verdade, ele não fez. E agora você me liga. Confusão. O que foi? Está tudo bem com a mamãe?"

"Sim, ela está lá com as pesquisas dela."

O que eu iria dizer? Repetir as mesmas frases que eu dissera à tal Clara?

"Pai, eu não entendi por que você está me ligando. A Clara está aqui me sussurrando algumas coisas. Não estou entendendo nada de novo. Que história é essa de sequestro?"

"Nada, não é nada. Uma história que inventei para ver se você riria, para ver se poderíamos nos reaproximar pela brincadeira."

"Só se reaproxima quem já foi próximo, pai."

"Sei. Para ver se poderíamos nos *aproximar*, então."

"Agora que estamos longe de todas as maneiras possíveis? Não acha meio tarde?"

"A distância é que pode fazer a gente sentir a falta."

"Precisar da distância para isso... vindo de um escritor tão antena da raça..."

"Qual o prazer que você tem em me ferir?"

"Alguma herança genética, paterna."

"Olha, eu não devia te dizer isso, talvez soe delicado demais, mas."

"..."

"Vai para a puta que te pariu. E manda um beijo para a Clara."

Saí para os fundos do terreno. As árvores paradas, vento nenhum. Sem palavras positivas de Eugênia (mas não me surpreenderia se ela jogasse a culpa em mim pelo fato de o menino ter ido embora), sem o canto de Vera, sem o olhar de peixe morto de Alice, sem reconciliação possível com Vitória. Sem o menino. Eu era um coitado.

Em vez do canto de Vera, escutei o barulho do portão dos fundos, ferro e ferrugem se esfregando.

Com calma, sem aparentar constrangimento, o menino me diz oi e pergunta se já parei de escrever.

— Já, escrevi bastante, bem bonito, fiz a tarefa inteirinha, depois fiz meu lanchinho, escovei os dentinhos e mandei minha filha para a puta que a pariu.

"Onde você esteve esse tempo todo?"

"Como onde? Não me viu passar esse portão agora?"

O portão se fechou, impossível Vera não ter ouvido que eu estava aqui. Algum constrangimento ou a criança acordou? O olho direito do menino, o louco, parecia assobiar, disfarçando alguma coisa, enquanto o esquerdo me olhava, firme.

"E se eu chamasse a polícia?"

Ele foi surpreendido com essa possibilidade, que lhe parecia remota. Imagino que a resposta tenha sido improvisada, relembrando os primeiros dias conosco: ele disse rindo que se eu chamasse a polícia ele estouraria os miolos de Vera. Afinal ela era a melhor amiga de Eugênia. Fiquei outra vez sem descobrir se havia ironia quando ele disse melhor amiga. Vera falou alguma coisa? O que fizeram esses dois? Além de me deixar aflito, fazer-me ligar desesperado para minha filha e mandá-la às favas depois de me apaixonar pelo jeitinho de uma Clara obscura, agora ele vinha de uma tarde inteira com Vera, minha fiel amante.

"O que você ficou fazendo lá todo esse tempo?"

Dali poderia vir qualquer resposta, desde ficamos fazendo horas e horas de amor louco e depravado até fizemos geleia de morangos orgânicos, perfumados e silvestres.

"Ela é tão carinhosa."

"Carinhosa? Carinhosa como? Que tipo de carinho?"

Eu fui ríspido. Minha irritação não tinha origem definida, aquela mesma pasmaceira que não me faz identificar porquês. Talvez tenha ciúme por Vera estar me traindo, inveja do corpo jovem do menino, talvez ciúme dele, um ciúme paterno ou.

Ele não respondeu, pareceu choroso. Mas o olho direito era normalmente mais úmido. Eu havia magoado um espírito sensível ou o seu silêncio denunciava as horas de fornicação que apenas um imbecil não entenderia. Vera, Vera: maternidade ou luxúria, qual colo quente você ofereceu ao meu menino?

Se fosse um filho, iria correndo se trancar no quarto. Não podia fazer isso, precisava sempre estar com alguém, para vigiá-lo sob ameaça de um tiro cada vez mais inacreditável. Então ficou ali, rosto voltado para onde eu não pudesse vê-lo. O constrangimento durou poucos minutos, sem que disséssemos palavras, porque Eugênia chegou. Trazia olheiras fundas cravadas em um rosto alegre. Quase dois dias fora, sem saber quantas coisas aconteceram por aqui, a ignorante. Enfiada nas suas doidices sociológicas, ignorava sumiços, Vera, Vitória, meus torvelinhos. Ela vai falar de toda a correria, das mil coisas que fez. Apesar de não conseguir apreender tudo o que diz, lembro bem: estava acompanhando os preparativos de uma festa de igreja — Eugênia do céu, onde você se meteu? — que acontece amanhã.

"Olá, meninos."

Respondemos com um muxoxo. Vejo aquela mulher antes tão acesa de corpo, outrora professora de profanação, dedicando-se a ilusões sacras, e não acredito. Mistura-se a isso a cisão de duas Veras irreconciliadas, profana ou maternal, e ainda a lembrança de Luka olhando para a sagrada cena de Sebastião com Irene, vendo nela apenas sensualidade à luz de velas sob olhos condenadores e excitados.

"Credo, que silêncio. Já deixo vocês em paz, só vim trocar de roupa, tomar um bom banho. Apesar da correria e do sufoco, energias ótimas na minha pesquisa."

O menino parece ter esquecido a rusga comigo, criança que acabou de chorar e já ri ao ver um pirulito.

"É mesmo? Posso ir junto? Seria mais divertido."

Tento pescar maldade, como se ele quisesse me magoar com esse seria mais divertido. Mas só consigo fisgar euforia e excitação. Logo desmontada.

"Eu não vou conseguir ficar com você o tempo todo. Fico correndo de um lado para outro."

"Eu poderia matar qualquer um que estivesse próximo de mim, se você tentasse fugir. Não vai ter um monte de gente lá nessa festa?"

Espirituoso, disse isso rindo, mesmo desapontado com a negativa. Meu olhar encontrou o de Eugênia, ambos com a mesma expressão de onde é que nos metemos, você não vai falar nada para ele? O mais sensato e verossímil seria tão simples: o que você quer? Você vai nos assaltar? Vai querer dinheiro? Se não é nada disso, o que você está fazendo aqui? Quando vai embora?

Mas, por favor, não vá embora.

Entramos todos, eu de ressaca pelo longo tempo de escrita e pelos últimos acontecimentos, tão intensos. Em meia hora, arruinara de vez a relação com Vitória. Era a morte da Vitória, embora seu corpo estivesse conservado para a visitação de todos os que quisessem lhe ser fiéis. Milagre: minha filha morta sem a decomposição do corpo, estátua marmórea. Ninguém se espantaria com o milagre, apenas eu, e é justamente a mim que esse corpo está negado, a voz, o toque, tudo está proibido agora. Não é um sono, nem um desmaio, nenhuma dessas mortes provisórias. Entre mim e Vitória, o abismo sem pontes nem aviões, total e para sempre.

Eugênia fora tomar banho, eu fui para uma das salas — uma sala raras vezes frequentada —, escura mesmo durante o dia. Pareceu-me uma caverna acolhedora, o tal ventre materno que Alice poderia sugerir, caso falasse alguma coisa. Uma parte do passado estava ali. Um toca-discos velho com alguns LPs. Será que ainda funcionava?

Muito tempo sem uso deteriora ou conserva?

Coloquei o aparelho na tomada, uma luz discreta se acendeu, bom sinal, primeira etapa de funcionamento ativada. O compartimento do toca-fitas guardava pequena pérola, uma seleção de músicas brasileiras que me acompanhou durante a universidade. Mas deixei-a lá, quieta, e preferi ignorar se uma volta ao passado poderia me fazer lamber feridas tão recentes. Procurei a seleção para o toca-discos, mexi na haste da agulha, a bandeja começando a girar, tudo funcionando. Remexi velhos discos, surpreendi-me com alguns, não me lembrava de outros. A agulha girando no vazio. Cansado de preparar meu clima depressivo, sala escura e música que me fizessem chafurdar no lameiro, caí na poltrona, na solidão possível. O menino ali. Mesmo com a penumbra forte, eu podia ver sua silhueta, a cabeça acompanhando o que um olho mandava, pequeno frenesi que foi se acalmando. Para simular a solidão completa, só me cabia fechar os olhos. O silêncio por baixo do leve rumor da bandeja, que rodava sem disco, a agulha extraindo sons nenhuns. Éramos duas pessoas em silêncio e sós. De olhos fechados, veio de novo a imagem: se ele estiver apontando o revólver para a minha cabeça e disparar daqui a poucos segundos, eu serei a consciência inexistente, sem lamentos, sem resumos e avaliações de uma vida que veio e já foi. Passo a passo, ato por ato, construo os gestos até o momento do disparo, que não vem. Depois disso, fico sem pensar em nada.

"No que vocês estão pensando?"

Eugênia apareceu recendendo a xampu, creme, sabonetes, coisas de pós-banho. Continuei de olhos fechados, apenas ouvindo seus sons. Eu e o menino respondemos, a um só tempo: nada. Ouvi uma lata de cerveja sendo aberta, o barulho de couro amassado — Eugênia havia sentado na minha diagonal esquerda. Descanse também, meu amor, não fale nada, seja carinhosa e me dê o conforto de seu silêncio.

"Vim louca para uma cerveja. Não que não tomem lá, durante os preparativos, mas não fica bem uma pesquisadora em pleno serviço beber cerveja com a comunidade. Eme, você iria ver o que é trabalho em grupo, o labor de um coletivo em prol de um objetivo comum."

Não, Eugênia, eu estou quieto, não estou? Olhos fechados ouvindo um disco feito de ar que pode ficar ali tocando seu silêncio para sempre. Faça como o menino, vai se acalmando, vai percebendo que esse é um momento de ouvir apenas o som da nossa respiração embalada pela trilha sonora de agulha riscando o ar.

"Impressiona imaginar o quanto o trabalho individual não valeria nada de nada. Todos trabalharam como camelos, mas, se fôssemos isolar indivíduo por indivíduo, nenhum trabalho teria valido para nada. É só o conjunto, a ação concatenada, a consciência do grupo que dá a eles essa dimensão coletiva."

Não tenho sangue de barata o tempo inteiro.

"Você descobriu o que as abelhas já descobriram muito antes de existir ser humano sobre a Terra."

"Obtuso."

Isso ela não disse, ela cantou imitando uma ópera, alongando o u.

Passamos um dia prenhe de tormentas e, quando queremos assimilar a torrente realocando dentro de nós velhos objetos e abrindo espaço para os novos fatos, aparece uma deslumbrada que não consegue o mínimo distanciamento do objeto de pesquisa e quer me provocar com sua tagarelice sem nexo.

"Eme, eu passo um dia com pessoas cheias de vitalidade e, quando chego em casa para compartilhar um pouco de quem faz a vida acontecer, ao contrário de quem acha que faz, eis que encontro dois seres com cara de cu, afundados numa poltrona e um deles só sabe apedrejar aqueles que buscam melhorar alguma coisa no mundo."

Eu continuava de olhos fechados. Mas tinha certeza de que, ao ser incluído no rol dos caras de cu, o menino se remexeu na poltrona. Ele ficaria quieto, não saberia o que dizer. Aliás, ele nunca sabe bem o que dizer. Uma discussão histérica a essa altura é tudo de que não preciso. Só que não consigo dizer você está certa, que bonito, continue assim com esse belo trabalho. Vou tentar falar com calma, manter os olhos cerrados mesmo que ela venha em minha direção com uma tesoura, pronta para me furar a garganta.

"Geninha, nós não vamos concordar. Trabalho em grupo o exército de Hitler também fazia. Um soldado sozinho não seria ninguém e nem por isso podemos achar bonita a força colaborativa do exército nazista em prol de um objetivo comum."

"E porque há inúmeros exemplos do mal, todo exemplo do bem é inválido? Que lógica absurda é essa? Vou chegar lá na igreja e falar pessoal, pare de trabalhar em equipe porque isso o exército de Hitler já fazia, não é original."

"O bem contra o mal? Exemplos de bem contra exemplos do mal? De qual história em quadrinhos você saiu? Da mesma desse aí, que só falava em estourar nossos miolos?"

Não sei se ele entendeu. Fiquei tentado a abrir os olhos, mas me mantive firme. Não ouvi barulho vindo de sua poltrona, à minha diagonal direita. Formávamos um triângulo equilátero.

"Quando você perde argumentos, parte para uma ironia periférica, não? Já conheço essa estratégia há quantos anos?"

"Não atribua a mim as artimanhas que é você quem usa. Vamos a argumentos, então: você acharia razoável que eu começasse a acreditar que uma capota de fusca orbitasse pelo universo infinito e atribuísse a ela a criação de tudo o que existe, começasse a adorá-la, a montar grupos de seguidores que viveriam suas vidas em torno dessa crença absurda?"

"Você chama isso de argumento? E vem me falar de absurdo? Que babaquice é essa de capota de fusca?"

Eu lera isso certa vez. Richard Dawkins falava, na verdade, em uma chaleira flutuando no universo cujos cultuadores hipocritamente jogariam o ônus da prova da inexistência sobre os ombros de quem não acreditasse, algo do tipo nós acreditamos na Chaleira Santa, se vocês não acreditam, provem que ela não existe. Eu viera com a capota de fusca apenas para dar originalidade à minha cópia.

"Pergunta retórica não vale. Está querendo ganhar tempo? O fato é: a não ser que a Nasa ou alguma agência espacial qualquer tenha levado para o espaço uma capota de fusca, é impossível que ela tenha ido parar lá sozinha, ainda mais que ela esteja lá desde o início dos tempos e mais ainda que ela tenha criado o mundo. Se ela está lá (e não está) foi devido a uma ação humana. Não existe o sobrenatural."

"É que você é muito arrogante. Você despreza a solidão das pessoas, o medo primordial dos homens em uma época de obscuridade, de catástrofes naturais das quais a Ciência nada sabia. Os complexos sistemas de crença criados pela humanidade não são fruto da cabeça de um maluco."

"Não. De muitos malucos."

"São rituais coletivos que dão sentido à existência, ao viver em grupo e todas as suas ações derivadas, como a solidariedade, a generosidade, o sentimento de pertença, algo que a ausência de crenças maiores está corrompendo. Existem inúmeras mitologias por trás disso, um painel da trajetória da humanidade que, inclusive, foi alimento para a literatura que você tanto venera."

"Mas onde você vê arrogância eu vejo humildade. Olha, vou concordar com você que a humanidade tinha medo de trovão, de enchente e que não conseguia explicar isso a não ser colocando um deus, um ser superior que mandava e desmandava, conforme seu distúrbio bipolar, que construía o universo em sete dias e precisava de quarenta para matar todos afogados, incluindo os bichos que não tinham nada a ver com as cagadas humanas. Começa aí: um ser supremo e perfeito que precisou destruir o péssimo rascunho com um dilúvio, passar a humanidade a limpo para, no final, dar tudo na mesma, pois a humanidade continua invejosa e egoísta. Mas vamos supor que acreditar nisso seja, lá no início, fruto de um desespero aceitável. Hoje é que nada disso faz sentido: sabemos de onde vêm os furacões, as tempestades, os terremotos e os acidentes aéreos. Sabemos que deformações podem vir de uma má combinação de genes, que a morte pode acontecer desde os primeiros segundos de fecundação até para além dos cem anos. Aceitar isso é ser humilde, é ver-se sozinho sem um grande irmão, ou pai, a nos vigiar, a zelar por nós, a nos criar pela sua bondade e nos matar segundo critérios misteriosos, mas sempre sábios. É sacudir a cabeça negativamente para a ideia de que só preciso ser bom porque alguém me vigia e promete recompensa ou, caso contrário, um inferno."

"Eme, Eme, a razão tem o poder de deixar louco quem faz uso irrestrito dela."

"Bonito isso, mas."

"Mas o sonho é importante para a vida diária. As narrativas edificantes dão sentido à existência. Você não entende que a Igreja mais inteligente, da qual Padre Pedro faz parte, já sabe disso que você diz. Você trabalha com um conceito medieval, uma ideia de que as pessoas acreditam em um diabo literal todo vermelho e chifres na cabeça, queimando pessoas em um caldeirão. Estas são apenas alegorias para os próprios comportamentos humanos, estas narrativas ajudam as pessoas a entender seus conflitos interiores, aquilo que nós temos de invejosos e egoístas, como você disse, mas também de altruístas e generosos, como você, de propósito, não disse. Trabalhar com esses valores antagônicos é assumir a nossa humanidade e não fugir dela. Por isso tantas imagens acolhedoras, que trazem conforto em momentos difíceis. A igreja é hábil e sábia ao trabalhar com arquétipos que lembram acolhimento e carinho. Veja as múltiplas imagens ligadas à maternidade, as quantas *Pietà* que temos na nossa tradição de pintura e escultura, todas oferecendo colo para quem sofre. Isso é lindo. As imagens de perpétuo socorro, um socorro que não se esgota para um sofrimento que, igualmente, não tem fim."

"Perpétuo socorro, para mim, é serviço de guincho vinte e quatro horas."

Em vez de me xingar, ignorou-me. Passava para a fase de transe, na qual pouco importava o que eu dizia. Encetaria um fio argumentativo e ficaria nele até se esgotarem as ideias.

"Esqueça o julgamento para decidir se as pessoas que trabalham na organização de uma festa de igreja estão certas ou erradas em relação à realidade objetiva de suas crenças. Aquilo as faz viverem melhor, é um fio invisível que costura seu estar no mundo, que confere sentido para que se levantem da cama e deem combustível a seus dias. São pessoas que sem aquilo enlouqueceriam e."

"Ou se libertariam para fazer algo mais importante de suas vidas do que alimentá-las de alucinação."

"E se sentiriam perdidas. Por isso tantas alegorias a rebanhos, pastores, ovelhas desgarradas. Há tantos ensinamentos também sobre partilha. Ou você, no seu cinismo ignorante, acha que a multiplicação dos pães e dos peixes é um truque de mágica? Vitória tem razão quando diz que, para um escritor, você tem a imaginação bastante limitada. Saiba que troquei as epígrafes da minha pesquisa: em vez de literatura, pesquei uma série de excertos bíblicos. Pedro me ajudou a ver quantas imagens belíssimas sobre amparo, partilha e união existem naquele livro. Ironize à vontade. Quanto mais ironias, mais você me mostra o poço sem fundo que é a ignorância na qual você se afunda."

"Geninha, não me ataque. Estou falando de ideias, e não desqualifico você, mas apenas as ideias que você me apresenta. Se o que falo tem alguma ironia embutida é porque existe uma graça intrínseca, é porque ressalta o absurdo que é viver dentro de um sistema tão ilusório. Para mim, simplesmente as religiões formais fazem ainda menos sentido do que a adoração a qualquer duende, capota de fusca ou similares. São anacrônicas e falam para o vazio. Imagens de virgens que dão à luz o salvador do universo, criaturas humanoides com asas e que cochicham boas-novas a ouvidos incautos, alguém que anda sobre a água, que tenha ascendido aos céus na garupa de um anjo, que divida o mar em dois, uma voz supostamente divina que não fala para todos, mas que, tímida, revela suas confidências somente a profetas, aqueles senhores barbudos de cajado em mão que não se alimentam direito (o mesmo jejum que provoca delírios é parente da clarividência?) e vivem com a cabeça esturricada pelo calor de mil sóis do deserto, tudo, tudo isso é muito bom para o *Senhor dos anéis* ou mesmo para Monty Python. Depois de assistirmos a um filme de ficção, voltamos à vida normal. Fazemos um pacto na entrada: acreditaremos, durante o período em que durar a história, em toda a patacoada que vão nos empurrar. Mas deixaremos essas crenças na saída. Feito? Aceita o pacto? Certo. Mas isso não tem força de verdade perene. Esse investimento no sobrenatural há tempos é mais benfeito por Hollywood do que pelas religiões. E é mais honesto também."

"Você não ouviu nada do que eu disse, não é mesmo? Eu falei das alegorias como alegorias, não como verdades, e isso ajuda as pessoas a viverem melhor. Em vez disso, a literatura do renomado Emílio Meister fica o tempo todo jogando na cara das pessoas o quanto a humanidade não vale nada. Que bela missão sobre a Terra. Depois que algum religioso chamar você de diabo, não o ridicularize achando que ele saiu de alguma máquina do tempo vindo da idade das trevas. Ele só verá em você alguém que é mau, cruel e se regozija disso, ganha dinheiro com isso, mas mal sabe entender grandes narrativas. Sequer educar uma filha."

"Você não ouviu nada do que eu disse, não é mesmo? Eu falei de ficção que nós sabemos que é ficção. Um livro meu não engana ninguém com fundamentalismos, ele coloca a humanidade em seu devido lugar: pequena, perdida, e que só tem a si mesma, mais ninguém. A ficção simula situações que nos retratam, e isso pode nos ajudar a viver, a causar estranhamentos que desestabilizam. Não são o conto de fadas da humanidade, papel que a crença em um deus exerce, fazendo a humanidade adormecer embalada pela falsa esperança de divinas providências. Não nos fazem escapar da vida com uma promessa infantil de que, depois dessa passagem terrena, existe um lugar onde poderemos ser felizes para sempre."

"Se isso as faz viver melhor. Por que a desestabilização como valor supremo?"

"Não era o que você queria no seu trabalho com jovens e velhos aqui na nossa rua? Desestabilizar o corpo obediente?"

"E não era o que você criticava?"

"Então agora que não serve a você, a ideia é idiota?"

"E agora que serve a você, a ideia é válida?"

Invertêramos nossos argumentos, usando um o artifício do outro. Seria mais justo nos calarmos, quem sabe até nos abraçarmos, humanos bobos.

"Curiosamente, a criança vai aos poucos desacreditando em Papai Noel, pois descobre ser ele um ente que existe apenas por conta de puerilidades. No entanto, quando o assunto é sério e toca questões do tipo o que há depois da morte, o homem adulto age da mesma maneira que a criança, acreditando — pior: mais por medo do que por encantamento nos seus seres sobrenaturais distribuidores de brindes que consistem em levar a alma para algum paraíso. O crente age da mesma forma que a criança."

"Sabe a infantilidade da criança que descobriu que Papai Noel não existe e sai contando para todo mundo, bobo alegre, que Papai Noel não existe, estragando o imaginário, pisoteando fantasias que dão encanto à vida? O ateu age da mesma forma. O escritor ateu é pior ainda: do esconderijo confortável ele pode escoar toda a covardia de se omitir por trás de máscaras e personagens que ele dirá representar a polifonia do mundo. O autor não se envolve com nada, ele não tem opinião, quem tem são os personagens que dão voz à diversidade e essa baboseira toda que eu já escuto há tantos anos. Bela função social. Pior do que acreditar em duendes."

"Nós já discutimos isso antes e sempre derivamos para mil caminhos diferentes —*iguais às tuas varizes*. O núcleo duro da nossa discussão permanece: não faz sentido viver a vida inteira em torno da ilusão de que existe um grande pai que guia nossos passos. Eu não consigo nem terminar meu raciocínio, porque na própria ideia de guiar nossos passos já existe tanto absurdo, tanta incoerência: como alguém que guia permite tanta cagada no mundo? É uma atrás da outra."

"Você é mais fundamentalista do que qualquer uma dessas religiões que critica. A vida de quem acredita é ilusão, enquanto a tua, oh, ser iluminado e iluminante, é a verdade com v maiúsculo. Por que tanta ficção, mestre, se bastaria dizer a verdade? Por que não escreve a verdade e ilumina nossos caminhos, ensina-nos a ver."

"A ficção faz isso, nos aproxima das verdades, não é escape para mundos encantados."

"Ah, e as parábolas e alegorias bíblicas não podem servir a isso, para aproximar as pessoas de um modo de vida mais harmonioso? Aí elas não servem para os teus argumentos?"

"Harmonioso? Amar um deus que tortura, mata e espalha pragas a torto e a direito só pode ser sintoma da Síndrome de Estocolmo."

"Lá vem você falar pela centésima vez desse *insight* sem-vergonha que você acha genial. Não dou cinco segundos para começar com a história de Abraão, que já estava com o facão desembainhado para cortar o pescoço do filho, e que tipo de deus ou que tipo de delírio, que sol tão forte era aquele, que fome era aquela a ponto de transformar alucinação em verdade e mais todo esse teu papo-furado. Os cânones bobos da literatura são os teus símbolos máximos do bom-gosto. Não vou dar uma de ignorante, claro que acho *Hamlet* interessante, mas meia dúzia dizer que é uma obra que definiu a humanidade, espera lá. O exército trucidado, o banho de sangue da *Ilíada*, ah, isso sim, isso você admira, é genial, isso pode, enobrece. Adorar um príncipe maluco que viu o fantasma do pai aparecendo em sonho, isso é o suprassumo da sensibilidade e do intelectualismo."

"E é, pelo simples fato de que nenhuma dessas obras almeja ter valor de verdade. Por não terem essa pretensão, se aproximam muito mais das verdades da vida. Dispa a sua bíblia da aura de verdade sobrenatural e nós teremos, enfim, uma obra em cima da qual vale a pena se debruçar. Fale para o teu padre que ele pare de usar um vestido ridículo e pare de fazer mágica na frente de um altar dizendo que transforma um pedaço de pão e um vinho ruim em canibalismo de corpo e sangue. Diga a ele que mais valeria chegar para o pessoal e dizer escutem aqui, esse negócio todo de crianças com asas que protegem a gente durante o sono é apenas uma conversa para boi dormir. Parem de se comportar como crianças, a vida é aqui, é agora e vamos nos reunir em um círculo para decidir qual a melhor forma de passarmos essa temporada única, já que tivemos uma sorte lazarenta de termos nascido tal qual somos."

"Eu tenho pena de você."

"Por quê? Por que você não vai me ver no céu?"

"Não, porque você é um coitado. Não entende que, mesmo que não exista nada desse aparato sobrenatural, ninguém pode provar que não existe."

"A Grande Capota de Fusca que criou o universo também não."

"O negócio é que as pessoas vivem melhor assim, cercadas de simbologias, de regras de conduta, de imagens que são sinônimo de carinho e amparo."

"Isso tudo é superstição e seria melhor se vivêssemos sem superstição."

"Mas você é supersticioso."

"Eu? Ora, poupe-me."

"O que é esse transtorno obsessivo-compulsivo que faz você ficar como um bobo buscando equilíbrios e simetrias?"

"Olhar o tipo de lua e dizer que ela vai influenciar a maré é diferente de olhar uma estrela cadente e fazer um pedido que, segundo uma crença sem pé nem cabeça, será realizado. Meu TOC é um problema psíquico. Distúrbio no córtex pré-frontal. A ciência explica. Que relação absurda."

"E o que aconteceria se você parasse de ficar se encostando nas coisas quentes ou geladas, se entortando todo, qual *demente mental* (essa é pra você, que está aí quieto), apenas para encostar os dois lados do corpo em uma superfície mais fria ou mais quente? O céu cairia na sua cabeça? Isso daria algum tipo de azar, seria sinal de algum mau agouro? Pare com isso, cure-se desse negócio usando um colar de alho e um galho de arruda atrás da orelha. Só me responda uma coisa: se te marcarem com um ferro quente no lado direito da bunda, você vai oferecer o esquerdo?"

Ao me chamar de demente mental, pude ouvir o menino refreando uma risada. Pareceu ignorar os parênteses de Eugênia.

"É a ciência quem explica isso, não significa que eu acredite em alguma força sobrenatural. É uma força natural, é química cerebral, nada mais que isso."

"Vai ver a religião também é uma obsessão e você tem o mesmo distúrbio. Ironia, não?"

"Só se for uma epidemia obsessivo-compulsiva."

"Por que não? E desde que o homem ganhou consciência de si. Bastou ficar inteligente e ele criou, juntas, a arte e a religião, essa tal obsessão-compulsão que o acompanha até hoje e jamais morrerá."

"Então Jesus, na verdade, não era bom, nem santo. Ele tinha transtorno obsessivo-compulsivo. Quando alguém o esbofeteou e ele ofereceu a outra face, foi por causa do transtorno: ele precisava equilibrar o tapa recebido em um dos lados levando outro de mesma intensidade."

Eugênia riu sem ironia. Pela primeira vez, eu discutia com ela de olhos fechados todo o tempo. Também pela primeira vez, ela discutia comigo sem levantar a voz. Xingava-me, julgava-me o maior parvo do universo, mas sempre melíflua e monocórdia. O sorriso depois de minha tese a respeito do transtorno obsessivo-compulsivo de Jesus foi um pequeno oásis, me reconfortou, me fez rir também, uma confraternização que parecia nos fazer reconhecer um perante o outro a inutilidade daquilo tudo, o quanto éramos imbecis brincando de ter uma razão que jamais emergiria límpida. O menino às vezes se remexia na poltrona. Riu do momento em que ela me chamou de demente mental — parecia criança ouvindo um palavrão moderado proibido pelos pais — e ria agora de minha piada sobre o TOC de Cristo, mas, nesse caso, eu sabia que ele ria por contaminação. Não entendera a piada, certamente. As nossas risadas me deram coragem para continuar a brincadeira.

"Aliás, toda a santidade é um tipo de transtorno, uma perversidade. Qualquer um sabe, menos a minha psicanalista (ou, se sabe, não quer dizer, pois não diz nada nunca), que perversidade significa desvio de uma norma, de uma convenção para os comportamentos. Assim, ser santo só pode ser uma perversidade."

A brincadeira fizera menos sucesso. Ouvi apenas uma risada de ar, sem voz, vinda de Eugênia. Nem chegou a contaminar o menino, que deve no máximo ter alargado os cantos da boca, som nenhum.

"A religião ajuda as pessoas a serem mais felizes. Isso não é pouco e, nesse ponto, sou irredutível quanto a ver beleza nessa atividade milenar."

Ela disse isso em tom conciliador. Parecia firme na disposição de controlar a histeria.

"Você pode não acreditar, porém eu sou mais feliz depois de ter lido Camus, Kafka."

"Mas você é maníaco-depressivo."

"Maníaco-depressivo-obsessivo-compulsivo. Que lista, não? Enquanto você é apenas histérica."

Que prazer eu tinha em cutucar onças?

"Estou feliz hoje. Em paz. E em paz quero ficar para sempre. Me diga uma coisa."

"O quê?"

"Por que você não faz uma literatura que ajude as pessoas a serem mais felizes?"

"Autoajuda?"

"Autoajuda obriga as pessoas a se olharem no espelho gritando que podem tudo. Não é bem isso."

"Assaltar um banco também pode fazer pessoas felizes, mas nem por isso é algo bom. Assim como a religião."

"Comparar religião com assaltar um banco? Pessoal, eis mais um absurdo de Emílio Meister."

"Resgate a história e verá que não é um absurdo tão grande."

"Esquece essa de fazer as pessoas mais felizes. Fui infeliz na expressão. Reformulando: por que você não escreve para tornar as pessoas melhores e não mais deprimidas e chorosas com o beco sem saída que é a vida?"

"Mas e a religião faz isso? Os velhos dementes do antigo testamento e aquele deus vingativo tornam as pessoas melhores?"

"Ao menos as tornam mais temerosas, já que o homem não sabe o que fazer com sua liberdade."

"Então o homem seria livre para poder criar suas prisões? Que conquista!"

"Você não cria as suas? Você chama de prisão o que eu chamo de universo reconhecível, mapeável, que traz conforto."

"E mesmo assim quis fazer jovens jogarem bocha e velhinhos andarem de skate."

"Pensei em ampliar um pouco o universo deles."

"E agora se mete com religião, algo que fecha a cabeça para qualquer ideia divergente do canônico."

"Eme, eu não me meti com religião, assim do jeito que você supõe. Estudo grupos sociais envolvidos com alguma causa comum. E acabei gostando do que vi. Eu não virei uma crente fundamentalista, embora meu buço esteja precisando de uns cuidados."

Foi minha vez de rir da piada. O menino não me acompanhou.

"Você seria uma personagem muito inverossímil. Como alguém que articula um pensamento desses poderia ficar em um culto resmungando frases sem sentido, com uma metralhadora de aleluias desgovernadas, erguendo a mão para curar o irmão que tem, tanto faz, espinhela caída ou câncer? Afinal, por que a religião?"

"Por que a literatura? Por que se comprazer em ser um *paparazzo* sofisticado e abusar dessa forma requintada de fazer fofoca, escarafunchando vícios e virtudes, mais vícios que virtudes? Além de tudo, é um *paparazzo* covarde, pois inventa, detona tudo, todos, e ainda se esconde atrás de um fingimento assumido."

Ela se mexeu no sofá. A conversa perdia sua força de conexão entre argumentos e contra-argumentos. Viravam retalhos mal costurados, dúvidas e brincadeiras que não cabiam na discussão.

"Você sabia que aquilo que a mitologia chamou de cupido a ciência chama de feromônio e, a fim de evitar a endogamia, não nos sentimos atraídos pelos nossos próprios feromônios nem dos parentes próximos? Essa é uma explicação natural na qual muitos enxergam uma moral divina."

"Ai, que poético."

Estávamos até nos divertindo com nossas provocações-palhaçadas. Aproveitei para desaguar algumas leituras sobre biologia e evolução que estavam represadas, já que Luka resolvera ser arquiteto e não biólogo (fiz a coisa certa?). Rimos do comentário jocoso dela. Os três, embora o menino, posso apostar outra vez, não soubesse por quê. Decidi provocá-lo, fazendo-o entrar na roda, com uma pergunta bem simples. Ainda de olhos fechados — a brincadeira me fascinara —, perguntei apontando o queixo para ele como um cego que sabe as direções prescindindo da visão.

"E você, o que acha: a qualidade da oração interfere? Explico: de joelhos, a oração tem mais poder? Deus repara no sacrifício do fiel? Repetir uma reza trinta vezes, mesmo pouco concentrado, tem mais poder do que uma vez bem caprichadinha? Tem fila especial para diferentes tipos de pedido? Uma oração pela paz no mundo e outra para sair um gol do teu time entram na mesma fila? Por que o pedido para sair um gol parece ser mais atendido do que o pedido pela paz mundial?"

Um silêncio que me divertiu. Vontade de abrir os olhos e ver o jeito dele. Continuei forte, imaginando suas caras, bocas e, sobretudo, os olhos divergentes procurando auxílio de Eugênia. Que eu acho que não veio.

"Depende para qual time for o pedido. Às vezes é mais difícil do que a paz."

Rimos alto, eu e ela. Ele depois, após ter certeza do sucesso na resposta.

Paz no lar, silêncio longo, uma família feliz. Poucos sinais do sujeito que acabara de se demitir da própria filha e tinha uma amante que, naquela tarde, havia dado colo a um menino que exercia nele estranho fascínio.

"O Pedro disse que o chamaram certa vez para benzer um time inteiro que estava perdendo todas as partidas."

"Calma, Eugênia. Até terminamos nossa conversa de modo divertido e amistoso, mas não abuse, não me venha com esse boiola de vestido — que, segundo você disse oitenta e sete vezes, tem um 'enorme vigor intelectual' — dizendo que ele faz serviços de benzedeira."

"Como você é estúpido! Não sabe nada do que está dizendo. Claro que ele não foi. Ele me ensinou mais coisas boas do que você nesses anos todos."

Cadê a calmaria? Eu vi, mesmo sem ver, sua sobrancelha furar o teto. Esse padre começava a me irritar mais a cada aparição. Peguei pesado na ironia. Nada de terminar o dia bem. Uma força me fez, pela própria e estranha vontade, querer estragar tudo, para, enfim, fechar o dia com chave de ouro. Com chave de merda.

"Cuidado. Padres também têm feromônios. Haja prece para não sucumbirem à biologia. Haja autoflagelo para afastarem aquilo que chamam toscamente de tentação, quando nada mais fazem do que frear o instinto natural, a força da testosterona. O impulso sexual foi formatado para garantir procriação e o negócio funciona que é uma beleza, a não ser com cabeças-duras que insistem em imputar isso a uma diabólica providência. Com os desencadeadores certos, qualquer um, desde um presidente da república até o mais conservador dos religiosos, fará qualquer loucura para sair da jaula e copular loucamente com a primeira gorila que aparecer."

Eu havia misturado alhos com bugalhos, chamado o padrezinho de gay e de comedor ao mesmo tempo, no altar dos argumentos desencaixados. Joguei várias ironias sujas em um potente ventilador. A veemência com que ouvi Eugênia levantar do sofá me fez enfim abrir os olhos, prontos para assistirem à minha própria morte. Vi sua sobrancelha direita subir aos céus, onde uma hora dessas deve estar sentada à direita de deus pai todo poderoso. O rubor presumido de sua raiva — para que luz? Eu sabia que ela estava vermelha, eu a conhecia muito bem — era o sinal certeiro do nocaute épico que eu acabara de lhe impor. Fiz um ótimo combate, muitos socos na linha de cintura, depois abrandei os golpes, até rimos nos intervalos dos assaltos. Foi aí que ela baixou a guarda. E pronto: beijou a lona, baby.

No velho aparelho, a agulha ainda flutuava, regendo com maestria a orquestra silenciosa do disco invisível.

Sempre bom um pouco de poesia para momentos como esse.

Mas, Luka, como usar *O enigma de Isidore Ducasse* para pensar o que passa na cabeça de sua mãe se ela cada dia mais começa a dizer coisas estranhas, esquecendo que acabara de almoçar no gramado do parque, reclamando de dor nas pernas sem associá-la ao fato de que se sentara no chão? Você estava guardando coragem para perguntar a ela muitas coisas da infância, algumas memórias que empoeiraram enquanto o menino virava arquiteto, outras que ficaram mais vivas porque sempre revisitadas, mas que dão medo porque a cabeça funciona emprestando sentido às lacunas, preenchendo imagens até o ponto de torná-las totalmente outras. Você sabe, você é um jovem culto, lido: quando as memórias da mamãe começam a se apagar para as coisas do agora... Pingo de água em tecido poroso, o esquecimento começa em um ponto e se alastra do centro para outras regiões mais distantes no tempo. Mas você não evocará essa imagem de água em tecido. Você se lembrará — traz alívio saber que você ainda consegue conjugar esse verbo? — do primeiro dia em Berlim, quando passou por um pequeno lago que começava a congelar. Você jogou uma pedra nele e ainda pôde ver os círculos se propagando em ondas concêntricas. Essa é a lembrança para você. Do presente, você, mesmo que com algum esforço, consegue fazer a memória reverberar e, se encontra obstáculos pelo caminho, você restaura seu passado com tintas coerentes, mesmos tons, de modo que aquilo continue fazendo sentido. Mas, no dia seguinte, ao jogá-la no mesmo lago, a pedra bateu e estacou, não provocou onda nenhuma. A imagem do esquecimento como pingo de água em tecido poroso é melhor do que essa que passará por sua cabeça, de pedra em lago, mas você resolveu se lembrar de Berlim, da estátua da Vitória que assistiu à sua derrota para os caminhos já trilhados, e daquela inglesa que ressoa até agora, toda mil vezes ressignificada, desdobrada em mais mil dobras. Você sabe que a cabeça dos velhos começa a esvaziar suas lembranças despejando primeiro o que está mais próximo. A faxina começa por aí, natureza sábia, vai matando a memória para que a vida se esvazie de sentidos até sobrar somente um corpo involuntário que olha para um lado, olha para outro, não vê sentido em nada a não ser fechar os olhos para sempre. Então, se você quiser perguntar algo da infância, algo antes ou logo depois do acidente que vitimou o super-homem, esse momento é agora, quando ainda é possível jogar a pedra no lago e vê-la repercutir para longe do presente, ou, para usar aquela imagem melhor, quando a água recém-caída no tecido ainda não se alastrou por todas as tramas que costuram a memória. Você gostaria de saber se ela não amou mais ninguém enquanto o herói curtia sua aposentadoria precoce sentado em uma cadeira de rodas. Gostaria de saber se ela não tocara em mais nenhum corpo que não fosse o do filho, do marido inerte ou das velhinhas na casa de retiros. Gostaria de ouvir como resposta não, não fizera nada. Sabia, porém, que a resposta poderia ser o reverso, poderia ser mas é claro, você acha que uma pessoa consegue viver sem mão sexuada (a própria mão não vale) nos acariciando? Você acha que é possível viver sem outra pele que nos preencha os buracos da alma e do corpo, principalmente os do corpo? Você gostaria de perguntar detalhes da infância, como era o super-herói, o que fazia, como agia, se era uma boa pessoa, se era carinhoso, como era o corpo dele nas relações mais íntimas. Mas perguntar tudo isso ali no parque do museu, esbarrando em pessoas que vão e vêm, você tendo que gritar ainda mais alto para compensar o alarido das pessoas e a surdez da mãe? Melhor ir para o carro, ligar o ar-condicionado, fechar os vidros e, aí sim, na intimidade de duas pessoas, mãe e filho, a sós, todos os monstros poderiam ser libertados. Você a convida para ir ao carro, ela diz sim e fica parada, não sabe para que lado ir, você engancha no braço dela e a encaminha, lenta e calada, na direção dos abismos. Perguntar tudo isso é despencar em queda livre sem saber que chão se pode esperar. Para manter-se vivo, melhor não haver chão, só um buraco sem fundo, vontade de cair para sempre, primeiro o susto, depois o costume, até que seja possível fazer todas as coisas enquanto cai, sentar de pernas cruzadas, deitar, ler jornal, tomar café, assistir a TV, masturbar--se. Qualquer chão, a essa altura, dessa altura, é o fim. Melhor cair, caindo sempre. Você anima sua mãe mostrando a ela o chão de vidro do MON, ela faz que entende, lá embaixo umas crianças se divertem olhando para cima, para todas as mulheres que andam de saias sobre o vidro, calcinhas à vista. Você tem bastante tempo para pensar em uma pergunta que seja uma introdução leve. Talvez uma pergunta genérica, mãe, você se lembra bem do pai, possa ser ideal, ela começa a responder e você vai cerzindo — ou abrindo? — as brechas com novas perguntas. Talvez ela facilite as coisas, talvez nem se assuste, talvez sinta um alívio enorme por poder expurgar tudo aquilo que guarda há tantos anos.

Mas o caminho até o Recanto Santa Fé é feito em silêncio, você decide perguntar isso tudo a ela na intimidade do quarto. Ruim, muito ruim perguntar isso enquanto não se pode olhar nos olhos da pessoa, trocando marchas de um carro, freando, acelerando. É claro que você sabe que não perguntaria isso olhando nos olhos dela, seriam perguntas feitas para o ar enquanto você desajeitaria a toalha de crochê em cima da televisão só para ajeitá-la de novo, arrumando um passatempo que o fizesse impedir de procurar outros olhos. Principalmente porque você sabe que esses outros olhos estariam, quaisquer que fossem as respostas, olhando para você.

A desculpa para não perguntar nada a ela é boa, você tem razão, mas ainda assim é uma desculpa: agora que as memórias se esvaem, que o corpo se prepara para o despejo daquilo que aos poucos foi lhe habitando, seria crueldade obrigá-la a gastar seus últimos dias convidando para a sala de visitas de sua memória aquelas lembranças tão doloridas.

Você sequer entrou no Recanto. Levou-a até o portão, não sabe se ela estranhou o lugar ou era exagero da tua cabeça. Mais cedo ou mais tarde, seria preciso procurar o médico do lugar para confirmar as suspeitas de demência.

Quem sabe Luka não buscasse rememorar a infância refazendo o seu percurso? Percurso espacial mesmo, do super-herói que fazia da BR-101 o espaço sideral, que combatia implacável todo inimigo. Olhou o combustível suficiente, mordeu os nós de cada dedo da mão. Depois de deixar a mãe, cabia-lhe entrar à esquerda na Fagundes Varela e ir para casa, ou virar à direita, sair na Linha Verde até a Avenida das Torres, fazer os contornos devidos e rumar para a BR-101, água, ondas, mar profundo.

Quando a sexta marcha se estabilizou, soberana, quando havia vencido todos os sinaleiros e radares e limites de velocidade, ele brincou de super-herói, ele brincou de ser o próprio pai. Começou apenas dentro da cabeça simulando vozes de desenho animado. Esses pensamentos foram sendo libertados em pequenas interjeições, onomatopeias de freadas e pneus fazendo as curvas arriscadas da BR. As forças tangenciais da estrada passaram a ser metáfora para as imagens tangenciais que lhe brotavam na cabeça, polvorosa tóxica. Passou a abater caminhões e pequenos carros de passeio, fazendo com sopro abafado tu-tu-tu, tiros certeiros, o corpo balançando mais do que o movimento das curvas exigia, pequeno transe controlado, um sorriso, morra, desgraçado, disse depois de descarregar doze tiros em um motociclista de coxas torneadas. A brincadeira o fez ir pisando com mais vontade no acelerador, era preciso adrenalina, pai, você não me engana mais, já sou adulto e sei que não dá para simular perseguições andando a cem por hora e sendo ultrapassado por todos os carros, nós acabaremos sendo alvo fácil, mas nós somos perseguidores, pai, você não sabe o que é ter um carro moderno e dois ponto zero, pai, olha como é só pisar que ele voa. E Luka derrapa, mas logo retoma o controle, uma vitória sobre pistas escorregadias, será que agora ele não merecia uma Coluna Triunfal depois de segurar o carro com tanta astúcia e perícia? Por que aquela vaca da Estátua da Vitória não o estava vendo agora, dominador e agressivo, em vez de ficar impassível vendo o tombo de um gordo desengonçado que escorregava indefeso sobre a neve? Passou por outro motociclista, esse não tinha belas pernas, abateu-o fácil, assoprando a fumaça que saía do dedo indicador, dedo curto e grosso, o contrário das mãos que o atraíam, inglesa, inglesa minha de tantos gestos e dedos longos, que gestos você não seria capaz de fazer tendo meu corpo como barro bruto para tuas esculturas? Esses dedos longos me repuxariam, me modelariam e eu ansioso pelos acabamentos, quando você apenas alisaria a minha superfície, passando a mão firme mas delicada pelos dedos de meus pés, passando pelas pernas, demorando-se no sexo, até as pontas dos cabelos, cafuné carinhoso, meus olhos fechados, não sei mais que dedos, se dedos de quem me corta os cabelos, ambas as mãos delicadas e sobretudo ambas as mãos tocando em mim. Luka misturava as imagens, fazendo do mosaico uma obra nova, uma sinfonia visual que deixava entrar em cena agora dois adolescentes se amando sem espalhafatos, aula de intensidade e ardência silenciosa, pêssego roçando um rosto perfurado de espinhas e em cujo corpo Luka vê perfurações de flechas pontiagudas de onde escapa um pouco de sangue que será lambido por Irène, uma Irène que tem o rosto da menina da escada, o mesmo rosto que aparece no vidro de trás dos ônibus, propaganda sorridente, menina a um só tempo ingênua e maliciosa, ingênua e sentimental, um sorriso que se abre para os dois lados, da infância e da lubricidade, Sébastien na escada com cara de dor que na verdade é prazer, lábios semiabertos, torpor também de dois lados, todas as ambivalências reunidas, os gêneros ambíguos, os olhos invejosos, a inveja arrependida da avó da menina da escada do ônibus da propaganda da sacanagem, aquela que poderia ter sido, ter ido com Luka a um lugar desconhecido por ele, mas cuja vida cheia de caminhos tortos já produz interditos inconscientes, interditos inexistentes nas prostitutas do Passeio Público, algumas também prováveis avós, avó que a mãe de Luka não se tornará ou mesmo que se tornasse seria como se nada fosse, memória de fatos, nomes e hierarquia familiar que se apagam, ou que se inundam da água que invade a trama dos tecidos porosos ou que se congelam. Imaginou, sempre no relance, escapando das curvas da imaginação, a mãe como a estátua da Vitória, aquela velhinha que talvez tivesse tido amantes para escapar dos castigos da castidade, agora encurvada em cima da Coluna Triunfal, empunhando espadas e uma coroa de louros mais larga do que sua cabeça, caindo a ponto de tapar-lhe a visão. Mas não se mexa, mãe, agora você é estátua, deixe os pombos fazerem suas necessidades, não se preocupe, você não se lembrará de nada, estará a salvo dos leões enquanto seu filho finge que mata três por dia, motivo inventado para uma das muitas fomes que o consomem. É porque ele sua, ele corre, faz exercícios, transpira, ofega, coração entalado na garganta principalmente quando a respiração provém da musculação exclusiva no braço esquerdo, o sinistro, canhoto, diabólico, que ele faz no sofá da sala, no banho, no labirinto de espelhos que multiplicam as imagens dos corpos que participam de sua orgia fantasiosa, tudo entremeado de sexo, claro, mas também de ternura, afinal ele não quer apenas sujeira e depravação, ele quer carinho, ele quer toque, peles sobre a pele carente. Quer amparo, quer a perversidade dos santos, quer o toque de Irène, mas também o de Sébastien, o dos meninos da escada. Quer bondade e, nessa bondade, por que não podem estar embutidos amor, paixão, a promiscuidade das carnes e a mistura dos líquidos, a sagração do corpo e do sangue? Ele quer o sacrossexo, o santossensual, a aureolaerótica. E acelerar o carro faz com que se acelerem as imagens, que não durem muito, que façam seu show, contribuam para o todo do mosaico, entendam que cada uma dessas imagens, sozinha, não será nada sem a força do coletivo e que só a colaboração engrandece, então acelera como quem diz para as imagens também passarem rápidas, até sobrar apenas a cor dos movimentos e das lembranças, o borrão de uma fundindo-se ao borrão da outra, do corte seco para um *fade* sem fim, até serem uma coisa só, uma coisa indistinta, um cobertor marrom que se amarra com uma corda e recobre enigmas, que sintetiza todos os todos, por isso acelera em direção a um litoral qualquer, onde, se conseguir chegar sem se fundir ele próprio a um caminhão, barranco ou motociclista de pernas torneadas, entrará na água para, nu, deixar as ondas e espumas do mar envolverem aquele corpo fofo e cheio de dobrinhas sedentas, fazendo-o sonhar e sair em outros mundos, fantásticos, misteriosos, fascinantes, uma pasárgada qualquer na qual namorará o príncipe filho do rei e a mulher que quiser em qualquer lugar.

*

Quando escrevo um livro, muitos fatos do cotidiano são magnetizados e constroem relações com os temas e as cenas que crio. Eugênia diria que é um sinal, embora não saiba dizer de quê, embutindo nesse sinal alguma misteriosa conspiração sobrenatural de energias cósmicas de um universo sábio que monitora tudo e sabe que na rua Schiller existe um cara escrevendo um livro sobre um arquiteto cheio de problemas, e então esse universo generoso emite umas coincidências, os tais sinais, para me ajudar a ter inspiração. Depois de quase terminar o livro de Luka, ainda sem título, descansei assistindo a *Jazz*, documentário de Ken Burns. Eu ainda estava pensando no final do livro quando apareceu um músico que fora menor abandonado dizendo por mais que as coisas estejam ruins, tudo dará certo no final. Ri e, mal-agradecido, dispensei a dica. Esse porta-voz dos sinais do universo está muito enganado.

O outono estava se retirando do calendário, mas folhas amarelas debuxadas no azul vivíssimo do céu, de doer os olhos, continuavam lá. Eugênia comprou mais roupas para, agora, os dois homens da casa. Vestiríamos casacos grossos, luvas, cachecol, bolsos à vontade para que o menino, se quisesse, carregasse um revólver, granadas de mão, metralhadora. Espaços não faltariam naquele mar de tecidos grossos. Nada mais nos assustava, ele se integrara à casa e era capaz de sofrer com o noticiário da TV, onde sempre há um louco armado disparando contra inocentes. Na sacola de compras, um chapéu de camurça, meio ridículo, ficara abandonado no fundo. Depois de eu rir daquilo, dizendo que só podia ter caído acidentalmente na sacola de Eugênia, pois nem eu, nem o menino usaríamos aquele negócio, ela pareceu irritada, dizendo que iria devolver, que não sabia onde estava com a cabeça, novamente rubra de raiva. Senti-me cruel, verdadeiramente insensível, tive quase a iniciativa para as desculpas devidas. Mas delicadezas depois de tantos anos de casado não pegam bem. É um desacostumar-se tão lento, nem percebemos. Na hora de um gesto simples de desculpas, onde o jeito certo? Como o gestual das palavras, a entonação das mãos?

A pesquisa de Eugênia se estendia mais tempo do que as outras, ela preocupada em não cometer novos erros de metodologia que pudessem pôr tudo a perder. Discutimos mais uma vez, a milionésima em todos esses anos, eu insistindo que o problema não estava na metodologia, mas na vida. Tirando a vida, tudo estaria de acordo com as pesquisas e conclusões teóricas, era preciso um método que deixasse de lado a vida, o único empecilho. As discussões passaram por momentos de descontração, alternando-se com ataques virulentos e atingindo uns meios-termos que chegaram até a proposição dela, perguntando-me por que eu não fazia um favor à humanidade e tirava minha própria vida, assim, como uma espécie de cobaia, para ver se minha teoria funcionava.

O inverno e a primavera marcam também a maior parte das minhas participações em feiras, bienais, congressos literários, palestras, bate-papos, autógrafos, garoto na vitrina, fotos e época de sorrisos gratuitos, de transferir nosso gênio à pessoa que quer nossa imagem, àquele canibal que acha que estar ao lado de um grande escritor pode lhe conferir grandeza. E, claro, sempre as perguntas:

"Para que serve a literatura?"

— Para você, não sei, mas para mim serviu para comprar minha casa, meu carro, meus vinhos, idiota.

"Para você, não sei, mas para mim serviu para comprar minha casa, meu carro, meus vinhos."

Risos na plateia.

"Claro que é uma brincadeira, pois a literatura serve..."

Na agenda desse ano, o horizonte mostrava um compromisso internacional. Passaporte vencido, trâmites de renovação necessários, Frankfurt, traduções à vista. Convidei o menino para ir junto, se ele gostaria que eu agendasse horário para que fizesse passaporte, lembrando-o de que o revólver não passaria no detector de metais do aeroporto. Caso decidisse ficar, a alternativa seria ir à missa com Eugênia. Estouraria os miolos dela caso eu voltasse da Alemanha com alguma tropa especial para prendê-lo. Não tenho medo de alemão, não, ele me disse. E de avião? Silêncio.

Agora, eu estava só. De tanto insistir, o menino fora à igreja com Eugênia. O que fazer com tanta liberdade? Tirando as poucas vezes em que Eugênia o levara para caminhar e um ou outro jantar que os dois preparavam, eu não sabia o que era ficar tanto tempo sozinho. As idas ao banheiro, ao menos, haviam ficado mais privativas (quando em casa, o menino garantia que ficava do lado de fora da porta, ouvidos grudados ao menor sinal de rebeldia, o que me custou uma prisão de ventre severa). Apenas no banho ou nas necessidades fisiológicas *dele*, um de nós ainda precisava ir junto, e nem por isso ele parece ter sofrido de nenhuma constipação, tão natural aquilo lhe parecia. Quem faz associações automáticas entre natureza e beleza precisa rever paradigmas.

Era o momento perfeito para lançar o livro de Luka, em breve a editora a fazer estardalhaços do lançamento, plantando notícias aqui e ali.

Mas eu voltei atrás. Há cerca de duas semanas passo longas horas remexendo e mudando a vida de Luka, deixando-a de pernas para o ar. Como um mergulhador que tranca a respiração para submergir mais adiante, tranquei meu pensamento, decidi e não dei brechas para arrependimentos: Luka é um biólogo, respeitando o vigor da ideia original. Isso me custou modificações de cenário, cortes em várias falas, mas, agora, quase no final, eu via o livro com trinta páginas a mais, tantas foram as digressões que as leituras e as discussões com Eugênia proporcionaram. Eugênia é meu laboratório. Talvez minhas alfinetadas sejam condição básica para a minha criação. Infernizar a vida daquela que eu tanto amei faz parte do meu trabalho, faço uma pessoa infeliz, mas em compensação deixo admirado um bom punhado de leitores, imortalizo-me. Os fins explicam os meios, não vindo ao caso se os justificam ou não. Há ainda Vitória, a filha que matei, mas ela não me serviu de laboratório, embora a tenha feito infeliz. Nem para isso. Eugênia, sim, ela é *a* mulher, ela é a velhinha a quem não mato com uma machadada no crânio, mas com agulhas estrategicamente colocadas nos pontos doídos, acupuntura sádica. Decido dedicar esse livro a ela, assim como fiz no início da carreira (em meu primeiro romance, prometi que dedicaria todos os outros, sempre, a ela. Nunca ninguém me cobrou pela promessa não cumprida, sequer Eugênia). É hora de retomar o início, serpente que morde a própria cauda, dedicar esse livro a ela mesmo sendo outros os motivos, sendo outras as inspirações que emanam da sua presença. Retomei nossos diálogos; tornei-os, digamos, literários; coloquei-os nas bocas de mais personagens que surgiram. A mãe permanecia a mesma, embora Luka pudesse discorrer mais sobre o Alzheimer, fazer associações poéticas entre o esquecimento e a vida (escrevi belezas do tipo: "há coisas que podem ser mudadas por nossa vontade e outras que independem de nós. Ou fazem de nós meros pinos de boliche inadvertidos, joguetes na mão da contingência, na mão do humano que não é vontade, apenas interação de células que têm sua própria vida e não olha para o todo, desorganiza-se sem consciência e leva o sujeito à ruína.").

Tive pena de cortar o diálogo entre Luka e a cliente que queria madeira cumaru, mas ganhei elaborando outros nos quais pude despejar — com o engenho e a arte que atribuem a mim, é evidente — todas as leituras prévias que eu havia feito sobre evolução, sistemas reprodutores, misturando nomes científicos com palavrões e tirando daí uma mistura rica, divertida, cheia de sexo e — por que a modéstia? — inteligentíssima.

Depois dessa árdua labuta, que já me consumia vários dias, recostei-me na poltrona, olhei os livros em torno sem pegar nenhum. Mesmo a ideia de ouvir música para relaxar aumentava meu cansaço. Quem sabe eu não ficava ali, parado, apenas pensando em um título possível para meu livro? A *Arquitetura da paixão* perdera sua razão de ser. Eu pensava em um diálogo travado com Eugênia e que fora parar no livro, sobre a força dos feromônios e a mitologia em torno do cupido, entre a ciência e os mitos, todas as suas explicações, imagens, metáforas para o amor, a morte, a loucura. Uma combinação entre a suposta rigidez científica e a também suposta poesia dos mitos poderia render um bom título. A ideia de *Feromônios e cupidos* agrada, mas precisa ser escrita de um modo mais bonito. Vasculhei boas possibilidades. Além da ciência dos hormônios e do mito do frecheiro cego, havia ainda o ex-arquiteto gay de Barcelona (agora cobaia de pesquisa genética), um sujeito que não sabia que estava sendo enganado e. Eis que. Eis que me veio uma ideia. Que eu comecei a alimentar com fatos. E dei corda para essa ideia. E essa ideia me pareceu plausível. E se.

E se Eugênia estiver me traindo com esse padre?

Calma, é preciso pensar com calma. Não há indício nenhum.

Porra! Como é que não há indício nenhum?

Por que tanta questão de ir sozinha? Por que tanta resistência em levar o menino? Por que tantas noites em ridículas e supostas festas de igreja? Por que tanta irritação quando eu falava mal daquela benzedeira infeliz?

Tais quais os olhos do menino, as respostas apontavam para lados opostos. Havia respostas plausíveis para justificar um disparate bobo de minha parte, um ataque de ciúme tardio. Mas esse enorme *puzzle* que se formava também encaixava perfeitamente em outras peças e trazia respostas nas quais a ideia de traição formava uma imagem bem-acabada: a imagem de um otário (eu) olhando escondido para a mulher erguendo a saia de um padre enquanto ele erguia a saia dela. Sébastien e Irène como um casal ridículo prestes a se acasalar sob o olhar já estrábico por não conseguir entender para onde aquelas imagens convergem, tão inacreditáveis se mostram a uma mente que não consegue associar o que vê ao que é. Que sujeito tão obtuso poderia escarnecer dizendo que também um padre pode ser vítima das tentações e dos hormônios sem perceber que está bancando o próprio pateta, não entendendo que o padre não é *vítima* de hormônios, mas sim os está deixando livres para agir, e agir usando o corpo de uma mulher casada? E casada com o próprio pateta? O mesmo pateta que quis rir das tentações a que os padres poderiam sucumbir? Ficava agora claro que Eugênia, tão preparada intelectualmente, não poderia se enfiar em bobagens ditas sagradas. Ela estava é dando para o padre. E esse tempo todo? A quantidade de vezes dada interferia na grandeza da traição ou apenas o ato, não importa se uma ou cem vezes (eles poderiam ter transado pelo menos umas cinquenta vezes nesse tempo de pesquisas!) já tornava a ação inapelavelmente ultrajante? Ela era inteligente demais para cair em tentação de se converter. Mas como pôde não ser inteligente a ponto de se resguardar das cantadas horríveis como devem ser as cantadas de um padre? Ou não tem inteligência suficiente para resistir a fetiches adolescentes, que sonham com colegiais, freiras e. E babás. Pensei se a força dos feromônios seria maior que a do pensamento, procurei pelos meus conhecimentos de biologia, cérebro encharcado de hormônios, luta encarniçada, maniqueísta, deus e diabo engalfinhados, não sei se socos ou abraços, mordidas ou beijos, pontapés ou pernas entrelaçadas. Tudo é baralho embaralhado, me vêm algumas frases soltas de Eugênia, que estudava a *força da oração para o estímulo à caridade*, o que me faz ver claramente que uma afirmação dessas é mensagem direta que não significa outra coisa que não seja uma espécie de *ai, meu deus, me estimule a dar*. O tal vigor intelectual de que ela falou mais de vinte mil vezes, que vergonha. Não, ela não se meteu com religião. Ela só está metendo com um religioso. A cada sátira que eu fazia ao vigor do sujeito, era a mim que eu ridicularizava, é claro que o vigor se transformava, na cabecinha de Eugênia, em um objeto fálico que ela experimentava regularmente. Que vergonha. Sempre pensei — será que disse isso a ela? que vergonha — que era um defeito dela não conseguir o mínimo distanciamento do objeto de pesquisa. Agora, mais uma vez me vejo parvo, tosco, envergonhado: qual objeto Eugênia pesquisava e de qual objeto não conseguia se distanciar: o pau do padre Pedro. Que trava-língua macabro! Todo o rubor presumido, do qual eu tanto me orgulhava de ver nas bochechas de Eugênia, sinal de raiva que eu conseguia provocar, era, na verdade, um rosto rubro da vergonha por ter-lhe a carapuça servido tão bem. Era o chapeuzinho vermelho da culpa.

Que vergonha.

E aquele chapéu de camurça? Que ideia estúpida achar que poderia ser para mim aquela coisa ridícula. Era para ele, claro que era para ele. E imaginar que quase pedi desculpas.

Tudo o que eu esfregava na cara de Eugênia com tanta veemência sobre instinto natural, que não perdoava putas nem padres, se confirmava. Eu poderia ir atrás dela e zombar, escarnecer, pisotear em cima dela com a vitória da minha verdade, viu, Eugênia, como eu, o mais sábio dentre todos os sábios, tinha razão? O instinto natural não poupou o padre. Vendo minha cara de bobo-alegre, ela me agradeceria, lembrando-se do prazer que ele lhe proporciona e me responderia ah, Eme, que bom que você tem razão, muito obrigada, que bom que o instinto não poupou esse sujeito tão vigoroso.

Eu venceria, viva, eu venceria. A ela restaria apenas o prazer, o carinho, o sexo e a felicidade. Mas eu, ah, eu ficaria com a razão.

E por que Vera não canta mais? E se eu ligasse para Alice, será que poderia ouvir a voz dela?

No jantar, calei-me, ouvindo toda a sorte de disparates empolgados de ambos, Eugênia e menino, agora confidentes que rememoravam o dia, o quanto a beata fulana cozinhava bem, o quanto o seu não-sei-que-nome era forte, carregava caixas e caixas de alguma-coisa-de-uma-só-vez enquanto eles, fracotes, só conseguiam transportar uma, o quanto as crianças já aprendiam o trabalho de formiguinha (para isso, aprendiam a conformar o cérebro ao das formigas, foi o que pensei, mas me mantive mudo). Depois, claro, loas ao padre, como ele era "legal" (que adjetivo tosco, eu poderia mostrar o quanto ele era ilegal infringindo as leis da tal igreja dele). Olhei para Eugênia, que estava animada, sorridente. Falou que estava, enfim, terminando a pesquisa, que a editora da Universidade teria o maior interesse em publicar, e eu imaginando como ela explicaria a metodologia da traição, a que nível ela aprofundaria o estudo, se abriria ao leitor todos os detalhes da pesquisa, tabela de comprimentos, diâmetros, posições, estratégias de sedução, construindo um gráfico de orgasmos, quantidade e qualidade, descrevendo e analisando os números, comparando-os aos gráficos do marido, tendentes ao zero. Olhei para a boca de Eugênia. Depois para seus olhos, as sobrancelhas desencontradas. A assimetria até que tinha certo encanto.

"Eme, você viu? Os vizinhos, esses que têm a criança adotada, colocaram a casa à venda."

Ela disse aquilo e continuou arrumando a mesa, sem me fitar, sem ver se traí certa hesitação. Quem me olhou bem foi o menino, com uma expressão (embora, com aquele olho, eu não soubesse ler bem suas intenções) de quem diz e agora, estamos ferrados. Mas Eugênia, nada, falava aquilo com uma naturalidade que não me deixava entrever qualquer malícia. Acho que eu poderia ficar tranquilo, poderia, se quisesse, partir para o ataque e desferir todos os golpes verbais para rebaixá-la ao status de traidora de éticas, de rompedora dos laços de confiança estabelecidos em uma relação entre adultos maduros. As palavras que traduziriam essas ideias não poderiam ser outras: vadia, puta, vagabunda.

"Que pena, vou perder uma grande amiga."

Eugênia disse aquilo e, agora sim, me olhou. O menino também, assustado. Três olhos me encarando, eu podendo olhar apenas para um daqueles rostos. Em vez de olhar algo ou alguém, fechei os olhos, esperança de que o tempo passasse mais rápido, que Eugênia também ficasse temporariamente cega e não precisasse olhar para mim, um ser de olhos fechados e não sei que fisionomia, provavelmente a mais idiota do meu vasto cardápio de fisionomias idiotas. Era hora de contra-atacar, enfiar pés por mãos, ou a cabeça em um buraco no chão? A briga seria feia, talvez a maior de todas, eu assumiria meu caso com Vera e mostraria a imagem do meu quebra-cabeça, falaríamos sobre a falência do casamento. Se fôssemos para um viés mais feroz, falaríamos do casamento como um engano desde o início, eu xingaria ao menos três gerações de Eugênia, desde a mãe até a filha, deixando escorrer até, quem sabe, uma espuma nos cantos da boca. Ela me chamaria de burro, frio, vagabundo, aproveitador e outros derivados. Talvez chegássemos à agressão física, talvez o menino precisasse enfim usar aquele revólver enferrujado para arriscar um tiro, espero, para cima. Uma opção mais remota, mas igualmente enfadonha, seria uma discussão branda, com a constatação mútua de que o amor acabara havia um tempo, que havia sido bom enquanto tinha durado, mas que virou costume e mais todos os clichês possíveis em situações como essa. Entre a violência doente e a melancolia, por quais entremeios, quais veredinhas não vislumbradas seguir?

"Estou quase terminando meu livro, Geninha. Queria que lesse. Vou dedicá-lo a você."

Ficar com os olhos fechados seria estranho. Abri-os, mas fixei-me nos detalhes da toalha de mesa e passei a contornar seus desenhos com a unha. Disse aquilo com calma, aguçando os ouvidos atrás de algum som de irritação, tilintar de facas. Ouvi apenas o barulho de uma lata de cerveja sendo aberta, os vultos se mexendo na periferia do olhar. Eugênia perguntou se queríamos, a que eu e o menino ao mesmo tempo respondemos não. Quis, mais uma vez, fechar os olhos — talvez o mundo sumisse, ou apenas eu —, os sentidos todos convergindo a atenção para os ouvidos, a esperança de ter desconcertado Eugênia assim como ela me havia pegado de surpresa com a ironia da melhor amiga, dessa Vera que, menino dedo-duro, aparecia e não deveria ter aparecido. É preciso encontrar o limite adequado para a versão de nós mesmos que queremos tornar pública. Se Eugênia caísse na minha tentativa de mudar de assunto, eu não deveria julgar isso como estupidez. Seria a admissão de que era melhor deixar tudo para lá, todos somos calhordas culpados, todos mentimos uns diante dos outros e, incompetentes, mal sabemos esconder nossa sujeira, aquela que todos veem como a sujeira que deu origem aos pecados do mundo. Não há, entre gerações e gerações, cordeiros suficientes para expiá-los. A traição seria um retrato doído na parede, conhecido, sempre uma lembrança, que dispensaria as palavras. Eugênia tinha queijos e facas à mão, e servia o jantar. Poderia partir para cima de mim raivosa falando de meu caso com Vera, poderia achar absurda minha tese de ela ter caído nas mãos do intermediário de Deus na terra, poderia fazer-se ofendidíssima, usar minhas palavras para alimentar uma fogueira de impropérios referentes à minha insanidade, à minha monstruosidade, ao péssimo homem, pai, ser humano que eu, enfim, era.

Cheguei eu a torcer para que ela estivesse de fato me traindo? Quanta energia economizada, preservaríamos o menino de mais uma cena violenta, um empate como todo empate deve ser, gosto de derrota e vitória misturadas, viva!, pelo menos não perdi, pena, mas também não ganhei, a adversária também jogou bem, é qualificada, descuidamos e sofremos o gol no final, logo agora que minha Vera vai se mudar. Ela não vai me dizer nada? Terá dito ao menino?

Aquela mulher diante de mim decidiu mesmo fazer silêncio. Sentou-se ao meu lado, o gole de cerveja agora deu lugar a outro barulho macio, faca se enterrando no pão, serrando seus miolos. Eugênia tem diante de si um menino vesgo e um homem de olhos semicerrados, enxergando seus próprios escuros, meio cego pela luz de fora. Sinto-me refém dela, mas tenho minhas armas, minhas hipóteses tão bem construídas por uma argamassa amalgamada de loucura gerada por lucidez, assim como o som que de tão alto ensurdece. Mas ela tem ali faca e queijo, na mão. Pode me matar sem que eu veja nem sinta nem pense. Pode estar usando esse silêncio como aperitivo, como que abrindo o apetite com essa pequena ausência de palavras que também é torturadora. Talvez ela esteja sentindo prazer, olhando para mim e rindo da minha cara, aquela que eu conheço tão bem, que quer dar uma de esperto quando trai parvoíce inesgotável, então esse coitado vai dedicar o livro para mim?, que alma generosa. Talvez comece daqui a pouco a querer colocar em cima da mesa todos os fatos, desde quando, por quê, quem começou. Talvez fale apenas de si mesma, ela que também pensa, que deve ter suas crises silenciosas, essa mulher que existe, sim, existe e cuja consciência e poder de avaliação da vida não estão em repouso, pendurados em um cabide. Talvez se levante e vá embora. O silêncio é grande. Tão grande que abro completamente os olhos. Encharcados de luz.

"Leio com prazer."

É possível trair a mulher com ela própria? Algo como: beijá-la seria tornar-se infiel àquela que ela um dia foi, traindo-a com essa outra que aquela de outrora se tornou?

Cinco dias depois, eu havia arrancado todas as referências ao *Sébastien soigné par Irène* do livro, substituindo-o pela *Lição de anatomia*, de Rembrandt. Saí do Museu des Beaux Arts, em Orléans, e entrei no Museu Mauritshuis, em Haia. Aquele ar erótico do então Luka me pareceu demasiado. Sequer reli o que escrevera sobre as cenas com Irène e Sébastien, o medo e a preguiça de mãos dadas poderiam me fazer desistir. Era arrancar sem pensar. Saem de cena aqueles ares tão românticos, sinto outra pulsação, maior e melhor, colocando Rembrandt, o que dá ganchos infinitos para as viagens do personagem sobre, mais uma vez, os nomes e as funções do corpo, cotejando palavras e o papel que os órgãos desempenham, tornando o livro mais cerebral e menos derramado. Peguei o bisturi do Dr. Tulp e dissequei, na frente de olhares curiosos, amores, paixões, desejo, traição, inveja, ciúmes.

Troquei o nome de Luka. Não combinaria com um biólogo, pesquisador competente. E eu tinha, por fim, meu novo livro, bastante diferente daquela primeira versão, agora sem Luka, sem Sébastien, sem pieguices.

Poderia chover para que toda a paisagem se lavasse. Mas o inverno é seco. E corta.

Ele segurava um galho nas mãos enluvadas e batia-o contra as árvores que encontrávamos pela frente enquanto caminhávamos pela Schiller, trajeto corriqueiro e confortável, acolhedor e seguro. Mas ele me perguntou se poderíamos caminhar no Passeio Público.

"Basta você apontar a arma e me obrigar. Se eu não for, você já sabe."

Essa brincadeira já estava gasta. Começou levada muito a sério, transformou-se em boa piada e terminou inexpressiva, sem risos. O revólver entrou na minha vida como um hábito e permaneceu, a despeito de sua falta de sentido. Os miolos estourados causaram horror, viraram recurso cômico a partir da repetição do termo até atingirem a estafa completa. Era como lembrar-se de rezar, reminiscências da infância que insistem em visitar meus pensamentos nas mesmas horas, sempre antes de dormir. Cacoetes do pensamento, como a atitude impensada de calibrar a temperatura de meus lados esquerdo e direito, nesse transtorno obsessivo-compulsivo que emerge sem lógicas traduzíveis. Ele me pedia para caminhar no Passeio Público com um jeito tão dócil que eu era capaz de quase decifrar o enigma: ele era mesmo ingênuo, uma criança, e nada mais traía uma segunda intenção sugerida, aquela que seduz para enganar, aquela que engana para seduzir.

Eu estava com preguiça. Caminhar no frio é exercício para o corpo e para a mente. Mas eu queria ficar naquele pedaço do meu paraíso, o frio sempre mais bonito na Schiller enevoada. Faltavam talvez umas almas descarnadas tocando harpa, nada que um ofício solicitando esse serviço à prefeitura não pudesse resolver. O que aquele menino queria fazer no Passeio Público, o lugar das araras bêbadas? Teria eu de comprar pipoca para ele alimentar peixes e pássaros? Um balão para ele desfilar pelas ruelas? Eugênia sempre caminhara com ele pela ciclovia da Flávio Dallegrave. Não me recordo de terem ido ao Passeio alguma vez.

"O que você quer fazer lá?"

"Conhecer."

"Você não conhece o Passeio Público?"

"Você sabe que não. Vocês nunca me levam a lugar nenhum."

"Então você quer que leve meu sequestrador para passear?"

"Não fala assim que eu não gosto."

"E como você sabe que existe o Passeio Público?"

Um silêncio. Mas, por que silêncio? Por que ele precisava pensar para responder? Eu conhecia esse tipo de pausa: uma tomada de fôlego, um impulso para a imaginação. Então ele é capaz de maquinar. Que ingenuidade de araque é essa com a qual ele quase, mais uma vez, me engana?

"Eu li sobre ele no teu livro."

"Você anda lendo o meu livro?"

"Umas partes. Você nunca disse que não podia. Enquanto você fica de olhos fechados ouvindo música na poltrona, eu."

"Era para você jogar teus jogos, não para ficar fuçando as coisas dos outros."

"Mas eu jogo meus jogos. Também."

Então ele joga os jogos dele. Afirmação trivial para um ingênuo, genial para um jogador.

"E o que tem de mais no Passeio Público? Só falei um pouco sobre ele, coisas rápidas."

"Gosto do Luka. Queria conhecer aquele lugar que ele acha tão."

"Tão o quê?"

"Eu ia falar, mas você me cortou para perguntar o que eu ia falar. Que bobo."

"Ah, é? Então vou ficar em silêncio. Pode falar, estou curioso. Aquele é um lugar que ele acha tão o quê? A palavra é sua. Vou fazer silêncio."

Ele também silenciou. Choraria se eu continuasse naquele tom irritado. Nunca ninguém lera meus livros antes de terminados. Continuei.

"Esse Luka nem existe mais, sabia? Troquei o nome, a profissão, quase todas as cenas. Aquilo que você leu não existe mais. Ele foi um personagem que morreu antes de viver. Não será dado à luz."

O olho direito, mais úmido, lacrimejara de verdade. Talvez fosse apenas o vento. Fez cara de assustado. Senti-me envaidecido por causar comoção falando da morte de Luka, a quem pelo visto se afeiçoara. Minha escrita continuava capaz de impressionar pessoas. Bom. Mas não queria fazê-lo chorar.

"Calma, a cena no Passeio Público continua. Vamos até lá. Fazemos nossa volta aqui pela Schiller até a Dr. Goulin. Depois enveredamos pelo centro, e em quinze minutos estamos no Passcio."

"Vamos matar os três leões?"

Eu apenas ri.

"Vamos ver as putas?"

Permaneci com o sorriso, aproveitando o conforto do gesto,

mas não era graça o que a pergunta despertara em mim.

Nesses meses todos, o menino que caminha ao meu lado com um galho seco nas mãos se desnudou para mim nos inúmeros banhos que acompanhei. Já fora comigo a uma boate gay, estivera sozinho com Vera e agora queria ver as putas do Passeio. Qualquer pai vê sua criança nua e pode sentir ternura por ela, qualquer adulto compreende a fascinação de um menino pré-adolescente pela palavra puta e, depois, pela curiosidade de ver uma de perto. Qualquer menino pode sentir atração pelo canto de uma babá encantadora de serpentes, bebês, crianças, meninos, homens. Ela própria uma serpente. Porém, ele riu na boate quando alguém lhe disse gracinhas ao pé do ouvido. Aqueles tantos sons de movimentos repetidos no banho, a constância das mãos que vêm e vão (as duas?) por longos segundos não podem ser apenas a lavagem insistente de um pé encardido. Para a cabeça do baixo-ventre derramar-se, é preciso que a cabeça alta esteja cheia de imagens e aventuras. E com cabeça tão fértil e seminal a um só tempo, manter-se criança diante de Vera e de seus afagos? De novo, ele quase me engana. A divergência dos olhos, o fixo e o passeador. Impossível e inútil o ingênuo fingir-se de ingênuo. Já o bom lobo veste-se de vestes cordeiras, cordatas, e sai por aí ditando sua moda.

Apresso o passo, quero dar a volta na Schiller pela Dr. Goulin, mas ainda estamos no começo, acabamos de contornar a outra extremidade, passamos pela cancha de bocha e nos aproximamos da academia ao ar livre, onde pessoas de diferentes idades se exercitam. Quero logo chegar ao Passeio Público, quero observar sem pudor os gestos desse menino diante das putas e das pipocas, dos travestis e dos balõezinhos, preciso desamarrar a corda que ata esse manto opaco sob o qual há tantos enigmas prometidos. Preciso desmascará-lo, identificá-lo, esse menino sem nome (nós nunca perguntamos o nome dele?) que chega, abrupto, abre fendas dentro das quais torcemos o pé, nos desequilibramos, caímos, que dita rumos inconscientes, que nos faz pensar as ambiguidades todas, reunidas, díspares e também complementares, conflito e prazer, existindo um apenas porque existe o outro.

Digo que demoraremos muito se formos até o fim da Schiller, será melhor dobrarmos à esquerda na Itupava. Encosto ombro e braço nele, forçando-o a cruzar a nossa rua, saindo da mão direita em direção à esquerda, a pista de skate se aproxima.

Eu me lembrei de tantas coisas. Inclusive de fliperama, que eu jogava na infância. É o mesmo *pinball*, que o menino jogava no computador. A bola caminha, bate em um obstáculo, rebate em outro, ricocheteia, é lançada para outra direção. Até cair. *Game over*.

Eu nunca vi ninguém morrer. Ninguém que estivesse do meu lado, cheio de vida e mistério. Saber que de uma fração de segundo para outra, você observa os dois momentos, a vida e o fim dela, é para mim experiência inédita.

Mas ele ainda estava de olhos abertos. Só um pouquinho de sangue.

Há muita diferença entre o impossível e o improvável.

É que um skate veio em nossa direção.

Eu parei, o skatista saltou. O skate seguiu a trajetória de parábola, acertou o menino. Acertou devagar, uma batida de nada na têmpora direita, mitigada por uma rápida (como ele é ágil!) virada de rosto. Mas o pequeno impacto o fez sair da calçada e dar um passo em falso na rua. E vinha um carro. Os carros não têm como correr, a rua é estreita e irregular, muitas crianças brincando. Então a batida no espelho com a outra têmpora também não me pareceu grande coisa. Mas tem a cabeça e tem as pernas. Depois de as pernas terem traído o restante do corpo, a revanche. Jogado de um lado para o outro, o corpo confunde as pernas, elas perguntam para onde vai você, camarada, sem acompanhar as batidas e rebatidas e mudanças bruscas de direção. Tontas, as pernas desmaiaram e com elas tudo o que vinha acima. Após a simétrica batida nas têmporas direita e esquerda (se ele fosse obsessivo-compulsivo, poderia se dar por satisfeito), onde bater a cabeça quando ela encostar no meio-fio? Na nuca. Foi esse conjunto de vaivém, cuja bola era a cabeça do menino, que me fez lembrar do *pinball*. Nenhuma batida na minha cabeça, mas eu me sentia atordoado também, como se estivesse mimetizando, somatizando, espelhando, tudo rodando e rodando. E a roda de pessoas em volta não deixava ver o céu, eu estava ajoelhado, o rosto dele no meu colo, o menino do skate dizendo que a culpa não era dele, que o skate batera de leve, o motorista enquanto olhava algum amassadinho no espelho dizia que a culpa não era dele, o menino havia se atirado, a culpa era, só podia ser, do meio-fio, e assim como o som muito alto ensurdece, muitas vozes também se indistinguem e se tornam apenas borrões sonoros de pessoas que circundam dois corpos e tecem comentários e falam mal daquela praça, e que um velhinho já havia caído de um skate e quebrado a coluna e que aquilo era um perigo. Eu só senti o corpo quente dele grudado ao meu. Arfava e nada dizia. Se eu estivesse sentado em minha poltrona lendo história parecida, eu saberia: fale com ele, pergunte-lhe coisas para ver se a cabeça funciona direito, tome-lhe o pulso. Eu não fazia nada. Era só o calor do corpo dele que me aquecia, que aquecia a mim, o covarde que deveria fazer alguma coisa, dar o seu calor, tirar dele as flechas invisíveis que lhe trespassavam o corpo, mas, meu Menino, essa imagem já foi apagada do livro, o que podemos fazer agora, eu a troquei pela *Lição de anatomia*, mas eu não quero observar um corpo morto, eu quero tocar um corpo vivo, abrandar-lhe as feridas a despeito da horda de fuxiqueiros que se junta em torno a nós. Eu sou nossa senhora, sou tua senhora e teu senhor, sinto, sinto piedade de ti, mas também de mim. De nós. Nós que amarram e mantêm os enigmas. Mantenho você no colo e olho, pela primeira vez, teu olho direito que vasculha o mundo não mais para brincar. É outra a inquietação. É um olho que se quer agarrar a algum galho, algum tronco que o impeça de submergir, de afogar-se para sempre dentro das pálpebras. Dessa vez não é o olho que apronta uma travessura. É tua boca, Menino. Mas dizei uma palavra e serei condenado. A voz sai fraca, contudo suficiente para ser ouvida pelos mais próximos. Eles se encarregam de passar a mensagem para os mais distantes: o menino pediu um beijo.

Estamos falando de Maria, a mãe de Deus, ou de Nelson Rodrigues? De *Pietà* ou de putaria? Era essa a imagem universal da misericórdia materna a que Eugênia se referia? Parte do vozerio diz que sou teu pai, Menino. Outra parte diz que somos um casal. Acontece que você está morrendo. Como posso te perguntar que tipo de beijo você quer? Isso é pergunta que se preze para minutos derradeiros? Você se lembra do Luka, aquele personagem de quem você disse que gostou e que não existe? Ele fica parado. Nada acontece. Não posso ficar aqui parado, não acha? Você quer um beijo, o vozerio se acalmou, abriu espaço para os olhos, plateia atenta para saber o que farei, escutem, vocês não preferem ler o que eu escrevo em vez de ver o que eu faço? Garanto a todos que meus livros intensificam a vida real, dão densidade a essas blandícies do dia a dia. Saiam, vão lá procurar meus livros, estão em todas as livrarias, corram, tem um bem divertido que fala mal dos filhos chorões que não souberam lidar com os pais. Vão, vejam, leiam, ganhei muitos prêmios. Ofertas válidas enquanto durar o estoque. Sumam.

Que eu vou beijar esse menino, que eu vou dar a ele esse gesto de amor, esse gesto que não prescinde da ternura e da sensualidade que habitam esse corpo arfante e ainda quente encostado ao meu. Esse menino que se deixa povoar por fantasias que se chacoalham e o fazem estremecer de torpor embaixo do chuveiro, que sorri para alguém que lhe diz perversidades com os lábios molhados, grudados ao ouvido, que se atira no colo de Vera para sugar dela alimento para os fetiches e que transforma cantos em gemidos, que queria ver as putas do Passeio. Um beijo paterno é pouco, eu sei. Você quer, você merece mais. Você foi excelente jogador, jogou muito, muito bem, quase me fez crer que aí dentro só havia ingenuidade, e com isso me conquistou. Não precisa mais continuar jogando, descanse, mostre a cara do malandro que você é porque essa cara também me seduziu, essa cara me amarrou com as mesmas cordas do manto que encerrava teus enigmas. Descobri-te. E o que descobri não me desagradou, me deu orgulho de detetive em final de missão. Ao ver agora você aqui, nu de espírito, vejo o jogador hábil, o erótico que brota daquela terra que se mostrava apenas infantil, e que agora, com muita dignidade, me pede um beijo.

Aproximei-me para beijar seus lábios, adrenalina ou ocitocina a me fazer ignorar o pouco de sangue e secreções do nariz que desciam até a boca. Nada me impediria de estrear nos caminhos da morte trágica com dignidade à altura daquele homem que morria ali no meu colo.

Diante da morte, eu ignorava que se pudesse sentir e manifestar outra coisa que não fosse langor, tristeza, lentidão de gestos, voz rouca. Quem sente a vida indo embora não tem tempo para julgamentos. No entanto, que intensidade de ordem moral ainda pode se soerguer e superar as forças da morte? No momento de beijá-lo, vi um ricto em seu rosto. E não era de alguém que estrebucha. Era de estranhamento constrangido. Porque quando fui beijá-lo, a Bela Adormecida contemporânea fez cara de quem pensa o que é que esse cara está pensando?, o olho direito volteou procurando seus perpétuos socorros e ele me virou a face, oferecendo-me um rosto imberbe, ileso, afastando o mais que pôde a boca da minha boca. Aturdido, envergonhado, encostei meus lábios na bochecha incólume. Apenas encostei, estalo nenhum. Tive tempo de sentir um hálito tépido e neutro.

À vergonha ainda acrescentei raiva. Eu o xingaria, não houvesse tantos espectadores. Na hora da morte, todos merecem seus perdões? O beijo estava dado, o último pedido realizado. Eu, o gênio da lâmpada e da literatura, ofereci a merecida unção extrema. Descanse em paz e.

E acontece que ele não morreu. O resgate demorou a chegar e ele deve ter se cansado de esperar para morrer. Levantou limpando o ranho com as costas da luva. Saiu andando, quase correndo. Sequer mancava.

Sequestrador, espere por mim.

As pessoas se afastaram comentando em voz baixa e cerimoniosa tudo o que viram, os socorristas ainda procuravam a vítima ou testemunhas quase dez minutos depois. Ele havia batido a cabeça, apenas. Nem grave era. Talvez o suficiente para uma amnésia? Fosse ela voluntária ou não, a verdade é que não tocamos no assunto do beijo. Ele me olhava do mesmo jeito de sempre. Como alguém que eu supus morrendo me pede um beijo, me constrange com um suposto estranhamento e logo em seguida sai correndo, nem ao menos cambaleante, para fugir da. Da cena do beijo? Da injeção a ser aplicada na bunda? Onde a criança? Onde o fingimento? Onde as artimanhas?

Crianças são excelentes jogadoras. Fazem isso com consciência do jogo, mas têm elas consciência do jogo que é jogar?

Era perto de uma hora da manhã, a insônia havia batido como há algum tempo não fazia. Eugênia mantinha uma luz baixa em seu criado-mudo. Eu fingia dormir quando a vi girando em torno das espirais a última página do meu livro, lendo as linhas finais. Voltou para a página anterior, conferiu alguma informação, releu o final e fechou-o por fim. Apagou a luz e ficou deitada de barriga para cima, posição, eu sabia, que indicava a falta de sono. Ou era um sono displicente, que faz mirar o teto escuro em busca de imagens que a cabeça traz de graça e à toa, sem exigir lógicas e dispensando raciocínios, a montagem caótica feita de concretudes e coisas etéreas, de vida e de sonho, todos elementos dançantes e intercambiáveis, que carnavalizam a memória com roupas incorpóreas e ampliam o impossível até ele se esgotar em si mesmo.

O menino ressonava, parecia não ter sofrido queda alguma, história inventada de beijo sonhado. Arrisquei pegar a mão de Eugênia. Ela hesitou, ficou em dúvida se fingia dormir e deixava a mão desmaiada. Tentei fingir também, como se tivesse encostado na mão dela sem querer, pesei a respiração, mexi-me na cama. Teatro de acordos. Jogo em que quem se mostra mais carente perde. Feio. Ela, enfim, retribuiu o toque, voltando a palma da mão para cima e apertando-me de leve. Ficamos assim, umbigos para a lua, procurando no teto escuro algum jeito de ficarmos confortáveis, de encontrarmos nesse breu um dicionário de palavras certas para momentos incertos.

"Estou sem sono."

"Eu também."

"Me deu vontade de fumar. Fazia tempo que não sentia isso."

"Nem pense."

"Vou sair para dar uma volta."

"Na rua? A essa hora?"

"Tem bastante gente por aí ainda, nos bares."

"Vou junto."

"Não creio."

"O que tem?"

"E o menino?"

"O que tem?"

"Ele vai junto?"

"Do jeito que é grudado com você, vai acordar e querer ir junto."

Rimos. Nesse riso cabiam todas as coisas inacreditáveis.

"Vamos tentar sair sem ele. Ele já está grandinho."

Rimos. Rimos juntos, sem malícia nem jogo.

"De onde será que ele é?"

Rimos, não precisávamos de piada alguma.

"E o nome dele? Esses dias eu fiquei pensando se você alguma vez havia perguntado o nome dele."

"Sabe que eu pensei a mesma coisa?"

Falávamos isso já em pé, sussurrando um ao outro, procurando roupas adequadas para o frio que nos aguardava com os dentes arreganhados do lado de fora. Descemos.

O girar da chave trouxe também um barulho lá de cima. Quando nos preparávamos para sair, ele apareceu, medroso, cabelo desgrenhado e esfregando o olho lúcido.

"Onde vocês vão?"

Eugênia foi quem disse.

"A gente vai te abandonar."

Ele fez cara de assustado, ainda o sono a atravessar a razão. Eu dei corda.

"Você conseguiu o que queria: uma casa, um carro, computador. Tchau."

"Parem! Eu vou junto."

Quando em uma madrugada de inverno, é da Schiller que todos os sonhos do mundo roubam sua atmosfera. Luminárias amarelam a escuridão e pintam de sépia, gotícula a gotícula, a névoa espessa.

A noite parece terminar cedo, alguns poucos carros ainda insistem em ficar, pessoas bebendo nos bares da rua Itupava, o Banoffi já com uma das portas fechadas. Afastamo-nos, passamos pelas canchas de futebol, parquinhos com escorregador. Sem clima para novas aventuras, meu desejo é aquele de fim de festa, depois de muita agitação, uma caminhada para distender pernas e costas, tomar um ar e dormir sossegado. Mas é o que dá. A rua não conseguiu impedir que esse sujeito bêbado e enorme que agora está à nossa frente se materializasse na escuridão e estivesse aqui a nos encher o saco, facão em riste tropeçando nas palavras, pedindo dinheiro, carteira, joias, sapatos e nem ele sabia mais o quê. O cansaço era grande, o desânimo maior. Até o susto tinha preguiça de se manifestar. O brutamontes alucinado começou a vasculhar nossos bolsos, arrancou nossas luvas. Eu tinha uma nota de cinco reais perdida, ele pegou. Eugênia não carregava nada, o pijama por baixo do casaco. Ao olhar para o menino, chegou mais perto a faca, em uma crise de lucidez, talvez temendo que a força jovem pudesse opor alguma resistência. Enfiou a mão no seu bolso e sentiu o revólver. Arregalou os olhos (como os olhos dizem coisas), meio raivoso e feliz, olhos de louco, como quem julga absurdo encontrar um revólver nas mãos de uma família de bem, onde esse mundo vai parar, nem mesmo roubar em paz que uma família de bundas moles qualquer já vem com um revólver ameaçar a nossa integridade física. Ergueu a arma e apontando para o rosto do menino, disparou seis vezes. Eugênia, onde está o pensamento positivo para impedir que isso aconteça? Por que ele não esperou para ouvir minha proposta: rapaz, vai morar conosco. Temos vaga para delinquentes em nossa casa, por favor, preencha essa ficha de inscrição e cruze os dedos. A sorte pode estar ao seu lado.

Era evidente o que qualquer um já sabia: aquele revólver esteve descarregado. Não havia balas na agulha.

O brutamontes enfiou a arma no bolso e saiu a remoer uns xingamentos, levando ainda nossas luvas e os meus cinco reais, agora sim perdidos para sempre.

Ninguém mostrou desespero, ninguém falou nada sobre o que acabara de acontecer. Éramos pessoas entregues, cansadas, um pouco sonolentas, engolidas pelas brumas da rua Schiller às duas horas da manhã. Eugênia no meio de nós, mão esquerda no meu bolso, mão direita no bolso do menino, a tentativa de aquecer as mãos inesperadamente nuas. Nosso menino é que ainda tinha algum ânimo para chutar umas pedras, olhar para os lados, para cima, mirar as multidireções com uma velocidade de pescoço comparável à das aves. Com esse olhar habituado a ver várias coisas a um só tempo, ele estava sempre irrequieto.

Talvez tenham sido esses dois ensaios da morte que fizeram o menino soltar para o vento, junto com o vapor branco do seu hálito: "e não é que eu existo?"

Que não seja mais um a entrar no mundo dos angustiados.

Pensar o tempo todo sobre os próprios pensamentos torna a vida do homem um inferno.

"Você é um homem, menino."

Eugênia disse, esboçando sorriso, buscando minha cumplicidade para a brincadeira literária que acabara de fazer. Devolvi o sorriso e o cansaço.

Melhor do que ser um coitado.

Em um dos quadros de *Os trapalhões*, programa humorístico de minha adolescência, o personagem Zacarias usa sapatos que o apertam insuportavelmente e que esmagam seus pés. Perguntado sobre o motivo de usá-los assim, diz que é para ter o prazer de descalçá-los. Coro de risadas invisíveis.

Se o exemplo não agrada, sejamos mais eruditos: Fédon entende que uma das formas do prazer é a supressão da dor.

Sejam trapalhões ou filósofos gregos, isso me pareceu útil agora. A bruma atravessa os buracos do corpo e vai descalçando em mim os sapatos apertados. O frio não me impede de caminhar como se estivesse despido, sentindo a mão enrugada de Eugênia aninhada no meu bolso. E esse menino enigmático, qual a sua arma agora? Por que continua a caminhar do nosso lado? Pergunto-me ainda que síndrome de Estocolmo é essa capaz de nos tornar reféns recíprocos. Talvez o nome disso seja carinho, seja até, oh, amor. Se eu escrevesse isso Eugênia ficaria feliz. Diria que enfim eu aprendera a escrever coisas bonitas e que poderiam ajudar as pessoas. Estou um pouco embriagado pela bruma, pelo frio e pelo cansaço. Se um dia, no entanto, eu escrever algo assim em um livro meu, que eu seja internado. Ou enterrado.

"Vamos comer alguma coisa no Banoffi?"

"Deve estar fechando. Além disso, com que dinheiro? Mesmo antes do roubo, você só tinha cinco reais."

"Bem, vamos apressar um pouco o passo. Ao menos eles dão umas balas de graça. E tem gente que precisa de balas."

Nós rimos, rimos bastante. Acho que até o menino entendeu a piada da bala. Lembrei-me dos desenhos do Scooby-doo. Sempre depois de um mistério resolvido, o cachorro e seu amigo Salsicha faziam uma gracinha e os episódios terminavam com gostosas gargalhadas.

Não resolvi mistério algum. Mesmo assim, quis rir.

* FIM *

As citações em francês são excertos das canções "Salam Alaykoum", "Enfant d'une époque" e "Ta récompense", da banda franco-argelina HK et les Saltimbanks, em seu primeiro disco, *Citoyen du monde*, lançado em 2011.